家族

高嶋哲夫

角川春樹事務所

家族

目次

装画
agoera
装幀
鈴木大輔（ソウルデザイン）

第一章　事件

1

私は無意識のうちに顔をしかめ、息を止めていた。

「気分が悪いのか」

父の直樹《なおき》が聞いてくる。

「病院の匂《にお》いが嫌いなの」

「そうだったな。子供の時からだ。しかし、今の病院は匂いなんてしないだろ」

父が大げさに鼻を鳴らして空気を嗅《か》ぐ真似《まね》をすると、周囲の視線が集まる。

やめてよね、と言って私は歩みを速めた。父が息を弾ませ追ってくる。

エレベーターに乗ると、壁際の男が私を見ている。思わず視線を外していた。

男は私に話しかけようとしたが、父を見て身体《からだ》を横にずらせた。父は気づいてはいないようだ。

一瞬迷ったが三階のボタンを押した。男は私の押した階を見て、様々な考えを巡らせているはずだ。三階には神経内科がある。端的に言えば、認知症に関する診察を行なっている。男は二階で降りていった。

父が認知症と診断されたのは三年前だ。六十二歳だったから、若年性認知症に当たる。以来、ひと月に一度診察に通っている。医師からは隔月に付き添いを希望された。先月の診察の翌日、医師から電話があって、次回も一緒に来るように言われた。

最近は認知症も直接、本人と家族に伝える。父の場合は、アルツハイマー型認知症の中期段階で、メマンチンという薬でかなり症状の進行を遅らせることができるということだった。副作用として飲みはじめにめまいなどの症状が出ることがあるが、認知機能を改善し、鎮静効果によりイライラや不安を少なくするという。

「薬がかなり効いています。気持ちを楽にして、生活してください」

パソコンで電子カルテを見ていた医師が私に向き直り、「変わったことはありませんか」と聞いた。最初はなぜ私に聞くんだと思ったが、最近はその意味を理解している。私は、「ありません」と答える。ほぼ毎回、同じようなやり取りだ。

「ストレスがいちばんよくありません。過度に深刻に考えず、今まで通りの生活を続けてください」

十分ほどの診察が終わり、前回と同じことを言われ、同じ薬を処方された。一階に下りて待合室に行った。支払いを済ませ、ひと月分の薬をもらうまでに一時間程度かかる。

「私ちょっと行ってくる。いつも通り、お父さんがお金を払って薬を受け取ってくるんでしょ。必ずここに戻ってきてよ。よそに行っちゃ駄目よ」

「バカ。子供扱いするな」

私を睨《にら》むように見て言う。こういう父を見るとホッとする。

院内図を示したパネルの前に行って、あの男、小野祐介《おのゆうすけ》刑事が降りた二階を見た。手術室とICU、つまり集中治療室がある。私はエレベーターに乗り、二階のボタンを押した。

エレベーターを降りると何人もの看護師が行き交っている。他の診療階とは違う緊張感を覚えた。

廊下の先に両開きのドアがあり、その向こうがICUと手術室になっている。その手前が家族待機エリアになっていて、硬そうなソファーがいくつか置いてある。数人の家族が深刻な顔をして座っていた。私は家族に紛れるように立って様子を見ていた。小野の姿を探したが見えない。その間にも何人かの看護師が両開きのドアを出入りしていた。

看護師の後についてドアの中に入った。

廊下を隔ててICUと手術直後の患者を管理する回復室がある。正面が手術室で手術中の赤いランプがついていた。廊下に面したICUの壁の上半分がガラスになっていて、中を見ることができた。オープンスペースで壁際のデスクに二人の看護師が座って、モニターを見ながらパソコンを打っている。

中には二人の患者がいた。奥にいるのは老女だ。手前は二十歳《はたち》に満たない女性だった。頭に包帯を巻かれ、複数の管とコードでつながれている。顔は青白く、眠っているようにも見えた。整った顔つきのまだ幼さを残した少女だ。静かで穏やかな表情、少女の時は止まっている。ベッドの前の生体情報モニターに表示される心電図と、脈拍や呼吸などの波形が唯一少女の生を示していた。

去ろうとした歩みを止めた。少女の閉じられた瞼《まぶた》の奥の瞳《ひとみ》が私を見つめている。錯覚に違いなかったがなぜか心に刺さった。見ると目じりの辺りが滲《にじ》んでいる。ガラスに顔を付けた。

思わず息を呑《の》んだ。少女の閉じた瞼から涙が出ている。その涙は耳の後ろを伝い、枕《まくら》に黒い染みを残して吸い込まれていく。ひどく孤独で残酷な涙のような気がした。

名札を探したが見当たらない。ほとんど無意識にスマホを出し、少女の写真を撮っていた。

手術室のドアの向こうで足音と共に、話し声が聞こえた。手術中のランプが消えている。私は慌ててドアを出てエレベーターに向かった。

待合室に戻ると父の姿が見えない。行かなければよかった、と瞬間的に思った。支払窓口と薬の受け渡し窓口を見てもいない。スマホを出した時、背後で声が聞こえた。

「遅かったな。今度、迷子になったら置いていくぞ」

それは私の台詞《せりふ》だ。だが父の顔を見ると、反論する以前にホッとする。

「支払いと薬は？」

父は領収書と薬の袋を摘《つ》まむように持って、私の目の前でブラブラさせた。

両方を受け取り、私のバッグに入れた。

私は笹山《ささやま》真由《ゆ》美《み》、先月二十九歳になった。東洋《とうよう》出版社、雑誌編集部、月刊「ニュー・ソサエティ」の記者だ。父親の直樹は、毎朝《まいちょう》新聞社会部の記者だった。若年性アルツハイマー型認知症と医師に告げられた日、一日は部屋に閉じこもっていたが、翌日は知り合いに電話をかけまくり、神経内科を複数紹介してもらった。その翌日にはセカンド、サードオピニオンを受けて、同様の診断をもらった。数日間は会社を休み、部屋に引きこもっていた。

半年かけて仕事の引継ぎを終わり、退職してからの残りの人生は自分のために生きると公言している。しかしやっているのは、午前中は新聞を読みながら朝食、その後は週刊誌を中心にした読書。テレビのニュースを見ながら、昼食を食べる。午後は雨さえ降っていなかったら散歩して買い物をして帰ってくる。それくらいのことでしかない。

父は一冊のノートを持っている。現役時代に、読むと決めた本と作者の名前を書き留めたものだ。会社勤めの間は忙しすぎて読めないが、引退したら最初から読んで、赤線で消していく。そう心に誓ったと何度も聞かされたが、消された本は一冊もない。

病院から地下鉄の駅まで父と歩いた。

十一月最後の週の街はどこか侘《わび》しさが漂っている。通りを行きかう人たち、車、吹き抜ける風、湧《わ》いてくる音、漂う空気、すべてが私と父の間を何も関係のないように通りすぎていく。

「お父さん、一人で帰れる」

父の腕をつかんで立ち止まり聞いた。

「当り前だ。何年会社に通ったと思ってる。おまえは一緒に帰らないのか」

「会社に戻る。ちょっと、調べたいことがあるから」

頭の中に、小野刑事、ＩＣＵ、頭に包帯を巻いた少女、そして少女の涙が交錯していた。これらが結びつくのは一つの事件だ。

地下鉄の駅で父と別れて、有楽町《ゆうらくちょう》にある出版社に戻った。

パソコンを立ち上げて、三日前の新聞記事を検索した。

〈夜間の住宅街の出火、三人の焼死体。家族と連絡が取れず〉の見出しが目に入る。〈午後十時すぎ山本《やまもと》さんの家から火の手が上がり、焼け跡からは三人の遺体が発見された。遺体はこの家に住む、母親、長男、祖母と思われる。ただ一人、長女の遺体はなく、行方も分からない。遺体は損傷がひどく、死因など詳しいことは分からない〉これが事件の最初の記事だ。

翌朝の見出しは、〈夜間の殺人、放火〉に変わっている。

〈焼け跡から見つかった三人の遺体は、母親の山本清美《きよみ》さん（45）、長男真司《しんじ》さん（22）、祖母の夏子《なつこ》さん（72）であると判明。母親の遺体からは、刺し傷と見られる複数の傷が発見された。後の二人の遺体は絞殺の痕《あと》があり、何者かが三人を殺害後、火を付けたと思われる。長女（19）は行方不明で、何らかの事情を知っていると思われ、現在捜査中〉

〈火事とほぼ同時に長女、山本美咲《みさき》さん（19）が家から飛び出し、表通りに向かって走り、通りに出たところでタクシーにはねられた。頭を強く打って、意識不明の状態が続いている。警察は意識が回復し次第、詳しいことを聞く予定〉

〈火事の直前、「逃げて」という女性の声で、隣りの主婦がドアを開けて外をのぞいた。小雨が降っており、隣家の窓に炎が見え、家を飛び出してきた裸足《はだし》の女性と目が合っている。女性はそのまま表通りに走って行った〉

記事は日を追って詳しくなっている。しかし、美咲の名前が消えていた。彼女が容疑者となり、なおかつ未成年であるからか。このころにはテレビのワイドショーにも取り上げられ、全国にニュースが広がっている。

スマホにＩＣＵで撮った少女の写真を出した。目は閉じられ顔は青白く、むくんでいるようにも見える。一家三人が死亡し、長女が生き残って病院にいる。この少女が山本美咲だ。推測から確信へと変わっていく。あれは涙に違いない。ただの瞳を潤す涙か。いや違う。だとすれば何の涙だ。

山本美咲の名前を検索すると、すでに一万を超える検索結果が出る。中には写真入りのものもあった。病室の少女とよく似た口元、鼻筋の通ったところも似ている。セーラー服を着ているのは、高校の卒業アルバムから拡大したものだろう。ショートカットで笑ってはいるが、よく見ると張り付けた笑みという感じがする。目はカメラではなく、どこか遠くを見ている。写真を眺めていると、病院での涙が蘇《よみがえ》ってきた。あれは悲しみの涙に違いない。いま、彼女は何を思い、何を感じているのか。

書き込みはかなり詳細なものもあった。生まれたときから現在の家に住んでいる。六歳の時、父親は癌《がん》で死亡。母親の清美は県立総合病院の看護師。週に二日夜勤がある。母親の収入と祖母の年金で経済的には安定。兄の真司は十二歳の時に交通事故にあい、寝たきりになったことが書いてあった。その後の数年間は祖母の夏子と美咲が面倒を見ていたが、美咲が中学生の時から祖母が認知症になり、二人の世話をしている。美咲は小学校のころから、買い物や洗濯をして祖母を手伝っていた。典型的なヤングケアラーだった。ヤングケアラーとは、本来大人が担うような家族の介護や世話を日常的に行う十八歳未満の子供のことだ。美咲は出会うと明るく挨拶《あいさつ》をする。基本的に素直で明るく、楽観的な性格で、評判はいい。高校卒業後も進学、就職はせず、兄と祖母の世話をして、時折り弁当屋でアルバイトをしながら暮らしていた。

書き込みの中には、興味本位のものも多くあった。いい女、そそられる女、悪女、性悪女。ネットの悪夢だ。動悸《どうき》が激しくなり、強く目を閉じた。三年前もそうだった。しばらく目を閉じていると次第に落ち着いてくる。

二時間かけて新聞記事とインターネットの書き込みを調べた。

警察は介護に疲れた長女が三人を殺害し、家に火を付けて逃げ出したところを車に撥《は》ねられ、病院に搬送されたと判断しているのか。現在は、意識が戻るのを待っているというところか。

ディスプレイを眺めたまま上半身をそらせ、ストレッチをした。閉じ込められていた意識が解放されるのを感じる。事件の概要が理解できると、少女の頰《ほお》を伝う涙がますます気になり始めた。

デスクに缶コーヒーが置かれた。顔を上げると「ニュー・ソサエティ」編集長の岩崎《いわさき》が立っている。慌てて画面を消したが、肩越しに腕が伸びてキーボードを叩《たた》くと、再び画面が現れた。岩崎がディスプレイに顔を近づけてくる。

「山本美咲、一家三人殺し、放火事件か。興味があると思っていた」

「父を病院に連れて行ったとき、たまたまＩＣＵに入っている彼女を見かけたんです。山本美咲に間違いありません」

スマホの写真を見せて説明した。

「しかし、ＩＣＵには警察はいませんでした」

「まだ彼女は容疑者じゃない。警察も大っぴらには動けないんだ。刑事を見かけたんだったな。任意同行も出来ないんで、どこかで見張っている。おそらく警備室だ。廊下に監視カメラがついてただろ」

「二台ついてました。死角はないと思います。奥が手術室になってました」

岩崎が考え込んでいる。

岩崎洋平《ようへい》、四十七歳、私の上司だ。雑誌編集部の部長で、彼の強い希望で、社会派と言われている月刊誌「ニュー・ソサエティ」編集長を兼ねている。厳しいことで有名だが的確な指示を出す。

「十九歳か。難しい年ごろだな」

「最近の子は悩んだりはしませんよ。やることが多すぎて悩む暇もない」

「バカ、法律の問題だ。彼女は特定少年だ。三人の家族が死んでいる。有罪になれば、死刑が適用される可能性がある」

とたんに現実に引き戻された。少年法は改正されたが、色々制約はある。まずは名前と写真を公にするかどうか。最近の記事では、各マスコミは長女という言い方をして、実名報道はしていない。しかし、ネット上では名前と写真が溢《あふ》れている。

「彼女、まだ子供ですよ」

脳裏にベッドに横たわる、まだ幼さを残した少女の顔が浮かんだ。

「それに意識が戻っていません。でも、どうなるんですか、このまま意識が戻らなかったら」

「死亡したらということか。いや、植物状態ってこともあるか」

あの少女が死ぬ。なぜか想像することができなかった。

「警察は彼女が三人を殺害したと思っている。その線は崩さないだろうな。被疑者意識不明のまま起訴ということになるのかな。被疑者死亡のまま書類送検、というのもあるだろう。これだけ騒がれている事件だ。何らかの結論は求められる」

「でも――」

言葉に詰まった。複数の管につながれた少女を想《おも》った。あの少女が三人の家族を殺害したのか。であれば、あの涙は――。

「調べてみるか。ある意味、対極の立場にある事件だ。ちょうどいいかもしれないな。しかし深みに入りすぎるな」

岩崎は対極という言葉を使った。被害者と加害者という意味か。彼自身も気にしている。私は無意識のうちに頷《うなず》いていた。

2

翌日、昼前に家を出た。小雨が降り寒さが全身を締め付けてくる。雪に変わる手前の雨だ。

昨夜は日付が変わる直前まで社で事件について調べていた。事件の新聞記事は各社同じようなものだが、ＳＮＳの書き込みは千差万別だった。興味本位の悪意に満ちたものが多かったが、好意的なものも少しはある。少女の置かれている境遇が境遇だ。十九歳の少女と事件の残忍さを組み合わせると、想像力は限りなく膨らむ。

私の家から事件現場まで電車で一本だが、二十分ほどかかる。現場は中産階級の街だ。ほとんどが三十坪ほどの一戸建てで、よく隣りに延焼しなかったと思う。

規制テープは取り除かれて、警察と消防による現場検証はすでに終わっていた。玄関の辺りには、十を超す花束と缶コーヒー、ジュースが置かれている。これは真司へのものなのか、それとも清美や夏子か。美咲については重体で病院にいることが発表されている。

焼け跡はひっそりとしていた。昨夜のテレビではまだ近所の人のインタビューがあったが、この雨の中ではマスコミの姿も見えなかった。家はほぼ焼け落ちている。火は真司の部屋から出た。灯油タンクがひっくり返り、その灯油に火が付いたとある。最近の灯油ストーブは倒れると火は消える。だとすれば、どうして引火したのか。蓋《ふた》を閉めてあるはずの灯油タンクから、なぜ灯油が漏れたか。警察は、美咲が家族を殺害して、火を付けたと推測しているのか。そうだとすれば動機は何か。おそらく発表されていない部分が多数あるに違いない。美咲は十九歳、微妙な年齢だ。法律的には少年法の適用対象だが、犯罪によっては成人として裁かれる。すべては美咲の意識が戻ってからだ。

記事を思い浮かべながら焼け跡を見つめていた。

「ひどいでしょ。四日前よ。風のない日でね、ここだけが丸焼け。ご近所に延焼しなかったのがせめてもの幸い。三人の遺体も、初めは性別も分からなかったらしい。そういうの、テレビじゃ言わないしね」

声に振り向くと、ウグイス色のコートに赤い厚手のマフラー、傘を差した中年女性が立っている。

「ご近所の方ですか」

「北側に十二軒目が私の家。延焼しなくて本当に良かった」

「この家の娘さんは生き残ったんでしょ」

「美咲ちゃんね。テレビでは交通事故で重体だって。いい子だったのにね。でも、やはりかなり無理をしてたんでしょうね。小学校の時から、外で遊んでいるのなんて見たことなかったもの」

すでに美咲が犯人だと決めつけた言い方だ。

「お兄さんとお婆《ばあ》さんの面倒を見てたからですか」

「小学生のころは、お婆さんと一緒にお兄さんの車椅子《くるまいす》を押して散歩してたのを何度か見たことがあるけど、中学生になると見なくなった。美咲ちゃんがイヤになったというより、お兄さんが大きくなりすぎたからでしょうね。お婆さんと美咲ちゃんじゃ、抱えることも出来ない。ベッドで寝たきりって聞いてた。直接、家族に聞くわけにもいかないでしょう」

「お兄さんとは仲が良かったんですか。他の家族とも」

「良かったよ。兄妹仲《きょうだい》も良かったし、母親の清美さんも、よくできた優しい人だった。ただしお兄さんの事故前の話」

「ご主人は早くに亡くなったんでしょ」

「そう。美咲ちゃんが小学校に上がった年かな。優しそうで、出会うと必ず挨拶するいい人だったんだけどね。胃癌だったたって聞いたけど。残された家族はたまらないよね。真司君が交通事故で後遺症が残ったんで、大変だったからね。清美さんもさぞかし心残りだっただろうね」

女性は話しながら、悲しそうに顔をゆがめた。

「お婆さん、美咲ちゃんが高校生になったころから認知症がひどくなって、大変だったからね。私も前の大通りを一人で歩いているのを見つけて、家まで送ったことがあるのよ」

「その時、美咲さんは」

「有り難うございます、有り難うございますって。お兄さんの食事中でお婆さんが家を出たの気が付かなかったみたい。食事中といっても胃ろうらしいけど」

女性は一歩下がって、私を値踏みするように見た。

「ねえあんた、マスコミの人でしょ。美咲ちゃん、今どこにいるの。まさか、警察じゃないでしょうね」

女性は急に真顔になり声を潜めた。

「知りません。私も知りたいですよ」

頭を下げてその場を離れた。まだまだ聞かなければならないことはあったが、女性の表情を見て急に気力が萎《な》えてしまったのだ。

その足で病院に行った。もう一度、美咲に会いたいと思った。彼女は無言だが、昨日の表情からは私に何かを訴えているような気がしたのだ。

病院でエレベーターが閉まりかけたとき、男が二人駆け込んできた。刑事の藤田《ふじた》と小野だ。

「やはりあんたか。山本美咲について聞き回っている者がいると通報があった。病院にまで来るとはね。余計なことをするな。美咲は意識が戻れば重要参考人として、事情聴取することになる。あんた、昨日も来たらしいな」

藤田が私を睨むように見て一気に言う。昨日のことを知っているのは、小野が報告したのか。

エレベーターが上がり始めた。

「別件です。私が用があったのは、三階」

藤田が小野に視線を向けると小野がかすかに頷く。

「父親と一緒だったらしいな。素人が深入りするべきじゃない。前の二の舞いになる」

エレベーターは二階で止まった。二人が降りると私は〈開〉のボタンを押した。

「山本美咲が意識を取り戻したらどうなるんですか」

藤田が足を止め振り向いた。

「あんたには関係ないだろ」

「私は記者です。真実を社会に知らせる義務があります」

私の口調に驚いたのか藤田の表情がわずかに変わる。

「任意同行を求めて事情聴取する。彼女は新しい少年法では成人扱いだ。なんせ、彼女は――」

「容疑者ですか。私が聞いたのは、事情聴取が終わったらどうなるかってことです。彼女には帰る家がないし、家族三人の死を知れば動揺するんじゃないですか」

「あんた、すでに色々知ってるんじゃないのか。たとえば、興奮した様子で裸足で家を飛び出して、道路に出たところでタクシーに撥ねられた」

藤田は私の反応を探るように、眉根《まゆね》を寄せて私を凝視している。

「裸足で飛び出してくるというのは、かなり動揺している。おそらく家族の死を知っている。意識が戻り次第、逮捕して調べるんじゃないですか」

「逮捕は無理だ。現行犯じゃない。有力な物証も出ていない。重要参考人であることはたしかだが、まだ逮捕状は出せない」

藤田の事務的な言葉が妙に癇《かん》に障った。二年前もそうだった。彼は一般市民を威嚇するような態度を取り、巧みに証言を誘導する。恐怖から証言を取るのが、優秀で経験豊かな刑事なのか。

「家は全焼、親戚《しんせき》もこの辺りには住んでいない。彼女には帰るところがない。お金なんて大して持ってないでしょうね。いま、一番辛《つら》い目にあってるのは美咲さんなのよ」

「どうしろと言うんだ。警察はホテルじゃないんだ」

「相手は十九歳の女の子よ」

声が大きくなったが、藤田には怯《ひる》んだ様子は見られない。

「あんたが心配する必要はない。彼女には警察に当分泊まってもらってもいい。三人死んで、家が放火されている。すべては意識が戻って、医者の許可が出てからのことだ」

何を言っていいか分からなくなった。確かにすべての状況は美咲に不利に働いている。

二人が歩いていくのを見送り〈開〉のボタンを離した。三階まで行ってエレベーターを降りた。しばらく時間をつぶしてエレベーター前に戻ったが、指がボタンの前で止まった。ICUは二十四時間、防犯カメラで監視されている。父親のことで三階に行って、帰りに二階に寄ったことにすればいい。二階のボタンを押した。

廊下の先には二人の姿は見えなかった。覚悟を決めて両開きのドアの中に入ったが、そこにも二人はいない。岩崎の言葉通り病院の警備室にいて、病院入り口の防犯カメラで私を見つけ、余計なことに首を突っ込まないようにと警告に来たのだ。今度は何か理由を付けて引っ張ってやる。藤田の目はそう言っていた。彼ならやりそうな気がする。

成り行きに任せると決めてICUの前に行き、窓から美咲を見つめた。今日は涙は見られなかった。閉じられた目と口。美咲は何を思っているのだ。ネットの書き込みと藤田の言葉が私の脳裏を流れていく。家族三人を殺害し家に火を付けた少女。だがその表情は余りに穏やかで優しそうだった。私はその顔を心に刻み付けた。

エレベーターに戻りながら防犯カメラに顔を向けた。

3

出版社に戻り、デスクに座った。ＩＣＵの美咲の姿、焼け落ちた家、残った炭化した柱や壁。ネットに載った兄真司の事故の記事と車椅子の姿。様々なことが脳裏を流れる。

パソコンを立ち上げて、山本美咲の名前で検索した。昨夜よりも書き込みはかなり増えている。それらのどれもが中傷と攻撃に近い悪意に満ちたものだ。

ネットの怖さは十分に承知している。世の中には人の痛みに無頓着な人がいかに多いか思い知った。

私の場合はひと月余り続いた。最初の一週間で五百件近い嫌がらせのメールが来た。次の週には三千件に増えていた。「あの女はおまえが殺した」「おまえも後を追って、慰めてやれ」「女もやりたがっていたんだよ」「次はおまえの番だ」

この時、初めてネット社会の恐ろしさを知った。それまでは嫌がらせメールの話を聞いても、大して気にも留めなかった。無視すればいいと。しかし自分に送られてくるようになってからは、メールを開くのがこわくなった。匿名、顔の見えない恐ろしさは、想像を膨らませる。殺す、犯す、火を付ける、死ね、短い文章で瞬間的に意味を理解できる。その背後の人間の不気味さ、あくどさ、不特定多数の人が読んでいる、私の名前がネットにさらされている。町を歩くといたるところから見られている気分になった。人間不信は無限に広がり、拡大されていく。人はここまで他人に対して残酷になれるのか。ただし、匿名という条件付きでだ。一週間で眠れなくなった。二週間目に入ると睡眠薬を飲み始めていた。ひと月後にはＳＮＳを閉じてしまった。人の悪意、匿名の恐怖を思い知る一か月間だった。

三年前、一人の高校二年生の少女の軌跡を調べた。ある不良グループの集団レイプの被害者だ。容疑者は、隣り町の高校の三年生たちだ。主犯の父親は祖父の代から県会議員を務め、議長もやったことがある地元の有力者だ。

事件が公になると、父親はすぐに少年を九州の学校に転校させた。私は精神を病んだ少女の友人、加害者の仲間や周辺の人たちに会い、さらには同様な事件に詳しい弁護士に会い話を聞いて回った。事件の全貌《ぜんぼう》が見えてくると、少女を説得して、刑事事件として訴えるように勧めた。それがこれ以上同様な被害者を出さない最良の方法だと。決心を固めそうになった時、少女はマンションの屋上から飛び降り自殺した。遺書はなかったと聞いている。その前日、一緒に弁護士に相談に行こうと話し合ったところだった。納得がいかなかった。

私はリーダーの少年の父親に会った。のらりくらりと逃げられ、最後には脅しにもとれる言葉を浴びせられた。「私の息子はレイプなどやってはいない。たとえ何かがあったとしても、合意の上だ。娘が病んだのは、あんたらが騒ぎ立てるからだ。あんたらの騒ぎで娘は家から出られず、学校にも行けなくなった。もともと、精神的におかしな女だったのだろう。私はそう聞いている。これ以上騒ぎ立てると、あんたを名誉毀損《きそん》で訴えるぞ。私にはそのくらいの力はある」

父親は拳《こぶし》を振り上げて私を威嚇した。

彼の家庭についても調べた。父親は愛人宅に入り浸り、母親も男を作っていた。二人が別れないのは、男の地位と金のためなのだろう。息子も親の金に任せて、好き放題をやっていた。

少女については、振られた腹いせによる虚偽レイプ。挙句の果てには、援助交際の末の妊娠説まで出てきた。私が調べた範囲では、そういう事実は確認されなかったが、SNSにより拡散され、事実となっていった。少女の両親からは、もうそっとしておいてほしいと連絡があった。

半年もたつと事件自体がうやむやになってしまった。逆に私は少女を追い詰めて自殺させたと非難された。私のせいで少女は自殺したと指弾する投稿がSNSで広まっていった。

一年間調べたが、これはという証拠も証言も得られなかった。そのうちに、自殺した少女の両親に多額の金が支払われたという噂《うわさ》が流れ、少女の家族は他県に引っ越していった。

「これ以上、調べようとすると、いちばん傷つくのは死んだ少女と、その家族だ」

周りからの言葉だ。

「気にする必要はない。第二、第三の同様な事件が起こらないためにも、事実をはっきりさせるべきだ。おまえは当然のことをした。そして続けるべきだ」

岩崎はそう言ったが、彼にもかなりの圧力がかかっていたことは事実だ。

そんな時、出版社からの帰りに、私は数人の男に公園に連れ込まれ暴行を受けた。左腕の骨折と肋骨《ろっこつ》にひびが入った。顔に切り付けてきたナイフを右腕で払って十二針縫った。偶然、通りかかった老夫婦の大声に救われた。その時、捜査に当たったのが藤田刑事と小野刑事だ。

結局、犯人は捕まっていない。周到に準備したと思われることから手慣れた者たちだろうというのが、藤田刑事の結論だ。

「レイプされた女記者」「女が夜一人で出歩くな」「何を求めて、深夜の公園に行った」様々なメールが入るようになった。親戚からも事件から手を引くようにと暗にほのめかされた。通勤中の電車で倒れ、病院に搬送された。急性ストレス症候群から引き起こされる過労と診断された。中傷は入院中も続き、入院は流産によるものだとの話が広まった。私は心身ともに疲れ果て、事件の取材を諦《あきら》めざるを得なかった。

主犯格の少年は九州でも傷害事件を起こし、現在少年刑務所に入っている。


美咲の家庭を思い浮かべた。重度障害者の兄、認知症の祖母、看護師の母親。四人家族の長女が美咲だ。もう、面倒なことには巻き込まれたくない。そう思うと同時に美咲の涙が脳裏によみがえった。あの小さな頭の中には、十九歳の少女の思いが詰まっている。三人の家族を殺して家に火を付ける。その思いとは一体何なのだ。彼女をそこまで追い詰めた思いは何なのだ。それを知らなければならないと思った。

肚《はら》を決めて小野に電話した。美咲が家族三人を殺し、家に火を付けたと考える警察の根拠を知りたかったのだ。小野は前の事件の時も、同僚の藤田の何十倍も私に好意的だった。時には取材に協力的なアドバイスもくれた。明らかに被害者と警察の関係を超えたものだ。

「なぜ、家族が殺害されたと断定してるの。遺体は性別が分からないほど焼けてたんでしょ」

〈日本の科捜研の技術は凄《すご》いんです。ほんのわずかな遺体の状態や遺留物からも、多くの事実が分かります。その総合的な判断です〉

「だったら、その事実をマスコミにも発表しなさいよ。出来ないような事実なの」

〈この事件はまだ捜査中です。その場合、発表できることと出来ないことがあるんです〉

「私が暴漢に襲われた事件でも、私の知らないことがあるの」

小野が沈黙したが、息遣いが荒くなったように感じる。

「三人はお兄さんの真司さんの部屋で見つかったんでしょ」

〈そうです。家族で集まっていたと考えられます〉

「警察は何についても市民に公表する義務が——」

〈まずお兄さんの部屋のベッドで亡くなっていたのは、お兄さんと考えていいですよね。車椅子に座っていたのは、お婆さんのご遺体。床に倒れていた遺体はお母さんと考えられます〉

「火事で遺体の損傷はひどかったんでしょ。それでも、三人は殺されたって分かるの」

〈もう、勘弁してください。本来、捜査に関することは民間人に話してはいけないんです〉

「あなたには恩にきている。藤田さんとは違う。私は絶対に迷惑をかけない」

〈もうかけています〉

小野は消えるような声で言うが、続けて話し始めた。

〈火傷《やけど》がひどいと言っても、身体の内部から組織片が取れました。DNA鑑定で誰《だれ》だかは分かります。三人のDNAは施設と病院から手に入れることができました。それらとの照合です。さらに、お兄さんとお婆さんの肺はきれいでした。煙を吸っていません。つまり火事の前に死んでいます。殺害された可能性が大きい〉

無言で聞いていると、小野はさらに続けた。

〈お母さんの身体には何か所か刺し傷がありました。特に首の周りの傷は深かった。さらに肺から煤《すす》と一酸化炭素が多く出ています。煙を吸っての焼死です。火事の時、まだしばらく生きていたと考えられます。犯人は抵抗出来ないお兄さんとお婆さんをまず絞殺し、お母さんを殺害しようとしたとき火事が起こり、お母さんを刃物で殺しきる前に逃亡した〉

小野は美咲の代わりに、犯人という言葉を使った。私に対する配慮なのか。

〈犯人が火事を起こしたのかもしれません。いずれにしても火事が起こり、美咲さんは裸足で家を飛び出して逃亡した。でも、近所の人に見られている。防犯カメラにも裸足で通りに走り出ていく美咲さんが映っている。服にも血痕《けっこん》が付いていました。お母さんのものでした〉

「だから三人を殺し、火を付けた犯人は美咲さんというわけね」

小野は答えない。

「だったら美咲さんが家族三人を殺し、家に火を付けなければならないような動機を教えて」

一瞬、小野が躊躇《ちゅうちょ》する気配が伝わってくる。またしばらくスマホは沈黙を続けた。

〈我々は発作的にやったと思っています。三人で話しているうちに、今まで彼女の中で溜《た》まっていた感情が爆発した〉

「それって、美咲さんがお兄さんとお婆さんの面倒を見ているヤングケアラーだからなの」

〈それも動機の一つとして調べています〉

小野の腹をくくったような落ち着いた声が返ってくる。

〈聞き込みによると、美咲さんは小学生の時からかなり苦労しています。その溜まっていたストレスがついに爆発した〉

小野は淡々と話している。私には反論する根拠もなかった。

「これから美咲さんはどうなるの」

〈意識が戻るのを願うばかりです〉

「私は意識が戻ってからのことを聞いているの。帰る家もなく、家族もいない。その上――」

自分が家族三人を殺し、家に火を付けた。この事実にあの少女が向き合うことができるのか。

数秒の沈黙があった後、小野が話し始めた。

〈事情聴取を受けることになります。ただし、医者の許可が出るまで待ちます〉

答えになっていない。私は怒鳴りたかったが、その気力は失《う》せていた。

「家族には会わせるの」

やはり数秒の沈黙があった。

〈余りに損傷がひどすぎて。できるだけ早い段階で火葬します。それに彼女だって会うことは望まないと思います〉

「疑問の余地のない筋立てね。でも、すべて推理でしょ」

〈状況証拠から考えられる合理性のある推理です〉

「新しい事実が分かれば教えてね。マスコミが勝手に推理を始めたら終わりだから。それは警察の領分」

〈もうこれ以上、何も話すことはできま――〉

小野が言い終わる前に電話を切った。小野の言葉に反論の余地はなかった。しかし、私の脳裏には美咲の涙が張り付いている。あれは自分の行為への懺悔《ざんげ》の涙なのか。

家に帰ると、午後十一時に近かった。玄関の鍵《かぎ》が開いていていて、キッチンに電気がついている。キッチンに入ると、父が新聞を読んでいた。私に気づかず一面をぼんやり見つめているだけだ。

「まだ起きてたの。私を待ってたなんて言わないでよ。すべてが私のせいのように聞こえるから」

「そこまでは思っていない。眠れないから起きてるだけだ」

声で私に気づいて新聞を置くと視線を向けてくる。

「昼寝したんでしょ。だからよ。人間は生涯で寝る時間が決まってるなんて言ったのは、お父さんでしょ。だったら、寝るのは昼じゃなくて夜にしてよ」

テーブルからシンクに目を移すと、食器を洗って片付けてある。

「お父さん、夕飯は食べたの」

「もう、五時間も前だ」

「何食べたの」

「コンビニで弁当を買ってきた。おまえの分も買って来ればよかったか」

ゴミ箱を気付かれないように見ると、コンビニ弁当の空き箱が入っている。また、とんかつ弁当だ。

「宅配で冷凍弁当を一週間分持ってきてくれるサービスがあるでしょ。お父さんも新聞広告を見て、なかなかうまそうだって言ってた」

「今度使ってみるよ。余ったら、おまえ食え」

「私、料理は出来るよ。母さんに教わったもの」

「まだ、あの女の子の事件を調べてるのか。自殺した高校二年生。このままだと浮かばれないと言ってたな」

「違う、別口」

父の言っているのは三年前の事件だ。私は山本美咲について話した。

「十九歳だったな。テレビと新聞で騒いでる」

「放《ほう》っておけない。下手すると死刑になるかもしれない」

「俺が現役ならな」

口癖になっている言葉を繰り返した。

「警察を信じろ。と言ってもおまえには難しいか」

私は内心ホッとした。覚えているのだ。あの時は父も色々と協力してくれて、警察にも掛け合ってくれた。特に私が襲われてからは、うるさいくらい付きまとう時期があった。

「警察は結論を出してるようだし、私一人では何をやっていいのか分からない」

父に小野から聞いた話をすると、神妙な顔で聞いている。

「十九歳の女性が家族三人を殺して家に火を付けるなんてのは、よほどのことがあったんだ。その女の子は、精神的な障害があったのか」

「小学校から高校まで、家の近くの公立学校。いじめにあったり、不登校ではなかったらしい」

「DV、虐待か」

「ヤングケアラーって知ってるでしょ。あれらしい」

「純粋な家庭内問題というわけか。外には出にくい問題だ」

父はしばらく考えていた。新聞は元の職業柄意識して読んでいるので、社会状況には詳しい。ただ単語は出てこないことが多くなっている。

「いま、十九歳だとすると、去年か二年前は高校生だった。こういう時は学校の教師に会うのがいちばんだ。そういう家庭の子なら、必ず覚えている。偏見を持った客観性だが、とにかく生徒を見ている。仕事だし、学校にいる限りは目に入るからな」

偏見を持った客観性、何のことか分からなかったが、聞こうとしてやめた。話がややこしくなりそうだった。

「人は誰も自分の好みや価値観を持っている。その上で物事を客観的に見ようとする。偏見を持った客観性というのは、そういう事実を考慮して他人の言葉を聞けということだ」

父親は私の反応を見て説明した。余計分からなくなったが、こういう父親を見て、話を聞いているとホッとする。目の前にいるのが認知症の診断におびえる、一人の男には見えないのだ。

「それにしても警察がよく話してくれたな。ひょっとして、おまえに気があるのか」

「よしてよ。バカらしい」

「俺はもう寝る。明日は早いからな」

「どこかに行くの」

私の言葉に父は立ち止まった。半分口を開きかけたが閉じてしまった。そして数秒後、再び歩き始める。どこに行くか、忘れていたのか。あるいは現役の記者時代と錯覚したのか。

第二章　過去

1

美咲の通っていた県立神奈川第一高校に行った。美咲の家から徒歩十分ほどだ。

進学校と言われている高校で、在校生のほぼ九割が大学進学、残りが専門学校に行き、就職するのは年に数名だと聞いた。美咲はその数名の一人か。いや、就職もしていない。

前日に電話をして、月刊誌の記者だと名乗ると相手の緊張が伝わってきた。山本美咲の名前を出すと、送話口を手で押さえる気配がして、しばらくの沈黙の後、電話の相手が校長に代わった。私は被害者家族の長女、美咲を取材していることを丁寧に説明した。その上で、事件の事実と背景を調べているので話を聞かせてほしいと頼んだ。暗に取材を断ると、学校に不利になることも匂《にお》わせた。十分以上も説明して、やっと放課後、美咲の高校三年の時の担任に会えることになった。

遠藤光司《えんどうこうじ》は三十代後半の背の高い教師だった。校長が立ち会うと言ったが私は断固断わり、二人での取材になった。

「まじめな生徒でした。要するに手のかからない子です。常識的で、問題を起こすのを極力避けているという感じかな。ですから今回の事件には非常に驚いています」

遠藤は大学ノートを机に置き、それを見ながら話し始めた。

「うちの学校では三年間、生徒一人にノート一冊を作り、一年ずつ、受け持った生徒たちの印象を書き綴《つづ》っています。毎年の生徒についての所感を書いておくんです。学年が上がると、次の担任に申し送ります。在学中、卒業後も各生徒に適切な指導をするためです」

「いい方法ですね。生徒の実情を把握しやすい」

私の言葉に遠藤は、まあ生徒のためです、と言葉を濁した。要するに保護者対応が目的だろう。モンスターペアレントとのトラブルを避けるためだ。

「山本美咲さんに関してはほとんど書き込みがありませんね」

遠藤はノートを見ながら言う。見せてほしいと頼むと、個人情報保護を理由に丁寧に断られた。

「部活は入ってないですね。一年の時美術部に入っていますが、部室に行くことはほとんどなかったようです。美術部の顧問に聞いた話として書いてあります。夏休み前には退部しています。勉強が忙しいという理由で。うちでは、この理由でほぼ何でも通りますから。成績は中の中ですね。ほんと、目立たない平均的な生徒でした」

遠藤がノートをめくりながら、なぞるように話した。多くは覚えていないのか。美咲の家庭についてはまったく話には出ず、ノートにも書かれていないようだった。美咲にとっては、家で兄と祖母の世話をし、見守ることが最優先で、学業より重要だった。そのことについては、まったく触れられてはいない。

「頭は良い子でしたね。普通に勉強すれば大学は問題なかった。これは私の感想です。一年の時の進路相談では、看護師になりたいので、その関係の大学に行きたいって言ってます。美術部の顧問にも聞いた話として書いてあります。その後志望を変更してイラストレイターを目指すことにしたようですが。入部時に描《か》いたスケッチは美術部顧問も褒めていますよ」

「大学には行かないって、いつから言い出したんですか」

遠藤は考えている。

「行かないって言うんじゃなくて願書は出しましたよ。受けなかったんです」

「どういうことですか」

「当日、気分が悪くなって、受験に行けなかったと言ってます」

疑問の残る言葉だったが遠藤はさほど深くは考えていないようだ。

「デザイン関係が志望だから、大学よりも専門学校に行きたかったんじゃないかな。しかし、専門学校も結局行かなかったようです」

「その進路選択に、成績は関係なかったのですか。希望の大学には受からないとか」

「彼女の志望はデザイン関係で、地元の公立大学では、教育学部の美術専攻くらいかな。でも、ちょっと都会に出れば芸大があるので、問題ないのですが、彼女は地元希望でした」

「家から通える大学はなかったのですか」

「学部を選ばなければね、神奈川総合大学があります。うちから行ってる生徒は多いです」

「でも、けっきょく大学にも専門学校にも行かなかった」

「両方とも受験しなかったんです。専門学校についても本人は受験当日、体調が悪くなったと言ってますが、受験する気がなかったんじゃないかな。我々としてはどうしようもないです。家で勉強して、もう一年、様子を見るってことになりました」

途中から遠藤はノートから目を離して話し始めた。饒舌《じょうぜつ》になったのは山本美咲を思い出したのと、私に対する警戒心が薄れたのだろう。

「山本さんに関して、唯一、鮮明に覚えていることがあります」

ノートを閉じてから私に視線を向けた。一瞬ためらったふうに見えたが話し始めた。

「髪を染めてきたことがあるんです」

「高校生でも染めてる子、多いんじゃないですか。街でよく見かけます」

「ピンクにです」

私は思わず遠藤に意識を集中させた。

「校門からすぐに校長室に連れて行き、黒色に染め直させました。うちでは朝、教師が校門に立ち生徒に声かけをやってるんです。職員室で大問題になりました」

「それって、ノートには書いてないんですか」

「校長の指示で書きませんでした。生徒の不利益になるということで」

学校の不利益でしょうという言葉を我慢した。

「理由は聞かなかったんですか」

「染めてみたかったからと言ってました」

私が聞きたかったのはなぜピンクにということだ。

「この年ごろの生徒は時々、精神が不安定になるんですよ。衝動的にやったのだろうというのが結論です。染め直すことにも素直に従いましたし」

遠藤はこれ以上この話題に触れることには、拒絶の意志を明確に示した。

私もなぜかそれ以上は聞けなかった。衝動的ということに、私も覚えがないとは言えなかったからだ。私の場合は、朝電車に乗ってそのまま終点まで行き、浜辺で海を見ながら数時間すごした。午後、電車に乗って帰宅時間に家に戻っただけだが、今も心に残る大冒険だった。なぜかと聞かれると、ただ衝動的に。

「その他に、生活態度には問題はありませんでしたか」

「うちはほぼ百パーセントの生徒が進学します。専門学校を含めてね。だから、学業に集中していなかったなら、すぐ目についたはずです――」

「学校外で問題を起こしたことはありませんか」

「学校の仕事はあくまで教育です。勉強を教え、大学に送り出す。日常生活の隅々まで把握しておけというのは、酷だとは思いませんか。ただでさえ、教育現場の仕事は増えています。我々だって人間です。自由な時間はほしい」

その自由な時間も美咲にとっては、自由にはならなかった。

「生徒の学校外の生活の中にも、学習とか勉強が含まれているとは思いませんか。教育には生徒の生活も含まれている」

遠藤を睨《にら》み付けて言うと、何を言うという顔で見返してくる。彼の初めての自己主張か。

「美咲さんに友達はいましたか」

「いましたよ。とりわけ孤立した子ではありませんでした」

「友達の名前と連絡先は聞くことができますか」

「それは、勘弁してください。個人情報に関してはうるさいですから」

一時間ほど話を聞いて学校を出た。校庭では野球部の部員が隊列を組んで走っている。

校門を出て通りを歩き始めると解放された気分になった。学校にはどこか閉鎖された空間というイメージを持ってしまう。雑誌記者になって、子供関係の取材を始めてから、その感覚はますます強くなっている。

「学校の仕事はあくまで教育です」私は遠藤の言葉を声に出してみた。空疎な響きが拡散していく。その中にピンクの髪の美咲が浮かび上がる。美咲は何を思い、髪をピンクに染めたのか。

腰を据えてやろう。小学校、中学校の先生とも会ってみようという気分になった。

駅前のコーヒーショップに入って、美咲の通っていた中学と、小学校に電話をかけた。両方とも徒歩十分以内のところだ。中学三年の時の担任は教師を辞め、実家に戻ったという。連絡先を教えてほしいと頼んだが、断られた。一年、二年の時の担任も一人は他校に移り、もう一人は定年退職していた。小学校六年の時の担任も退職したという。唯一、小学校五年の時の担任、森春江《もりはるえ》に連絡が付いた。一時間程度なら時間が取れるという。

彼女に会うことを決め、美咲が通った小学校に行った。

下校時間がすぎた学校は静かで、何らかの理由で残っている児童と教師が数人いるだけだった。

森春江が担任をしている教室に連れて行かれた。

「山本美咲さんのことですね」

春江は困ったような表情で私を見つめている。事件については知っているのだ。しかし、警察に何かを聞かれたという感じではなかった。

春江は四十代の後半だ。人生に疲れたという感じのおばさんだった。彼女は美咲が二年生と五年生の時の担任だと説明した。といっても、すでに十年近く前の話だ。当時、十歳前後の美咲が、今では二十歳《はたち》を前にしている。

「覚えてます。二年の時は、一年の時にお父さんが癌《がん》で亡くなったと聞いていたので心配していましたが、明るく活発な子でした。でも――」

春江は言葉を濁し、考え込んでいる。

「二年生の時と五年生では様子がまったく違ったのが印象的でした。別な子供みたいで――」

春江は脳の奥の記憶を引き出すように、言葉を選びながら慎重に話した。

「二年生の時は、休み時間にはいちばんに校庭に飛び出していた子が、五年生ではいつも教室に残っている。ほとんど、外では遊ばなくなりました。お兄さんがいることはご存じでしょ」

「身体《からだ》が悪かったそうですね」

「私が産休をとっている間に事故にあって、動けない身体になったと聞いています。彼女が世話をしているようでした。いや、お婆《ばあ》さんを手伝っていると言ってたのかな。とにかく、家の手伝いが優先されるようになってました。素直で、いい子でした。学校を休んだり、おかしな行動をするといったことはありませんでした。ただ、時間に余裕がなくなったという感じでした。六年生になってからさらにひどくなったと聞いています」

兄が交通事故にあったのは美咲が小学三年生の時だ。最初のころは、祖母が面倒を見ていたのだろう。学年が上がり一緒に世話をするようになり、中学の時祖母が認知症になった。

「外で遊ばなくなったと言っても、陰気な子じゃありませんでした。クラスでも人気者でした。世話焼きというのかな。困ったら、美咲ちゃん。という感じで、実際にみんなにそう言われてました。それに、絵が上手でしたね。絵といっても、マンガですがね。よく友達の似顔絵を描いてました。美咲ちゃんに描いてもらうと、みんな美男美女になるって喜ばれていたようです」

春江は一気にしゃべった。かなり印象に残っている生徒のようだ。遠藤の話とは違っているので、戸惑ったほどだ。精神的に大人になり、家族内での立場が変わっていくと共に性格も変わっていったのか。いや、性格は変わらない。外圧に押さえられるだけだと精神科医の友人は言っていた。

「家庭については知りませんか。知っている限りで結構です」

春江はしばらく考えていた。

「運動会や学芸会にはお母さんとお婆さんが、お母さんが来られないときには、必ずお婆さんが来てました。お母さんは——たしか、看護師さんでした。県立総合病院の職員で、正看護師と言うんですか、かなり忙しそうでした。母子家庭でしたが、とても仲のいい家族だと思っていました。ただし二年生の時です。五年生の時は家族の方は——」

春江は黙り込んだ。

「お兄さんは重度の障害者で二十四時間の介護が必要だったと聞いています」

私の言葉にかすかに頷《うなず》いている。この辺りの事情についてもよく知っているのだろう。

「かなりひどい後遺症でした。五年生の時、家庭訪問に行って、私も会ったことがあります。お兄さんのことで、学校を休みがちになっているときでした。お兄さんを見たとき、これじゃ、家族が大変だろうと思いました。でも、美咲ちゃんはお兄さんが大好きだったようです。いつも、お兄さんのベッドの横で絵を描いてると言ってました」

春江は視線を下げ、記憶を引き出すように眉根《まゆね》を寄せていたが話し始めた。

「お兄さんのことを詩に書いたことがあります。クラスで読んでもらうかどうか、迷ったことを覚えています。結局やめました。あまりにリアルというか、何か問題が起こると美咲ちゃんに悪いと思いました。つまり――お兄さんのことでいじめられたりしたら困ると思って」

「内容は覚えていますか」

「美咲ちゃんから見たお兄さん、真司くんについてです。細かいことは……すみません、覚えていません」

「その詩、まだありますか」

「もう、十年近く前のことです。私には教え子が数百人いますから」

一クラス三十人で十年間で三百人。美咲は三百人の中の一人だ。そんなに大きな数ではないが、小さな数でもない。教え子の作品をいちいち大事に保管していたら、どれだけスペースがあっても足りないに違いない。

「美咲ちゃんはどうなるんですか。家族が亡くなって、独りになったんでしょ」

突然、春江が聞いた。真剣な表情で私を見ている。

「親戚《しんせき》を探すことになると思います。それより先に意識が戻ることを願っています」

春江が座り直し、私に視線を止めた。

「ヤングケアラーという言葉をご存じですよね。ここ数年、日本でもクローズアップされるようになった言葉です。新聞やテレビでも取り上げられています。学校でも文科省の調査用紙が配られてきます。子供にアンケートを書かせるのです」

春江は一気に言うと深く息を吐《つ》いた。

「賛成じゃないんですか」

「クラスに一人か二人いると騒がれてます。子供たちの家庭状況は様々です。核家族化が進んで、祖父母と一緒に暮らしている家族は都会では稀《まれ》です。また、少子化で子供が複数いるという家庭も昔ほど多くありません。でも、お年寄りと一緒に暮らしている子供は、お年寄りと常に触れ合っています。兄弟がいれば、年下の兄弟の面倒を見るし、同居しているお年寄りと話したり、世話するのも当り前です。決して特別なことじゃない。政府はそういう子供たちも、一括《くく》りに考えているような気がします」

春江は遠慮がちに話した。

「すべて程度の問題です。美咲ちゃんはいい子でした。お兄さんやお婆さんに囲まれて、幸せだったと思っています」

春江は結論のように言った。三百分の一の生徒ではなかったということか。

「六年生の担任は――たしか、安田《やすだ》先生です。しかし、彼女は三年前に退職して地元である北海道に戻っているはずです。校長先生に話せば、連絡先は分かるかもしれません」

春江が時計を見た。そろそろ時間だという合図だろう。スマホの番号を書いた名刺を置き、何か思い出したら連絡をくれるように言って、学校を出た。

美咲は小学生時代は明るく活発な少女だった。兄の事故、祖母の認知症で生活ばかりではなく性格までも変わっていったのか。いや、そうではない。小学校、高校では友人はいた。おそらく中学でも。変わったのは生活だけだろう。彼女は明るく活発な性格のままだったのだろう。SNSで書かれているのとは、かなり違っている。


出版社に戻り、今日回った高校と小学校の先生たちの言葉をまとめていた。

わずかだが山本美咲の姿が浮かんでくる。しかし、ICUで見た少女の姿とはほど遠いものだ。

「取材は順調か」

気が付くと横に岩崎が立っている。

今日会った二人の教師について話すと、岩崎は頷きながら聞いている。彼はヤングケアラーについては、かなりの知識を持っているはずだ。記者に話させて相手の考えをまとめさせ、時々質問して疑問点を明確にする。これが彼のやり方だ。

「マスコミの仕事は事実をありのままに伝える。あとの判断は読者に任せる。正確さは絶対的なものだ。詳しさは記者の信条や思いに左右されることがあるから、要注意だ。常に中立であれと自分に言い聞かせろ」

何度も言っていることを岩崎は繰り返した。私は中立ではないということか。私は中立でない記事であっても、その理由を読者に伝えればいいと思っている。

「警察は山本美咲が意識を取り戻すのを待っています。状況証拠では彼女の犯行と考えられて当然なんですが――」

「おまえは違うと思っているのか」

私が言葉を濁すと聞いてきた。このおまえという呼び方は、最初、男尊女卑に繫《つな》がると違和感を覚えたことがある。しかし、考えると岩崎は男性記者に対してもおまえと呼んでいる。

「すべてが状況証拠です。彼女の意識は戻っていません。これでは美咲さんがあまりに不利です」

「不利か。そういう言い方もあるんだな。おまえの調査で不利を逆転して、優位にできそうか」

「分かりません。少なくとも真実に近づくことは出来ると思います」

岩崎は下を向いて考え込んでいたが、顔を上げて私を見た。

「介護に疲れた若者が家族を殺し、放火する。誰《だれ》もが納得する警察の見解だろうな」

まだ情報が少なすぎる。私は喉元《のどもと》まで出かかった言葉を我慢した。

「この事件は日本の抱える問題点を象徴しているものだ。そして、世界にも共通してくる。少子高齢化、介護、教育、貧困、格差、少年犯罪などなどだ」

私の脳裏にひと言ひと言が刻み込まれた。

「記者は中立であれ。事実のみを正確に、公平に伝えるのが仕事だ。そのためには、まず、事件の全容をつかむんだ。先入観を捨ててかかれ」

私の心情を見透かしたような言葉が返ってくるが、つまり取材を続けろということだ。

「有り難うございます」

思わず頭を下げた。


家に帰ると午後十時をすぎていたが、父はまだ起きていた。

キッチンのテーブルにコンビニ弁当が置いてある。

「これ、食べていいの」

「おまえのために買ってきた。レンジで温めてやろうか」

「自分でやる。このまま入れるとヤバい場合もあるんだよ。温かいサラダや湯気の出ているタクアンはいやでしょ」

〈もう一度、容器を見ること〉父が書いたメモがレンジのガラスに貼《は》ってある。二日前には父が容器のままレンジに入れ、容器が変形した。

皿に移し替えて、レンジに入れた。

「何か分かったか。美咲って女の子の事件」

父が冷蔵庫から缶ビールを二つ出して、一缶を私の前に置くと聞いてきた。

「そんなに簡単には分からない。ひと一人の十九年分の人生なんだから」

「しかし、事件は一時間もかかっていないだろう。人の心の動きなんてほんの一瞬で、どうにでもなる」

口には出さなかったが、当たっていると思った。十九年間かけて築き上げた人生が、一時間にも満たない間にまったく変わってしまったのだ。三人の命が消え、家が燃えた。さらに一つの命が生死の境をさまよっている。ほんの一瞬の出来事でだ。しかし十九年間の人生はその一瞬一瞬の積み重ねでもあるのだ。

「おまえは母さんと同じだ。深入りするとひっくり返るまで抜け出そうとしないからな。今度はもっと慎重にな」

答えず、ビールを飲んだ。顔を上げると父が私を見つめている。何か言わなければならないと思わせる見つめ方だ。「出来るだけ普段通りに、ストレスを溜《た》めない生活を送るように気を付けてください。常に頭を活性化させることは重要です」最初に診察に同行したとき、医者が言った言葉が私の脳に張り付いている。

「慎重にやらなければならないことは分かっているけど、面倒くさい時代になっている」

美咲の高校と小学校の教師に会ったが、彼らも個人情報保護を理由に多くを語りたがらないことを話した。

「だったら教師よりも友達だろう。おまえは学生時代に教師に本音を話したか。本音を話すのは親か友達だろう」

「友人を取材したいので連絡先を教えてほしいと頼むと断られた。やはり個人情報に当たるんだって」

「教師の立場としては、雑誌記者に生徒の名前や住所は教えられないだろうな。何かが起これば、真っ先に責められる。近所を歩いて同学年の者を見つけ、卒業アルバムでも見せてもらうんだな」

父は突き放すように言ったが、ちょっと待てよと言って書斎に入って行った。

私が弁当を食べ終わったころ、コピー用紙を持って戻ってきた。

「二年前の神奈川第一高校の神奈川総合大学合格者名簿だ。この中に彼女の友達がいるかもしれない」

「こんなのが手に入るんだ」

「情報時代だからな。SNSを検索すれば連絡先は分かるかもしれない。かなり違法性を含んでいるかもしれないがな」

有り難うと言って受け取り、自分の部屋に行ってパソコンを立ち上げた。名前と高校名を入れれば、SNSにつながる情報が出てくる。自分の名刺の写真と用件を書いて送れば、返事が返ってくるかもしれない。

2

十一月最後の週で、街には人が溢《あふ》れクリスマスソングが流れ始めた。すでにクリスマス商戦が始まっている。

大学のキャンパスは華やかだった。まだ幼さの残る学生たちが時折り、声を上げ、笑いながら通りすぎていく。美咲が進学していたら二年生だ。

学生食堂には二人の女子学生が待っていた。彼女たちは美咲とは小学生のころからの幼馴染《おさななじみ》で、高校の三年間も美咲と同級生だった。一人は橋本沙也加《はしもとさやか》。髪を栗《くり》色に染めた背の高い女の子。ピンクのブルゾンとジーンズ姿だった。もう一人は根本深雪《ねもとみゆき》。薄茶のコートで眼鏡をかけている。見ためは対照的な二人だ。沙也加は父の指示に従って調べたフェースブックに載っていた、美咲の同級生だ。私が名刺の写真と用件を書いて送ると、五分で返事が返ってきた。

〈明日、大学構内でなら会ってもいいです。友達も連れて行きますけど〉

〈時間と場所を指定して。私はブルーのコートを着ていきます〉

一時間後に、時間と場所を知らせてきた。

「ごめんなさいね。時間を取らせて」

二人の前に立って頭を下げると、二人は慌てた様子で立ち上がり頭を下げた。

初めは警戒心を隠さなかった二人も、改めて名刺を渡して私が過去に書いた署名記事のコピーを渡すとすぐにしゃべり始めた。署名記事は「ダイバーシティの効用とＬＧＢＴ」というタイトルで、多くの人が表立っては反対しない記事だ。

美咲、沙也加、深雪の三人は小学校のころからの幼馴染だと言った。家が近いと高校までは私学に行かない限り一緒らしい。

「美咲のこと、私たちも心配してました。テレビや週刊誌は、まるで美咲が犯人のように言ってます。私たち絶対にそうじゃないと思います」

沙也加が憤慨をあらわにして言うと、横で深雪が頷いている。

「なぜ、そう思うの」

私が聞くと二人は顔を見合わせた。

「なぜって、美咲は――」

後の言葉が続かず、沙也加は救いを求めるように深雪を見た。

「美咲さんについて、覚えていることは何でも教えて。悪いこと、良いことすべて。大丈夫、悪いことは書かないし、記事にするときにはあなたたちにも見せるから」

「優しい子だった。美咲がお母さんたちを殺すだなんて。絶対にウソです」

沙也加がムキになって言う。

「私は雑誌記者。真実を読者に知らせたい。だから、美咲さんについて話を聞きたいの」

「どんなことを話せばいいんですか。事件当日のアリバイとか。だったら、私たち知りません」

深雪が落ち着いた声で言う。

「まずは、美咲さんを知りたい。どんな子だったか。あなたたちの印象に残っている美咲さんのエピソードを話して。私が知ってるのは新聞やテレビのニュースか、ネット記事だけだから」

教師や近所の人に会ったことは話さなかった。彼女たちが思っている美咲を知りたかったのだ。

二人は顔を見合わせて考えていたが、沙也加が深雪に了解を得るように頷いてから話し始めた。

「最悪だったのは高校の修学旅行の前日かな。うちの学校の修学旅行は高二で沖縄なんです。高三は受験勉強忙しいから。事前の学習もあるし、けっこう盛り上がります。出発の前日、放課後に残って班のみんなで自由時間の最終決定をしてた時、美咲のスマホが鳴り始めました。病院のお母さんから。お婆さんがいなくなったってヘルパーさんから電話があったんだって」

「あったね。あれは、本当に最悪だった。美咲はすぐに帰っちゃうんだもの。迷いなんてなかった。とにかく私、帰ってみるわ。笑いながらそう言って、教室を出て行った」

「私は窓から見てた。美咲は校内を出ると突然走り出した。家に向かってね。それまでゆっくり歩いて、振り返って手を振ったりしてたのに」

「私も覚えてる。その夜、修学旅行には行かないって電話があった。すぐに戻るからと言って帰ったのに。私たちお土産《みやげ》を買って持って行った」

「チーズケーキだったね。美咲、好きだからってことで。沖縄土産がチーズケーキ。笑っちゃうけどね。でも、美味《おい》しいって食べてた」

「素直に喜んでたよね。変なやっかみなんてなしで。美咲、その点、割り切ってたみたい。自分には守るべき家族があって、家族を優先するのは当然だって」

初め警戒していた二人も、やっと心を許したようにしゃべり始めた。

「でも、あなたたちの手前、そうしてたとは思わないの」

「それはない。愚痴を言うべき時は言ってたから」

「たとえば」

二人の言葉が止まった。

「例を挙げろと言われれば、これといってないけど」

「たしかに、振り返ってみると、美咲は私たちとは違ってました。もっと色々気を遣ってあげるべきだったと反省してます」

「お兄さんが障害者だってことは知ってた。でも、美咲はそれに対して不幸だ、隠したいなんて思ってる様子はなかった。お婆さんが認知症だってことも聞いたことはあるけど、そんなにひどかったって、テレビを見て初めて知りました」

「美咲さんの口からは聞いたことはないのね」

そろって頷いた。美咲は親しい友人には愚痴を漏らしていたが、彼女らはそれを深刻なものとは捉《とら》えていない。美咲は明るい性格なのか、小野や藤田が言うように、不満をストレスとして溜め込んでいたのか。

「あなたたち優しいのね。雑誌記者やってると、子供の取材はいじめやＤＶ、ネグレクトなんかが多いのよね。小学生が友達のお金をだまし取ったとか、リンチした話もあって、うんざりする」

「未成年の実名報道とかもするんですか」

沙也加が聞いてくる。

「それは気を付けてる。基本、うちの雑誌は二十歳未満は実名は出さない。その原則上で、特定されないように、けっこう神経を使って記事を書く」

「でも、ネットを見れば誰だかすぐに分かる。写真と住所入りでね。気を遣ってる振りをして、誰だか分かるように書いてある」

沙也加が反論してくる。

「そういえば、髪、切ったこともあったね。お兄さんが食べたものを吐き出して、それがかかったんだって。でも汚いから切ったんじゃなくて、短い方が動きやすいからだって。手入れもしなくていいし。お兄さんやお婆さんのことがいつも頭にあったみたい。私には考えられない」

「図書館にもよく行ってた。写真集を借りてた。花や動物、海や山の写真集も。旅行の写真集も。お兄さんに見せるんだって」

「弁当屋のアルバイト始めたけど、すぐに辞めてしまった。家の方が大変だからって」

「あのバイト、また始めたのよ。店長から時間のことは考えるからって言われたって。店長に気に入られてた」

待って、と言って、沙也加がスマホを出した。

アプリを操作してスマホ画面を私に突き出した。長い黒髪の少女がピンクの毛のウサギと海辺で遊んでいる。蒼《あお》い海にはヨットが浮かんでいた。子供っぽい絵だったが、色使いがカラフルで印象に残るものだ。

「美咲が描いたんです。これも燃えてしまったのかな」

私はスマホを手に取って眺めた。海とピンクのウサギと長い黒髪の少女。

「おかしな組み合わせでしょ。私、この絵が好きで撮らせてもらった。高一の時かな」

きっと、美咲の願望に違いない。海に行ったことがないのかもしれない。動物を飼いたかったに違いない。髪を伸ばして飛び跳ねたかったに違いない。普通の少女なら、手に入ったことなのだろう。でも、家族を考えると美咲には遠い夢に近いことなのだ。ピンクの髪の少女。私は高校の教師、遠藤の話を思い出した。しかしこの少女の髪は黒い。

「美咲、部活を辞めてから、家でパソコンを使って絵を描いていたんです」

「すごいね。パソコンを使うと、こんなに緻密な絵が描けるんだ」

「A2用紙に印刷したのはもっとすごいですよ。画素数がスマホのアプリで描くのよりずっと多いから、かなり拡大しても画質が乱れないって言ってました。いつか展覧会を開きたいって。美咲の夢です」

「私のスマホにその絵、送ってくれない」

「何に使うんですか。美咲に断らなきゃ」

「あなたと同じ。すごく好きだからよ。この女の子、何となく美咲さんらしいでしょ」

沙也加は数秒写真を見ていたが、スマホを操作した。私のスマホから着信音がする。

「実は私たち、高校を卒業しても月に一度くらいの頻度で会ってました。たいていは、沙也加経由で美咲から連絡があって、ファーストフード店か、モールのフードコート」

「そういう時、お兄さんとお婆さんの世話は、どうするの」

「前に聞いた時は、お婆さんがデイサービスに行って、お兄さんのヘルパーさんの都合が付いた日。外出してきたら、ってヘルパーさんが言ってくれるんだって。午前午後、通しで見てくれる人、あまりいないと言ってた」

「お兄さんも今のヘルパーさんをすごく気に入ってて、長く居てくれるといいって。キレイというんじゃなくて――かわいい人だったんだって」

「それ、私も聞いた。中島理恵《なかじまりえ》さん、二十四歳。美咲、お姉さんって呼んでた。介護士の資格を持ったヘルパーさん」

深雪がスマホを出していじっていたが、私の前に突き出した。丸顔の優しそうな女性と美咲が肩を寄せ合って笑みを浮かべている自撮り写真だ。

「このヘルパーさん、どのくらい来てたの」

「週四回かな。お兄さん、重度の障害者だったでしょ。二年前から来てるって言ってた」

「お婆さんにもヘルパーさんは来てなかったの」

「多分来てた。入浴なんかがあるでしょ。お婆さんはデイサービスにも通ってた。こっちも週四日かな。家にヘルパーさんがいるときは、美咲も外に出てたみたいよ、家の近所を歩いたり、図書館に本を借りに行くって言ってた」

「どんな本が好きだったの」

二人は考え込んでいたが、沙也加が口を開いた。

「やっぱり写真集かな。文字が多いのは時間がかかるから嫌いって言ってた。好きなのは日本や外国の街の写真集。あと、花や動物の写真集。眺めていると、その土地に行った気になるって。花や動物も育てたり、飼ったりしている気になるって。スケッチもたくさん見せてもらった。写真集を見て描くんだって。いつか本物を見てみたいって。スケッチも一緒に燃えてしまったんでしょ」

私の中で美咲の姿が徐々に具体的になってくる。

「美咲さんのお母さんってどんな人」

二人は互いの思いを探るように顔を見合わせている。

「私はあまり知りません。小学生の時からの幼馴染といっても、家はそんなに近くはないし、美咲の家に行ったこともありません。美咲は誕生会もやらなかったし。私たち、美咲の家の事情を理解してたし」

十分じゃなかったけど、と深雪は付け加えた。

「私もよく知らない。会ったの数回かな。優しそうな人だったよ。小学校の参観日に見たけど。背が高くてスラっとしてた。奇麗な人だった」

「そうかなあ。私の印象は怖そうな人だった。笑わない人って感じ。私が見たのは中学の入学式かな。半分くらいいいて、帰ったけど」

「そう言えば美咲、中学時代に更衣室で体操着に着替えたとき二の腕にあざがあった。私が見てるのに気づいて、慌ててシャツを着たけど、あれは叩《たた》かれた痕《あと》かもしれない」

「ありうるね。厳しそうな人だったから」

「美咲さんはお母さんについては何も言ってなかったの」

二人は顔を見合わせた。

「何でもいいの。叱《しか》られたとか、叩かれたとか」

二人は考え込んでいる。

「美咲、情緒不安定なところがあったかもしれない。突然泣き出した時があった」

深雪が同意を求めるように、沙也加を見た。

「あった、あった。高校一年の時、部活を辞めた後でしょ。あの時、みんな驚いてた。先生がいちばん、パニクってたんじゃないの。男の先生だったから」

「私にも分かるように話して」

「授業が終わった時かな。みんなが部活の用意をし始めたとき。ポロポロ涙を流してた。どうしたのか聞いたけど、何も言わないで帰って行った。次の日は普通に来て、笑ってた」

「小学五年の時も突然、泣き出した。教科書にキツネの話が出てて、それを読んだときかな」

「私も覚えてる。ごんぎつねでしょ。最後に撃たれて死んでしまう話。みんな、驚いてた」

「優しい子だったんだ。それにすごく感受性の豊かな子」

「家族って言葉に敏感だったね。自分じゃ、気にしない振りしてたけど」

深雪が頷いている。

予定の一時間はすぐにすぎた。二人が時計を気にし始めた。次の授業があるという。

「私たち授業を半分以上、同じのを取っているんです。試験の時に便利でしょ。一緒に勉強できるし」

「最後に一つ。あなたたち、美咲さんが不幸だったと思う」

二人は質問の意味を測りかねたようにお互いに目を合わせた。

唐突な質問であることは分かっていた。突然、私の頭に浮かんだのだ。

「そう言われると――いつもは私たちと同じでした。学校にいるときも。でも、修学旅行にも行けなかった。部活も途中で辞めてしまったし、進学もしなかった。やはり不幸だったのかな」

沙也加は同意を求めるように深雪を見た。

「そうでもないんじゃないかな。美咲は家族が大好きだった。一緒にいるのが嫌だったら、とっくに逃げだしてる。小学校のころはお兄さんの話をよくしてたし、お婆さんの話もしてた。お母さんの話も」

「聞いたことがないのはお父さんの話だけ」

「美咲が小学一年生の時に病気で死んだって聞いた。だから私たち、美咲の前では父親の話はなるべく避けてた」

「なんだ、深雪もそうだったのか。私も同じ」

二人は顔を見合わせて笑った。

有り難う、と無意識に口から言葉が出た。二人も気にするふうもなく私に頭を下げた。

「きっとまた聞きたいことが出てくる。その時はまた会ってね」

「私、雑誌記者って職業に興味が出てきました。笹山さんの出版社に、インターンシップはあるんですか」

沙也加が聞いた。

「聞いてみる。でも、雑誌編集部にはないと思う。私、学生さんに会ったことがないもの。あるとすると企画室かな。若い人の意見を求めてる。学生さんのグループを見たことがある」

沙也加が突然、手を振り始めた。視線の先を見ると数人のグループがいる。

「次の授業があるので。美咲のことよろしく頼みます」

二人は立ち上がると、私にもう一度頭を下げて彼らの方に走って行った。


二人に会った帰り、私は美咲の家のあった場所に立った。一週間足らずの間に片付けられて空き地になっていた。ここで三人の家族が亡くなり、火事が起こったとは想像できない。美咲の状況を知ると、この空き地も違った見え方になる。ほんの数十分の間に三人の命が消え、燃えてしまった場所なのだ。

「あんた、ここ知ってるの」

突然、声をかけられた。中年の女性が見つめている。前に話した女性とは違う。

「こんな住宅街に空き地なんて珍しいなと思って」

「嘘《うそ》でしょ。ここでのこと調べてるんでしょ。あんた、刑事には見えないからマスコミ関係、新聞記者か、テレビの人でしょ。嘘をつかないでもいいわ。何が知りたいの」

私が言うべきことを一気に言ってくれた。

「よく分かりましたね。私はこういう者です」

名刺を出して渡すと、女は見つめている。

「どんな家族だったか調べています」

「母親、兄と妹、祖母の四人家族。でも、普通の家族ではなかったね」

「どう、違うんですか」

「昔は父親がいて普通の家族だった。仲は良かったよ。休日にはよく一緒に出掛けてた。父親が最初に亡くなった。癌だと聞いてる。でもお母さんが頑張って、普通の生活をしてた。おかしくなったのは、兄さんが交通事故にあってからかな。妹をかばおうとして、車に撥《は》ねられたんだ。妹が小学三年生で、兄さんが六年生の時」

「妹をかばったんですか」

初めて聞いた話だ。

「噂《うわさ》だよ、噂。美咲ちゃんの額に傷があるでしょ。あれは、その時の傷だって聞いたことがある。三歳違いの兄妹《きょうだい》。仲が良かったよ。いつも兄さんが妹を連れて歩いてた。手を引いてね」

「美咲さんと真司くんは事故前から仲が良かったんですね」

「なんだ、名前まで知ってるんだ」

「記者ですから」

その時、通りかかった中年女性が立ち止まった。二人は知り合いらしく、寄ってきた。

「この人、雑誌記者。山本さんの事件を調べてる」

「美咲ちゃん、入院してるんだってね。可哀《かわい》そうにね」

二人は私を無視して話し始めた。

「不謹慎な言い方だけど、このまま意識が戻らない方がいいと思うよ。美咲ちゃんも苦労しっぱなしだったからね。一人だけを悪くは言えないよ」

「そうだね、真ちゃんが寝たきりになってから、色んな事が狂い始めた」

「生活はどうしてたんですか」

　私が割って入ると、二人が同時に私を見て顔を見合わせた。

「保険金が入ったんでしょ。色々言われてたね。一億円からゼロ円まで。過失割合ってのがあるんでしょ。子供の急な飛び出し。運転手は前方不注意。でも、保険金は入るんだろ。それに清美さん、看護師だし。そこそこの給料もらってたって話」

　女性は突然、声を潜めて話し始めた。

「最初のころは何とかやってたよ。お婆さんが真司くんの面倒を見て。でも、四年たったあたりから狂ってきたのよ。美咲ちゃんが中学生のころから」

「狂った？」

　思わず聞き返した。出版用語としては使えない言葉だ。

「認知症という奴《やつ》。ボケてきたんだ」

「なぜ施設に入れなかったんですか」

「美咲ちゃんが反対したって聞いたよ。絶対に自分が面倒を見るって。十歳すぎの子供がね」

　女性はしきりに頭を振りながら話した。

「可哀そうだよね。事故の時、小学三年生だよ。でも、偉いよねえ。それから十年。ずっと美咲ちゃんが面倒見てる。お兄さんと、途中からお婆さんも」

「学校は行ってたんでしょ」

「昼間はヘルパーがいるでしょ。デイサービスだってあるし。大変になったのは、やはりお婆ちゃんのボケがひどくなってからかな。あれは早かった。坂道を転げ落ちるって感じだったね。私のこと覚えてたと思ったら、次の日、あなた誰なの、って顔で見るんだもの」

二人は大きな声を出したり囁《ささや》き始めたり、三十分余り競うように話した。私は横に立って二人の話を聞いていた。

気付いたことがあれば連絡をくれるように、もう一人の女性にも名刺を渡して別れた。


地下鉄の駅に向かう途中、沙也加が話していた、美咲がアルバイトをしていたという弁当屋があった。美咲の家から徒歩十分あまり。急げば八分かからない。チェーン店ではなく、夫婦でやっている小さな弁当屋だ。

「美咲ちゃん、とんでもないことになったね。私たちも心配してたんだ」

私が美咲のアルバイトについて聞くと、五十代と思われるおばさんが顔をしかめた。背後で揚げ物を揚げているおじさんが頷いている。本気で心配しているようだ。

「実はうちにも警察の人が来たんだよ。あの日、美咲ちゃん、アルバイトに来てたからね。客も少なくて小雨も降り始めたので早めに帰ってもらったけどね」

「美咲さん、どうでしたか。いつもと違ってたところはなかったですか」

二人は顔を見合わせて考えていた。

「普通だったね。音楽とか絵の話をしてた。大学の話もね。行きたかったけど、行かなくて良かったとか。警察の人にも聞かれたよ。普段の様子とか。そうは言われても、週に二日か三日、時間も不定期だったし」

「おばさんたちから見て、美咲さんはどんな女性でしたか」

「どうって、普通の女の子だったね。ただし、特別いい子。だから、テレビで見て気の毒でね。家のことも色々聞いて知ってたけど、断片的だったからね。アルバイトも希望条件が、ドタキャンしてもいいかって。普通じゃないよね、ドタキャンがいちばん困るんだ。最初いい加減な子かと思ってたけど、しっかりしたいい子だった」

「すべて家庭の事情だよ。お婆さんと兄さんが身体が悪いらしい。だから突然のトラブルが起こるんだ。何回かドタキャンはあったね。電話で慌てて帰るときも。最初に言われてて、覚悟をしてたからまあ何とかしたな」

おじさんが美咲をかばうように言うとおばさんが続ける。

「家族の世話があるからと、理由を話したのはアルバイトを始めてひと月目。早く言ってほしかった」

「最初に言ってたら雇いましたか」

「分からないね。でも、怒ることはなかった。慌てることはあったがな」

おじさんが懐かしそうに言葉を挟んだ。

「弁当も残ると、買いますからディスカウントしてくれますかって。時給から引いてくれとも言われた。お母さんもうちの弁当のファンだって。病院の帰りに時々買ってくれた。仲のいい親子だったと思っていたけどね」

「なぜ、美咲さんは店を辞めたんですか」

二人は顔を見合わせ、申し合わせたようにしばらく無言だった。

「いや、辞めてはないよ。都合が付く日は来てもらってた。でもやはり、両立にはムリがあったんじゃないかね。アルバイトといっても、仕事とお兄さんとお婆さんの世話。いつもスマホを見てたからね。連絡が入ってないかって気にしてたんだ」

「途中で帰るってこともあったんですか」

二人は再度顔を見合わせた。

「しょっちゅうってわけでもないけど。少なくもなかったかな」

おじさんがおばさんの方を見ながら、遠慮がちに言う。

「状況によっては飛び出して行ったね。かなり深刻そうな顔で。正直、忙しい時には困ったが、お互い様だ。金に困ってのバイトでもなかったようだし」

「どういうことですか」

「母親が看護師だったんだろ。それに——」

「お兄さんの事故で保険金が入ってるからね。多くはないって噂だけど少なくもないんだろ。ひと一人が廃人になってるんだから」

おじさんのわき腹をおばさんが肘《ひじ》で突《つつ》いた。廃人という言葉と、あまり喋《しゃべ》りすぎるなという合図だろう。

店内を見回すと、キッチンと受け渡しのカウンターの間の壁に弁当のメニューが貼ってある。

「アレ、すごくユニークですね。お宅のお弁当、食べたくなる」

壁のカラフルなポスターに目を移した。

色取り取りのエビフライ、ハンバーグ、卵焼き、塩鮭《しおじゃけ》が弁当箱の中で飛び跳ねている。それを見て笑っているのは、白とピンクのご飯たちだ。

「美咲ちゃんが描いたのよ。店長が、うちの主人だけど気に入ってね。あんたと同じことを言って。みんなそれぞれの役割があって、みんなが揃《そろ》うと美味しくなるんだって。美咲ちゃんの言葉ね」

美咲は家で兄と祖母の面倒を見ながら、この絵を描いていたと思うと胸が熱くなった。

私たちはしばらくの間、壁に貼られたポスターを見ていた。

弁当を二つ買って帰った。

午後七時をすぎていたが、父は思った通り何も食べていなかった。夕飯の用意すらしていない。

「何か分かったのか。顔が明るくなってる」

「何のこと。お弁当食べようよ。美味しそうでしょ。どっちがいい」

テーブルにとんかつ弁当と鮭弁当を置いた。

父は迷わず、とんかつ弁当を引き寄せた。分かっていることだった。二つともとんかつ弁当にすればよかった、と思ったとき、父が立ち上がって、皿を二つ持ってきた。

その上にとんかつを二つに分け始めた。私も鮭を半分に切って皿の上に置いた。昔に戻ったようだった。ただし分けたのは母親だ。

「優しいんだな。いいことがあったのか」

「また、分からなくなった。山本家がどんな家なのか」

「母親、娘、兄と祖母の四人家族。うちより一人多いが同じようなものだろう。いや、兄さんがいる分、ぜんぜん違ってるな」

父は途中から深刻な表情になった。兄と祖母の状況を思い出したのか。

沙也加と深雪に聞いた話をした。

「二人のお母さん評が違うんだよね。沙也加さんは優しそうだったというし、深雪さんは怖そうだという。人って、見方によってそんなに印象が変わるのかな」

「そりゃ変わるさ、女は特に。母さんだって、結婚前と後じゃ別人だったからな。天使から悪魔へだ。意地の悪い小悪魔だ」

「お父さんが変わったからじゃないの」

「俺《おれ》は俺のままだ」

私が覚えている父は確かに変わってはいない。頑固で調子が良くて、性格は悪くはないが良くもない。変わればお母さんも喜んだだろうか。

「会った時期が、一人は小学校の参観日、もう一人は中学の入学式の違いなんだな。その間、色々あったと思うね。二人の印象が違うのは、真司くんの事故前と事故後じゃないのか。家族の生活自体が大きく変わるはずだから」

父は神妙な表情で話している。こういう時の話はいたって正常で、私にも参考になる。

「父親が亡くなったのは美咲という女の子が小学一年の時なんだろ。父親の死、兄の事故。小さな女の子には耐えられないだろう。最後のとどめが祖母の認知症か」

「そうよね。その節々で生活がまったく変わるんだもの。お母さんもかなり変わったと思う。そうでなきゃ、生きていけない。優しいお母さんから厳しいお母さんへね」

「そりゃあ、そうだろ。母親は、一人で子供たちと自分の母親の生活を支えると決めたんだろ。優しくしてるだけじゃ、生きていけないと悟ったんだ」

「説得力、満点。さすがは年の功ね。お母さんはお父さんにもなることを決めた。だから、夜勤も積極的に取り入れて、自分は生活の柱になると決心した」

「家のことは美咲っていう長女に任せてか」

父親の顔には納得できないという表情がある。

「家族には役割り分担が必要でしょ」

「小学三年のころからだろ。かなり酷だな。世話する対象が二人になると、遊ぶ時間なんてなかっただろ」

「お婆さんの認知症が出たのは、中学になってから。そのころには真司くんの介護も大変だったみたい。だから高校の部活も辞めて、授業が終わると家に走って帰ってた。警察は、その長年の怒りが爆発したと思ってるみたい」

「当たらずとも、遠からずってことかな。しかし長年の怒りというのは言いすぎだな」

父は冷静な顔をして言う。こういう時の父は昔の記者時代と同じで、興奮気味の私の言葉一つ一つをチェックして、心を落ち着かせてくれる。

父が弁当を食べている間に、私はバスルームに行ってゴミ箱を見た。ふた月ほど前、レジ袋に入った下着とズボンが捨てられていたのだ。尿の臭《にお》いがして、ウンチも付いていた。それ以来、父に知られないようにチェックして、洗濯をしている。いや、父のことだから知らないということはないかもしれない。私の中では、知らないでいてほしいという思いと、知ってほしいという感情が入り乱れている。

3

コーヒーショップの店内を見回した。奥の窓際のカウンター席に栗色の髪の若い女性が座っている。橋本沙也加だ。

昨日の夜、帰りに弁当屋に寄ったこと、そこで美咲が描いた弁当のイラストを見つけたことを書いてメールを送った。弁当のイラストの写真を付けて。

〈昨日の話は、まだ十分の一程度です。笹山さんのことよく知らなかったから。でも、美咲の絵をすごく好きだと言ってくれたので、もっと話してもいいかなという気になりました〉

朝、彼女から会いたいとメールがあり、午後、大学近くの店で会う約束をしたのだ。

私は沙也加の横に座った。カウンターには紅茶のMサイズのカップが置いてある。

「あなた、お腹空《なかす》いてない。何か買ってくるから」

沙也加は一瞬考える仕草をしたが、小さな声でいいですと答えた。

私は自分用にコーヒーとアップルパイを二個買って、一つを沙也加の前に置いた。

「好きかなと思って。遠慮しないでね。で、話は何なの」

続けて質問した。

「美咲、どうなるんですか。お母さんたちを殺して、家に火を付けた犯人と思われてるんでしょ。

そういう話、昨日はぜんぜん出なかったし」

突然、真顔になって言った。

「私にも分からない。あなたが言った線で警察は捜査をしてる。美咲さんの意識が戻ったら、色々聞かれるでしょうね。あの事件でただ一人、生き残った人だから」

正直に話した。昨日、話しておくべきことだったのだろう。

沙也加は無言でしばらく考え込んでいた。

「美咲、かなり無理してるって感じでした。最近の話です。実は美咲、高校を卒業してからも時々私の家に来てたんです。これ、深雪にも言ってないんだけど」

深刻そうな表情をしている。二人の家は徒歩で十分ほどの距離だ。私は頭の中で計算した。

「高校卒業前辺りから口数が少なくなったし、授業が終わるとすぐに帰ってました。それに、いつも時計を見てるって感じ。スマホも気にしてたし。学校では授業中は電源を切ることになってるんです。でも、マナーモードにしてるだけでした」

「家からの電話を気にしてたってことね」

沙也加は小さく頷いた。近所の女性から聞いた、「美咲が高校生になったころから、お婆さんの認知症がひどくなって、大変そうだった」という話をした。

「お兄さんとお婆さんの世話ね。美咲さんが学校にいる間はどうしてたの」

「前はお婆さんがお兄さんを見てて、問題はなかったけど、やはり中学二年になったころから、お婆さんが頼りなくなったって言ってました。認知症の症状が出てきたんだと思います。下手に任せると、お兄さんを殺してしまうって」

「殺すって、尋常じゃない言葉ね」

「事故が起こるってことです。美咲、時々、私たちもドキッとするような言葉を使うんです。だから、勘違いされることも多かった。お兄さん、寝たきりだったでしょ。痰《たん》の吸引や身体の位置を変えるの、美咲がやってました」

「痰の吸引って資格がいるんじゃないの。喉や鼻からチューブを入れて吸い出すんでしょ。かなり専門的な技術が必要で、医療行為よ。基本的に家族でも医療行為は認められていないはず」

「在宅介護で家族であれば、例外的にできるんだって。これ、内緒だけど美咲は小学生のころからやってた。お兄さんがゼイゼイいってるの放っておけなかったんだって。何年もそばで見てたから、やってみるとできた。お兄ちゃん、嬉しそうにしてたから、それからは迷わずやったって」

「小学生でしょ。お母さんには内緒だったの」

「ママに見つかったら、何も言わずに抱き締めてくれたって。涙を溜めて」

私は沙也加から視線を外した。涙が流れそうになったのだ。背に腹は替えられない、でもない。もっと、もっと神聖で尊いものだ。

「そういうこと、つまりお兄さんやお婆さんの面倒を見てることについて、あなたには話してたの」

「他に話す人がいないって言ってました。実は私の家も母方の祖父が脳梗塞《のうこうそく》の後遺症で身体が不自由なんです。祖母が面倒を見てますが、母は施設を探してます。でも、祖父はそんな所に行かないって言ってるし、祖母は自分が頑張るって。なんだか美咲の家に似てきてるなって」

「なぜ、私に話してくれたの」

沙也加が一瞬躊躇《ちゅうちょ》するような仕草をした。

「美咲、疑われてるんでしょ。お母さんたちを殺したって。みんな、言っています。SNSにはひどい話が載ってるし」

沙也加は顔を上げ私を見つめた。

「笹山さんなら美咲の力になってくれるような気がして。美咲はいい子です。家族を殺すなんてできる子じゃありません。それに、お兄さんやお母さん、お婆さんが大好きでした。学校では平気な顔をしてますが、私には自分が大変でも家族だからって言ったことがあります。それなのに――」

「美咲さん、かなり無理をしてたんだ。イラストレイターになる夢だって、諦《あきら》めた。お兄さんや、お婆さんの世話をしなきゃならなかったから」

無意識のうちに呟《つぶや》いていた。

「違います。美咲、夢を諦めたりしてません」

沙也加はスマホを出して、突き付けるように私に見せた。待ち受け画面はカラフルな似顔絵になっている。昨日、見せてくれたのとは別のものだ。

「それ、あなたの顔ね。美咲さんが描いたの」

沙也加は次々に画面を変えて行く。鳥、犬、猫などの動物が抽象的にカラフルな色合いで描かれている。

「これ、見せたかったんです。笹山さんが弁当屋さんのイラスト送ってきてくれたから。卒業してから、美咲が毎月送ってきてくれました。時間はかかるかもしれないけど、私はイラストレイターになるって」

前に見せてくれたのより、数段よくなっている。美咲は家にいながらもイラストを描き続けていた。私はその絵に見入った。

「美咲はパソコンで絵を描いてるって言ったでしょ。ペンタブレットを使って。だから、パソコンやディスプレイ、ペンタブレットなんかもかなり高いの持ってました。プリンターもA3サイズが奇麗に印刷出来るカラープリンター。たぶん、全部で数十万円。お母さんが買ってくれたって。驚いたと言ってました」

「お母さんも美咲さんを応援してたんだ」

口に出すと不思議と身体の中が軽くなったような気がした。

「二十四時間、家族の世話をしてるわけじゃないって言ってました。目は離せないけど、二人がそろって寝てるときは自分の時間だって。お母さんが安心して働けるようにするのが私の役割だって」

沙也加の目には涙が滲《にじ》んでいる。

「なんで昨日、見せてくれなかったの」

「笹山さんは、美咲のことなぜ知りたいんですか」

聞き返されて私が戸惑っていると、真剣な表情で私を見つめてくる。

「真実を伝えたいからよ。日本中の人に、こんな女の子がいるってことを知ってもらいたい」

真実を伝えるには、知らなければならない。あの部屋で何が起こったか。それが美咲を救うただ一つの方法だ。そのためには、美咲自身を知らなければならない。

「これは深雪も知らないことです。だから、私から聞いたなんて言わないでください」

「もちろん。記者には取材源を明かさない義務もあるのよ」

「美咲、万引きをしたことがあるんです」

沙也加は言ってから、軽く息を吐いた。

「美咲が話してくれました。知ってるのは店長とお母さんだけだって。私に話したんだから、私も」

「いつの話」

「高校の修学旅行が終わって、一週間くらい後でした。スーパーで口紅を取ったのを見つかったって。突然、美咲がぼそぼそ話しだして」

「初めてなの」

「そう言ってました。もうやらないって。私も、口紅ならあげるからって」

「美咲さんの家、お金に困ってたの」

「そうじゃないと思う。うちより少し貧乏だったけど、それはお兄さんとお婆さんがいたから。でも、お母さんは県立総合病院の看護師さんだったたし。パソコンや絵を描く道具を買ってもらったって言ってたでしょ」

　美咲が万引きをやったというスーパーの名前と場所を聞くと下を向いた。

「美咲はすごくいい子です。絶対に家族を殺したりはしません」

　しばらく考え込んでいたが私を見て繰り返した。真剣な表情で、必死で私に訴えている。フッと沙也加の全身から力が抜けた。

「笹山さんは美咲のこと、不幸だと思ってるでしょ。自分を犠牲にして、お兄さんやお婆さんを看《み》てた。でも、美咲は自分のこと、そんなに不幸とは思ってないんじゃないかな。お兄さんのこと大好きだと言ってたし、お婆さんはいつも美味しいものを作ってくれて、料理を教えてくれたって。確かに、私たちの中でいちばん料理が上手でした。美咲はそれはお婆ちゃんが教えてくれたからだって。家族の世話するの、いやいやなんかじゃなくて、当り前で、自分の生活の一部って感じだった」

「生活の一部。お兄さんの痰を取ったり、下の世話をしたり、食べさせたりが生活の一部なの」

「そう。美咲にとってはね」

妙に確信に満ちた言葉だった。私は考え込んだ。

だったら、なぜ家族を殺して、家に火を付けたりするの。ふっと、私の頭に浮かんだ。思わず頭を振ってその考えを消し去ろうとした。意識のどこかで、美咲を不幸な子供と決め付けていたのかもしれない。

「絶対に美咲は家族を殺したりはしない。たとえ何があったとしても」

私の思いを察したのか、沙也加が低い声で繰り返す。

「やはり、家族の面倒を見ることに無意識のうちに不満を感じてたんじゃないの。だから、色んな不満が溜まって、何かの拍子で爆発した」

「だったら余計簡単ですよ。家を出ればいいんだもの。でも美咲はそれをしなかった。美咲は美咲だから」

沙也加の目には涙が浮かんでいる。

その時、私のポケットでスマホが震え始めた。見知らぬ固定電話の番号だ。私は沙也加に断って電話に出た。

〈秋葉《あきば》総合病院ですが、笹山真由美さんですか〉

「そうですが」

〈笹山直樹さんはあなたのお父さんですか〉

「父がどうかしましたか」

〈救急車で運ばれてきました。道路わきの溝の中に倒れているのを通りがかりの方が見つけて、救急車を呼んでくれました〉

一瞬、意味が分からなかった。溝の中に倒れる？

頭から血の気が引いていく。ナプキンに病院の場所と電話番号をメモした。家から二駅ほどの場所だが、ここからだと一時間程度かかる。

〈溝に落ちて、立ち上がれなくなっていたそうです〉

「ゴメン。緊急電話なの。もっと美咲さんと家族について聞きたいんだけど、こっちも深刻な話なの」

私はコートをつかんで店を飛び出した。走りながら、様々な疑問が浮かんでくる。怪《け》我《が》の具合はどうなのだ。一人で帰れないほどひどいのか。なぜ、父はそんな所に行った。立ち上がれないほどの溝に、何をしていて落ちたのか。


父が運ばれたのは中規模の個人病院で、待合室の大半は老人だった。

受付で電話をもらったことを告げた。ちょうど、午前中の診療時間が終わったところで、すぐに看護師がやってきて、外科の診察室に通された。

「お父さんは今、お休みになっています」

医師は隣りのカーテンに目を向けて言った。

「怪我はひどいのですか」

「足と腕の打ち身と、顔と手の甲のひっかき傷です。溝から上がろうとしてコンクリートで傷付けたのでしょう。レントゲンを撮りましたが、骨折などはありません。頭を打っていますが、こぶ程度です」

医師は落ち着いた口調で説明した。

「溝に倒れてたって、どういうことですか」

「歩いていて、溝に落ちたんでしょう。溝といっても、幅五十センチ、深さ八十センチほどの溝です。上がれなくてもがいているところを通りかかった人が見つけ、引き上げられました。ぐったりして、怪我をしているので救急車を呼んだということです」

そう言って、何か言いたそうにカルテを見ている。

「お父さんは認知症ですか」

一瞬、私は答えに詰まった。

「実は溝から引き上げた方が、名前と住所を聞いたのですが、お父さん、パニックを起こしていたそうです。訳の分からないことを言って、要領を得ないのも救急車を呼んだ理由だそうです」

「若年性アルツハイマー型認知症と、三年前に診断されています」

医者はカルテを見たまま頷いている。県立総合病院の神経内科に通っていることと、徘徊《はいかい》は今回が初めてなのを話した。

「父はひどくなっているのですか」

「少しずつ進行する病気です。これから、こういうことが頻繁に起こるようになります」

徘徊のことか、溝に落ちるということか。

「どこに行く途中か、何のために外に出たか。自宅の住所も分からない様子でした」

「じゃあ、私のスマホの番号はどうやって――」

「ポケットに自分とあなたの名前と電話番号、住所が書いてあるメモが入っていました。持ち歩いていたんですね。お父さんは慎重な方のようです」

正直私は驚いていた。父は自分の病気について自覚している。自分が名前や住所を忘れたときの用心のために、そのメモを持っていたのだ。父にとってはそれなりの覚悟がいることだ。思わず涙が出て、看護師が驚いた顔で見ている。

「今後は出来る限り目を離さないように、注意が必要です」

そんなことは分かっている、という言葉を飲み込んだ。

「一万九千人、なんの数字かご存じですか」

「年間に、徘徊で行方不明になっている人の数ですね」

医師の問いに答えた。職業柄、知っていたのだ。医師は意外そうな顔をしている。

「だったら、もっと気を付けるべきです」

「でも、行方不明者の77・5パーセントは当日、99・6パーセントが一週間以内に発見されています」

「しかし身元が分からず、そのまま施設に収容されて何年もすごす方がいることもご存じですね」

　頷かざるを得なかった。

「お父さんはお年の割に体力があります。しかし今までほどの体力ではありません。だから、溝に落ちても自力では出られなかった。たとえ大したこともない深さだとしても」

　医師は私を脅すように、諭すように言う。

「一年後になるか、二年後になるか分かりませんが、施設に入ってもらうことも選択肢に入れておく必要があると思います。今後、ますます大変になります」

「ミドルケアラーか」

「なんですか」

　私の呟きに医師が反応した。私は無視して聞いた。

「父を連れて帰ってもいいですか」

「鎮静剤でお休みです。あと少しで目が――」

「俺は帰る用意はできているぞ」

隣りと隔てるカーテンが開き、父の顔がのぞいた。

「大丈夫なの。寝てなくて」

「帰って寝る。俺の家の住所も娘の電話番号も覚えてる」

父は住所と電話番号を声に出して言った。医師が驚いた顔で私と父を見ている。

父が医師の前を通って部屋を出て行く。私は慌てて医師に頭を下げると、父を追った。

受付で支払いを済ませて、病院を出た。

「ゆっくり歩いてよ。また溝に落ちるよ。上がれなかったんでしょ。深さが八十センチほどだと聞いたけど」

「もっと深かった。溝には蓋《ふた》を付けろ。危なくてしょうがない」

父が声高に言う。声の調子がいつもより高いのは虚勢を張っているからか。

「俺は死んでも施設になど入らんぞ。あの家は母さんと四十年近く住んだ家だ。俺はあの家で死ぬ」

「分かったから、死ぬ死ぬって言わないでよ。いい加減うんざりしてるんだから」

「あの、ヤングケアラーか。おまえはミドルケアラーなんかじゃないよな」

「聞いてたの。立ち聞きなんてしないでよ」

「聞こえてきたんだ。あの医者、馬鹿だな。分かっていなかった。ミドルケアラーが」

父は平然とした顔で言う。

「どうして、あんな所に行ったのよ。電車で行ったの、それとも――」

言葉を呑《の》み込んだ。おそらく記憶にないのだ。二駅歩いたとは思えないが、電車で行ったとも考えにくい。さらに駅から歩いて一時間程度かかるところだ。大体、なぜあの町に行く必要がある。

父の歩みが速くなった。私は父を追って足を速めた。父は転んで溝に落ちたことなど忘れたように、いつもより足を上げて歩いていく。しかし私は、それが父の空元気であることは知っている。息遣いが普段よりはげしい。

第三章　父と少女

1

ホテルに一歩入って立ち止まった。広いロビーの中央に巨大なクリスマスツリーがある。赤、青、緑、黄、ちりばめられた電飾が輝き、クリスマスムードを高めている。その前で、数組の子供連れと若いカップルが写真を撮っていた。

ラウンジに入って奥の席を見た。女性が私の方を向いて右手を上げている。彼女との待ち合わせは、いつもここだ。私たちの仕事場の中間点なのだ。

松原明子《まつばらあきこ》、彼女は高校の同級生であり、親友だ。医学部を出て、現在、神奈川医科大学病院の精神科医になっている。話していると相手の精神状態が分かるという。高校時代は無口で、勉強以外は目立たなかった。今思うと、彼女は私たちの意味のないおしゃべりと愚痴から、私たちの精神状態を推し量っていたのかもしれない。

今は少なくとも私といるときは、よくしゃべる。そのおしゃべりの最後に、割と的確なアドバイスをくれる。前の事件で私が落ち込んでいたときも、何かと相談に乗り力になってくれた。

山本家の事件のことと、美咲について時間をかけて話した。美咲の友人たちや教師に聞いた話を含めて、出来る限り正確に、想像を交えないようにした。

明子は三十分以上、私の話を黙って聞いてくれた。

「また、人の心の奥に浸りたいの。隠れている意識を引きずり出そうとする。罪作りな人ね」

「変な言い方をしないでよ。私は少女たち、彼女たちを救いたいの。世間の下らない評価からね」

「言い方が悪かったか。人の心は一筋縄にはいかないの。百人いれば百通りの心がある。中には複数の心を持ち、それが正反対の人もいる。だから精神科があり、私たちの仕事がある。でも、人は生まれた家、周りの人たち、住んでる地域など、無限に近い影響を受けながら生きている。だから人のすべてを理解できるはずがない。理解できるというのは思い上がり」

「あなたがそう言うと、信じてしまうじゃない。でもそれって、自分の職業の否定につながらないの。精神科というか、心理学者の敗北宣言とも取れるわね」

私が言うと、明子はさらに続けた。

「私たちは単に過去の事例を学び、傾向をつかみ、それを当事者に当てはめる。解決方法があるものも、ないものもある。一歩進んで、似たパターンというものはある。それを分析して解決方法を提示するのも精神科の医師の役割りの一つ。いずれにしても、患者と話し合いながら一緒に解決策を見つける」

いつもの明子の持論を述べた。前の事件のときも、患者というより友人としてカウンセリングをしてくれた。

精神科医としては、優秀で良心的だと思う。教科書にかかれていることをそのまま患者と家族に押し付けたり、自分の都合のいい方に誘導したりする精神科医もいる。

「人の心は様々。ある人にとっては死ぬほど辛《つら》いことでも、それに対して平気な者も、快楽を得る者さえいる。人間はつくづく不思議で身勝手な生物だと思う。それでもより良い道を見つけてあげたいと思う。心、精神という見えないものが相手の仕事は、想像力がいちばん大事」

「私には美咲さんに対する想像力が不足していると言うの」

無意識のうちに、美咲の擁護者のように話したのかもしれない。彼女は小学生のころから、無意識に自分を抑え、家族を世話して生きてきた。

「慣れは恐ろしい。彼女の生活は小学生の時から、ずっと家族の介護だった。それが当然だと思っていたはず」

「美咲さんは絵を描《か》くのがうまかった。美大に行って、イラストレイターになるのが夢だった」

沙也加に見せられたスマホの待ち受け画面を想《おも》いだしていた。

「でも高校一年の時の進路相談では、看護関係の大学に行って、お母さんのように看護師になりたいと言ってるって」

「それは大ウソ。美咲さんって、頭が良くて柔軟性のある女性のようね。手軽だったから適当なことを言っただけ」

「とにかく、今はお兄さんとお婆《ばあ》さんの面倒を見なきゃならないからって、美咲さん自身は腹をくくっていた節がある」

明子は私から目をそらせて、しばらく何かを考えている様子だった。何だかいつもとは違う明子の様子を感じた。やがて私の方を見て話し始めた。

「私だって弟の面倒を見てた。今でいうヤングケアラー。当時は私自身、意識してなかったけど」

明子が私を見据えるように見ている。

彼女には年の離れた弟がいた。私たちが高校一年の時、たしか小学一年生だった。九歳違いだ。私が明子の家に遊びに行ったときは、いつも私たちと一緒にいたような気がする。

「達夫《たつお》くんでしょ。彼、いい子じゃない。面倒なんてかけなかったでしょ」

「私が達夫の世話をしていた。うちは両親が小さな印刷所をやってたから」

「松原印刷所」だ。商店街のチラシやカレンダー、名刺などを作る小さな印刷所で、両親でやっていた。母親が営業と経理、父親がデザインと印刷、その他の作業をやっていた。たまに明子も手伝っていたようだ。明子は絶対に跡は継ぎたくないと言っていた。現在は弟が大学に行きながら手伝っている。

「私が小学生、中学生の時はけっこう大変だった。今、思えばの話だけど。当時は当り前だと思っていた。おむつを替え、食事をさせ、お風呂《ふろ》に入れた」

「そんなふうには見えなかった。あなたはいつも服装はきっちりしてたし、勉強だってよくできたし」

成績はいつもトップクラスだった。先生もいい生徒と認めていた。

「いつも意識してた。達夫の面倒を見てても、誰《だれ》にも負けないようにしようって」

「その通りになったじゃない」

「なったんじゃない。その通りにしたの。でも今、客観的に考えるとやはり私はおかしい」

意外な言葉だったが、明子の顔を見ると冗談とも思えない。いつもより明らかに真剣な表情だ。

「人に頼るってことができない。これは絶対に普通じゃないって思う」

「自分で分かってるのなら、普通に出来るんじゃないの」

私は気楽に言ったが、明子の表情はますます硬くなった。

「私は九年間頑張った。大学生になって、家を出るまではね。とにかく家を出るためには医学部に入るしかなかった。両親が納得して家から出してくれるためにはね」

初めて聞く話で、私はある意味、衝撃を受けた。明子は私が理想としてきた友人だったからだ。

「でも人間、何がモチベーションになるか分からない。私には弟の面倒を見ることが、誰にも負けないって頑張りに通じてた。家を出るってことが、医学部に行くっていう目標になった。だから、まあこれでよかったのかって、自分を納得させている」

「よすぎるんじゃないの。私には弟がいなかったから成績も普通だったし、大学も文学部なんてよく分からない学部にいった」

冗談のつもりで言ったのだが、明子の表情は余計深刻さを増している。

「でも私は真由美が羨《うらや》ましかった。普通の女の子で、一人っ子。両親はいつも真由美を見てたでしょ」

「夕食の時、お父さんがいることなんかほとんどなかった」

いくら親友と言えるほどの友達であっても、本当の姿なんて見えていない。私が小、中、高校生の時、父はバリバリの社会部記者でいつも何かの事件に関《かか》わっていた。家にいる時間はほとんどない人だった。母と私はそれを当然としていた。

明子は下を向き、しばらく何かを考えていたがやがて顔を上げた。

「これ、誰にも言ったことがないけど、あなたにだけは言うね」

軽く息を吸って話し始めた。

「私、血が怖いの。だから医者になんてなりたくなかった。本が好きだったから文学部に行きたかった」

明子の私を見る目と表情からは冗談でもなさそうだった。

「私は家を出るために医学部を目指した。医学部はお金がかかるでしょ。私立は絶対に無理。六年間だし。国立じゃなければ行かせないと言われた。だから、国立大学の医学部に入るために必死で勉強した。つまり家を出るためにね」

「頑張って目的達成したんだから、自分を褒めてあげなさいよ」

明子の全身から力が抜けて肩をすくめた。

「私、本当は医者向きじゃないのよ。家を出るためには地方の国立大学の医学部に行くしかなかったのよね。地元の国立大学の医学部は三角判定だったし」

「ずいぶん遠くに行くなって思ってた。でも、医者になって故郷に帰ってきた」

彼女は九州の国立大学医学部に行ったのだ。二年前、医師として地元の大学病院に戻ってきた。

「血を見なくてすむ医者は精神科だと思った。やってみると、私に合ってたのかな。嫌いじゃない。今じゃ、親にも感謝してる」

明子の言葉はベッドで複数のチューブにつながれ、目に涙をためた少女の姿と重なり、私の胸に刺さった。美咲の夢は――。

「人間には衝動というものがあってね。何かの折に、日ごろは精神の中に押し込めている感情が噴き出すことがあるの。衝動的なものね。これはある意味、抑えられない。だから犯罪では、計画性があるかないかが重要視される」

明子は犯罪容疑者の精神鑑定を頼まれることがあると言っていた。

「美咲さんは衝動的に三人を殺して、家に火を付けたと言うの」

「言ってない。そういう事があっても、不思議じゃないと言ってるだけ」

明子と私は同時にため息をついた。二人とも、同じようなことだと理解しているのだ。

「少子高齢化はヤングケアラーに通じている。今後、このような事件は多くなるでしょうね。老人が多くなって子供が少なくなる。つまり家族の構成員に偏りができる。確実なのは、世話を必要とする人はますます増えていくってこと」

明子は改まった表情で椅子《いす》に座り直し、淡々と話した。

「家族のためを考える。そのための高齢者施設、介護施設じゃないの。介護保険料だって給料から天引きされているし」

「施設があっても、そこで働く人がいなきゃね。人手不足は、すぐそこまで来ている。いえ、もう来てる。これからもっとひどくなる。国も在宅介護推進の方針で進んでいる」

「あなたは在宅介護に反対なの」

「お年寄り本人を含めて、みんな、その方がいいと思っている。でも、現実には難しい。日本を筆頭に、世界は高齢化に向かうのよ。今後、世界中の国で平均寿命は延びていく。医療は進歩してるし、食料事情も良くなってるからね。昔はとっくに亡くなっていた病気でも、今は治療できる。人はさらに長生きするようになるの。他の人の世話になりながらね。問題は健康寿命をどれだけ延ばすことができるかということ」

明子の話を聞きながら、私は父のことを考えていた。父は体力的には元気だ。まだかなり長い年月、寝たきりということにはならないだろう。しかし、そう遠くない時期に自分一人では生活が困難になる。おそらく父自身も十分に分かっている。

「健康寿命の定義にも色々あるんじゃないの」

私の言葉に明子が私を見つめた。身体に問題がなくても認知症患者は健康とは言えない。

「その通り。身体《からだ》と脳は違う。その辺りを政府はもっと厳密に、真剣に考えるべきよ」

さて、と明子は腕時計を見た。

「いずれにしても、美咲さんの意識が戻るまで、想像はやめた方がいい。冷静に客観的事実を集めるだけ。意識さえ戻れば、何が起こったかははっきりするんだから。あなたの説明を聞いた限り、美咲さんが嘘《うそ》をついたり、隠し事をするとは思えないから」

頷《うなず》くしかなかった。たしかにその通りだ。

私たちはその後三十分余り、取り留めのない話をして別れた。私は父のことはまだ明子には話していない。余計な心配はしてもらいたくない。彼女は出来ることは色々としてくれるだろうが、私の中にその準備が出来ていない。しかし明子のことだから、私の言葉の端々、態度から察しているかもしれない。彼女の話の中には私と父へのアドバイスも多く含まれている。

地下鉄に乗って出版社に戻った。

パソコンに向かって、しばらくぼんやりしていた。頭の中にはこの一週間余りのことが流れていく。その中心にあるのは、ＩＣＵで見た美咲の姿と涙だ。あの少女は何を思い、何を望んでいるのか。

人の気配に気づいて顔を上げると、横に岩崎が立っている。

「また、おかしくなったのと違うか」

「変な言い方、しないでください。差別表現も入っています」

彼は問題発言すれすれの言葉を平気で使う。前の事件の時も遠慮はなかった。たしかに当時は、私も普通ではなかった。突然涙が出たり、全身の力が抜けて座り込んだりすることもあった。相手の話がまったく頭に入らなくなることもある。身体のプラグが抜けて、エネルギーゼロの状態になるのだ。明子は一種のＰＴＳＤだと言っていた。

「悪かった。そういう意味じゃない」

「分かってます。今度はおかしくならないように気を付けます」

わざと、おかしく、を強調した。

「あれは、おまえのせいじゃない。悪いのは上の連中だ。勝手に収束を決めて」

担当を外され、孤立無援の状態になったかと思ったが、岩崎は私をかばってくれた。保身と忖《そん》度《たく》はやめるべきだと上と掛け合ってくれたが方針は変わらなかった。私が雑誌編集部、いや出版社に残ることができたのは、岩崎の力が働いたからだ。

「それで、進展はあったのか」

「美咲さんの意識はまだ戻りそうにありません。警察の捜査も進展はゼロです」

「三人が亡くなっている事件だ。警察もこのまま容疑者の意識が戻るのを待つわけにはいかないだろう」

「聞き込みと周辺の防犯カメラのチェックをやっています。有力な決め手はないようですが」

小野の言葉を思い出しながら話した。表向きは不審者の洗い出しと言っているが、美咲を起訴できる有力証拠を探しているのだ。

「おまえの主観を言ってみろ。思い込みが入っててもいい」

「私は――何とも言えないんですが――」

次の言葉が続かない。岩崎が私を見ている。

「前と同じです。このままでは美咲さんが可哀《かわい》そうです」

岩崎がかすかにため息をついた。確かに感情論だけで、記者として失格の言葉だ。

「しかし続けたいのは、単に可哀そうだからというだけではありません。岩崎さんが言ってるように、今後こうした問題は増えると思います。だから事件の本質を理解し、社会に提示することは重要です」

「少子化により一家族における子供の数が減るため、将来的にその子供たちが両親や祖父母の介護を担う可能性が高まる。つまり、ヤングケアラーが増加する。彼らは、学業や就職、社会参加などの機会が制限される可能性が出る。さらに、心理的、経済的な圧力にさらされることが多く、自分の健康やキャリアの構築に影響を受けることになる。これこそ、負の連鎖だ」

岩崎は熱い口調で諭すように話した。いつもの彼のやり方だ。取材を続けさせながら点の知識を面の知識へと広げていく。

「それを防ぐためには、社会保障システムの充実が必要になるんだろうな。具体的には、介護サービスの需要が高まる。しかし労働力人口の減少により、これらのサービスを十分に提供することが困難になる可能性がある。さらに、若年介護者、ヤングケアラーが自分自身の教育やキャリアを犠牲にすることは、長期的には国の経済成長やイノベーションにも悪影響を及ぼす。そのため少子化とヤングケアラーの問題は、単に家族の問題ではなく、社会全体で取り組むべき課題になる」

岩崎は一気に言うと私を見ている。どうだ、やれるかと聞いているのだ。私は頷いた。

「顔色が青いぞ。今日はもう帰って寝ろ。ここのところ、まともに寝てないんだろ」

立ち上がろうとしたが、全身がだるく力が入らない。踏ん張ってやっと立ち上がった。

家に帰ると十一時をすぎていたが、父がキッチンに座っていた。私を待っていたらしく、テーブルの上にはパソコンとファイルが置いてある。

「おまえ、言ってたな。警察は容疑者の女の子は兄と祖母の世話をしてて、精神的に参って、発作的に犯行に及んだと考えてるって。若い子が家族の世話をしてるの、ヤングケアラーって言ったよな」

「覚えててくれたんだ。かなり衝撃的な事件だからね」

「当り前だろ。俺《おれ》がおまえに知恵を貸しているんだ」

少し明るい気分になった。父は父なりに自分の記憶に関しては注意を払っている。仕事を続けることが自分のためになることも知っている。

「ヤングケアラーの専門家のリストだ。首都圏中心に集めてみた。近くの大学にもいるぞ。社会心理学の教授で、テレビにも出たことがあるそうだ」

差し出されたファイルを開けると、十枚以上の資料と住所録が入っている。

「俺はもう寝る」

そう言うとキッチンを出て行った。

冷蔵庫から缶ビールを出して、椅子に座り一口飲んだ。

専門家のリストの他に、ヤングケアラーの統計的な資料があった。読み始めて気が付くと、日付が変わっている。

その夜も、なかなか眠れなかった。脳裏に美咲の友人や教師の顔と言葉が現れる。それらがICUで見た青白い美咲の顔と涙につながっていく。階下で父が部屋から出てトイレに入る音がする。しばらくして、水を流す音が聞こえる。廊下を歩き、寝室に戻り、ベッドに入る。私は父の行動をイメージしていた。

翌日、父が調べてくれたヤングケアラーの専門家リストで、会社から近い大学の教授を訪ねた。名東《めいとう》大学、ヒューマン・エデュケーション学部、心理学科教授、渡辺隆夫《わたなべたかお》。ヒューマン・エデュケーション学部とは要するに昔の教育学部だ。

部屋はビジネスマンのオフィスのようだった。八畳ほどの部屋に窓を背にして大型デスクがあり、パソコンが二台置かれていた。正面の壁に75インチの大型モニターがかかっている。右側の壁一面の作り付けの本棚には教授が写った会議や集会の写真が並んでいる。本はその四分の一ほどしかない。私の知る複数の大学教授の本棚はいずれも本と専門誌で溢れていたのだが。

部屋の真ん中にソファーとテーブルがあり、私たちは対面で座った。

渡辺教授は私を値踏みするように見ている。ヤングケアラーという言葉が聞かれるようになって、時々テレビや新聞でも見かける五十代の教授だ。

「何が知りたいんだね。東洋出版社、月刊『ニュー・ソサエティ』の記者ということは、山本家の殺人と放火に関する事件についてだろ」

そうですと答えて、私は話し始めた。

「山本美咲さんは現在、意識不明で病院にいます。警察は彼女の犯行とほぼ断定しているようです。日本におけるヤングケアラーの実態について知りたいと思いまして、先生にお話を聞きに来ました」

「ヤングケアラーの実態はまだ多くは分かっていない。しかし、過酷な状況であることは間違いない。子供が自分の時間を持てず、家族の世話に追われる。みんな、心優しい者たちだ。だから、逃げ出すこともせず、自分の境遇を受け入れ、肯定しようとする」

教授は一気に言うと言葉を止め、何かを考え込むように視線を空に向けた。相手の反応を探っているのだ。しゃべり慣れている人だと思った。

「だから、ストレスが溜《た》まり続ける。いつか、何かの拍子にそれが爆発してもおかしくはない」

「山本美咲さんの場合もそうだと考えておられるんですか」

「正式に調べたわけじゃない。この問題はそんなに単純なものじゃない。複雑な要素が絡み合っている場合が多い」

教授は淡々と話した。

「精神疾患がある親の子供も多い。そういった子は、小学校低学年のころから、親の世話が日課になっている。だからある意味、我々が入り込める余地はない。彼ら、彼女らは決して、束縛されているわけじゃない。自らすすんで母親、あるいは身内の世話をしているんだ」

「宗教二世と似ていると考えていいんですか。彼らは生まれたときから、当然のこととして自分の状況を受け入れている。なんの疑問もなく」

教授は時折りメモを取りながら私の言葉を聞いている。

「それとは違うかもしれない。ヤングケアラーは外の世界も知っている。おそらく、自分たちの家庭が特殊なことも」

「それは宗教二世も同じです。外の世界を知りながら、特殊な世界から逃げ出せない。それは洗脳されているからです」

「きみの言い分には分かる部分もあるが、矛盾しているところも多い。ヤングケアラーは家庭内に縛り付けられているわけじゃない。望めば他の世界に移ることも出来る。しかし、大半の子供たちは自分の境遇から抜け出せない。やっていることは悪いことではない。親思い、兄弟思いの子供たちだ。近所の評判もいい。だから余計切ない」

教授は深いため息をついた。子供たちを縛っているのは宗教と肉親との違いはあっても、結果的には同じだ。

「ヤングケアラーの問題は世界的な問題だともいえる。年上の子供が年下の兄弟の世話をする、孫が祖父母の世話をする、ということは昔からあった。当然のこととして、私たちも受け入れて育ってきた。しかし、そうも言えない時代になってきている」

「少子高齢化の影響ですか。世話をされる人は増えるが世話をする人は減っていく」

「今後ますます問題になる。特に日本はね。大きな原因の一つは平均寿命が延びてきたこと、もう一つは核家族化が進んだせいだ。兄弟も少なく一人っ子も多い。昔は分担して家族のだれかが、年寄りや幼い者を世話してきた。しかし今はその分担が難しくなり、一人にかぶさってくる。大変な時代になっている。現在、ヤングケアラーの支援が積極的に行なわれているのは、イギリスだ。この言葉の発祥の地でもある」

非常に常識的な言葉だが、そんなに単純な話ではない。美咲は苦しみ、悩んだに違いない。

私の頭を、教授が連発するヤングケアラーという言葉が空《むな》しく通りすぎていく。美咲がヤングケアラーであることは間違いない。しかし、私の中では何か違和感がある。それはなぜか最初に見た美咲の涙に関係ある気がする。

「人の世話をすること自体は悪いことではない。子供であっても、老人や幼い兄弟の面倒を見ることには反対しない。しかし、問題はその程度だ。子供自身の生活に問題が生ずれば、直ちにやめるべきだろうね」

教授は自信を持って話している。しかし、私にはどこか納得いかない部分がある。こんなに簡単に結論付けてもいいのだろうか。私たちはもっと深く考える義務があるのではないか。そう、それは我々の義務だ。私は美咲についてもっと知る必要がある。彼女が何を思い、何を望んで十数年を生きてきたのか。十数年のストレスが一時間足らずで爆発した。小野の言葉が脳裏に浮かんでいた。そんなことがあるのだろうか。

教授の話は一時間あまり続いた。

「その女の子が爆発する前に、我々大人が助けるべきだった」

教授もやはり美咲が殺したと決めつけている。いや違う。私は叫びたかった。確信にも似た気持ちが私の中に芽生えていた。

「近いうちに本を出そうと思ってる。ヤングケアラー、この言葉をもっと広い意味で捉《とら》えようと考えている。その時には、また取材を頼むよ」

教授は立ち上がり、私の手を握った。広い意味って何だ。私の脳裏に浮かんだが聞く気力はなかった。

建物を出ると全身が重くなった。ベンチに腰掛けてしばらく行き交う学生たちを眺めた。肩を寄せ合うようにして歩くカップルもいる。無意識のうちに彼らの中に美咲の姿を探していたのか。身体を震わせた。冷たい風が吹き抜けていく。

出版社に戻り、ＳＮＳで事件について新しい書き込みを探した。世間ではクリスマスに関係する話題が倍増している。ネット広告だけでなく、写真や音楽の投稿もクリスマスで溢れていた。美咲とヤングケアラーについて書かれている投稿を読み直した。とくに、事件当日の美咲の様子について書かれていることはないか、事件現場近くで、美咲の他に誰かを見かけた者はいないか。〈もっと近所の人に会ってみるか〉私は心の中で呟《つぶや》いた。

2

十二月に入り、気温は急激に下がっている。今年は寒い冬になると天気予報では告げている。

事件からすでに十日以上すぎたが、美咲の意識は戻ってはいない。

私は県警近くの橋に来ていた。橋の下には狭い河原があり、ベンチが置かれている。ここで小野刑事と待ち合わせをしていた。県警から歩いて十五分、河原には野花が咲き乱れていた。ただし、それは半年前、五月の話だ。今は土がむき出しになり、冷たい風が吹き付けている。昨日の夜、会いたいと電話があり、私は「ぜひ」と、即答して場所を告げた。

土手から小野が立っているのが見えた。しばらく観察していたが、寒さのためか足踏みをやめない。今朝のテレビでは午後から雪が降るようなことを言っていた。小野はいつも藤田と一緒で、何を話すにしても常に藤田のことを気にしているような気がした。彼一人だと、刑事というより素朴な青年だ。顔に冷たいものがかかった。雪が降り始めている。

待ち合わせ時間ちょうどに小野の前に行くと、顔を引きつらせただけのような笑みを浮かべたが、足踏みをやめない。

「ここ寒いと思わない。良かったらお店に入らない。この上にスタバがあった」

可哀そうになって言った。

「僕もそう思ってました」

小野は歩き始めている。かなり先に来ていたのだから凍えているはずだ。

「僕と会ったことは内緒にしておいてください。藤田さんにばれると怒鳴られます」

店に入り、道路に面したカウンター席に座るなり言った。

「あのパワハラ男、訴えてやればいいのに」

「笹山さんは聞き込みをしているでしょ。山本家の事件です」

小野は私の言葉を遮るように言う。

「あなたたちはやってないの」

「やりましたよ。仕事ですから。でも、あなたは仕事じゃないでしょ」

「私は雑誌記者。記者の第一の仕事は、隠れている真実を見つけ出して世間に知らせること。聞き込みは仕事よ。重要なね。ところで、私に何か用なの」

「状況を正確に知ってもらいたくて電話しました。先日の電話では正確な情報は伝わっていないと感じました。これ以上、現場をかき回されるとまずいと思って」

「私を見張ってる訳じゃないでしょうね。でも、私も警察の見解を正確に知りたかった。その理由もね。あなたは藤田さんとは違うと思って来た」

「まず山本美咲さんですが、病院に運ばれた時は危なかったんです。命が、という意味です。事件がらみで我々も探しているところでした。家族の中で、唯一生き残った人ですから。病院から身元不明者がいると知らせを受けて、我々はすぐに病院に行きました。事情聴取と、美咲さんを保護するためです。犯人が一家を狙《ねら》ったのなら、美咲さんを殺しそこねたのですから。また何らかの行動を起こすかもしれません。事故現場は山本さんの家に近く、年恰好《かっこう》も似ていました。決定的なのは服とズボンについていた血痕《けっこん》です」

「あなたたちが病院にいたのは、美咲さんを護《まも》るためだったというの」

「それも含めてということです。車に撥《は》ねられて、頭と全身を打ちました。頭がい骨骨折、脳挫《のうざ》傷《しょう》も起きていました。我々が着いた時は手術中で、それからさらに五時間ほどかかりました。合計十時間以上に及ぶ大手術です。ＩＣＵに移されてからも、今夜が山だと言われました。しかし、何とか命は取り留めました。意識はまだないですが」

交通事故による脳挫傷、命が危ない手術。初めて聞く話だった。公式発表はされていない。

「彼女を撥ねたタクシー運転手は何と言ってるんです」

「急に飛び出してきたと。車のドライブレコーダーと近くの防犯カメラを調べましたが、運転手の言葉に間違いはありません。走ってきた美咲さんが通りに飛び出した」

「運転手に過失はないのね」

「小雨が降っていて見えにくい状況でしたが、前方不注意と考えるのは酷でしょうね。本当に美咲さんが飛び出しているんです。かなり興奮しているというか、何かから逃げているというか。おまけに裸足《はだし》です。服にも血がついている」

「それだけで美咲さんが犯人だというの。すべて状況証拠でしょ。私はもっと確実なことを知りたい。物証はないの」

「何度も言うようですが、こんなふうに民間人に会うことは問題があるんです。特にマスコミに会うなんてことが公になると僕の進退に関わるんです」

「大げさな気がするけど、私にだって分かってる。感謝もしてる。でもすごく重要なことなの」

小野は一瞬考え込む表情をしたが、腹をくくったように話し始めた。

「母親、清美さんの遺体の側《そば》に包丁が落ちていました。凶器はこの包丁です。台所の辺りに包丁がなかったので、家の包丁でしょう。焼けていて完全ではありませんが指紋が採取できました。美咲さんの指紋と一致しました。ただしこれはまだマスコミ発表はされていません」

「家の包丁なんでしょ。美咲さんが触ることもある」

「何か所か刺し傷はありましたが、清美さんの死因は一酸化炭素中毒です」

小野が言い訳のように付け加えた。だから美咲が直接殺したのではないと言いたいのか。

「美咲さんの容体は落ち着いてはいますが、今も危ない状態だと医者は言っています。しかし、彼女のためを思うなら、このまま安らかに――」

「やめてよ。あなた刑事なんでしょ。そんなことを言ってどうするの」

思わず声が大きくなった。とたんに小野は声を潜めて話し始めた。

「家族で生き残ったのは彼女だけです。ここまで話したんです。警察が何を考えているか分かってますよね」

「三人を殺して火を付けたのは、美咲さんだというの」

「最有力容疑者です」

小野が言い切った。

「近所の聞き込みもしました。防犯カメラも可能な限り集めて調べました。彼女の他に容疑者となりうる人物は見当たりませんでした」

「美咲さんが家族を殺す動機は何なの」

分かっているでしょう、何を今さら、という顔で小野が私を見ている。

聞いてから後悔した。もし、彼女に世話をする家族がいなかったら。大学か専門学校に行って、夢をかなえられるかもしれない。地震と同じ。少しずつ溜まった歪《ひず》みが、ある日突然爆発する。地震を引き起こす歪み、つまりストレスだ。様々な抑圧が精神の中に溜まり、何かの折にそれが噴出する。精神科医、明子が言った内容だ。美咲の場合、十年分の歪み、ストレスだ。

「美咲さんは頑張ったと思います。小学校の時から、お兄さんとお婆さんの面倒を見てきました。裁判員たちも考慮してくれるかもしれません」

「やはり美咲さんは特定少年として裁かれるの」

「彼女は十九歳ですから」

特定少年とは、事件を起こした十八歳、十九歳の若者の呼称だ。

二〇二二年四月に施行された改正少年法で使われた言葉だ。特定少年には、少年法の適用対象としながらも、刑事手続き上の取り扱いを十七歳以下と区別し、一定の厳罰化が図られる。それまでは、すべての少年事件が家庭裁判所に送致されていた。その中で特別重罪か、悪質な犯罪が、家裁から検察官に送致、逆送された。しかし、少年犯罪に殺人などの重罪が増え、社会に不安と不公平感が増したため、少年法の改正が行なわれたのだ。

具体的には、成人年齢が二十歳から十八歳に引き下げられたのに合わせ、少年法が改正されて、十八歳と十九歳は特定少年と位置づけられた。少年事件の取り扱いも大きく変わった。家庭裁判所から検察に送り返す、逆送の対象事件が拡大され、一定の重さの罪を犯した場合は、原則大人と同じ裁判を受けることになったのだ。

これまで逆送は殺人や傷害致死など、故意に人を死亡させた罪が対象だったが、特定少年に関しては、強盗や強制性交、放火など、法定刑の下限が一年以上の罪も対象になった。裁判では原則として二十歳以上と同様に扱われ、刑期に幅を持たせた不定期刑は適用されない。この同様の扱いの中には、死刑も含まれる。

「彼女の罪状は殺人と放火です。しかも殺人は三人。母親と兄、祖母、全員が肉親です」

小野の言葉に全身から血の気が引いていく。殺人と放火、という言葉が妙に現実感を持って私の心に刺さったのだ。

「成人として普通の裁判で裁かれれば、ほぼ死刑です。改正少年法で特定少年として扱われれば、死刑の可能性が高いです」

死刑という言葉が出てくるたびに、美咲の瞼《まぶた》から流れる涙が私の中で急激に膨らんでいく。

「美咲さんはそのケースに当たるのね」

小野は無言だ。

「あなたたち、色んな事、しっかり調べたの。最初から結論を決めてるんじゃないでしょうね。犯人は美咲さんだと。特に、あなたといつも一緒の不愛想な刑事さん」

「藤田刑事は口は悪いですが、公平な人です。それに面倒見もいい」

「あなただけにじゃないの。あんな根性の悪い人はめったにいない。刑事の典型かと思ってる」

「苦労してるんです。特に少年犯罪には厳しいです。その分、立ち直りに期待してるんです。大きな犯罪につながる前に芽を摘み取る。藤田さんに救われた未成年者は多くいます」

小野は今までになく強い口調で言う。

私はその迫力に圧倒されて反論の気力を失った。

「これは内緒ですが、藤田刑事の娘さん、高校二年生ですが現在家出中です。そのためとは言いたくないですが、少年犯罪には特に厳しいです。でも、何とかしてやりたいという思いからです」

「娘さんも、家を出て行きたくもなるんじゃないの。家でも、あんなに意地悪で愛想が悪いの」

ショックを隠しきれずに言う。彼にも娘がいると思い至らなかったのだ。しかも家出中だとは意外すぎた。

「厳しいだけです。他人にも家族にも、自分にもね」

「なんで、そんなに彼の肩を持つの」

「藤田さんを知っているからです。もう五年の付き合いです」

「気の毒ね。嫌にならないの」

「様々なことを教わりました。感謝してます」

これ以上言うのを控えた。娘の話が心に引っかかったのだ。

小野刑事は事件の詳細を繰り返した。美咲のすべてだ。家族、学校、友人、日々の生活など、私以上に調べている。私は黙って聞いていた。しかし、何かが抜けている。もっと何かがあるはずだ。彼女にとって重要なことだ。あの涙につながる何かだ。

「納得いきましたか。そう思ったら、これ以上、事件に関わらないでください」

イエスともノーとも答えず、時計を見ると一時間がすぎている。

「あなた、兄弟はいないの」

「兄と姉がいます」

「末っ子か。なるほどね。何歳上なの」

「姉が五歳上、兄が二歳上です」

「じゃ、面倒を見てもらった方なんだ」

「兄にはよくいじめられました。兄は身体ばかりでかくて粗暴だったから。姉には相手にもされませんでした。ボーイフレンドのことで頭がいっぱいだったから」

「殺したいと思ったことある」

「あるわけないでしょ。消えればいいとは思いましたが」

声のトーンが落ちている。

「ご両親は」

「父は普通のサラリーマン。母は専業主婦でした」

「健全な家庭に育ったわけか」

問題発言だとは思ったが、まずいとは思わなかった。美咲の家庭を考えると、健全な家庭という言葉が違和感なく出てくる。小野は不思議そうな顔で私を見ている。

二人で店を出て、別れたときにスマホが鳴り始めた。会いたいと頼んでいた、美咲が万引きをしたというスーパーの店長だった。午後の早い時間であれば比較的客が少ないので、会うことができると言った。私は近いうちに電話をして伺いますと返事をした。

3

夕方帰宅した途端、スマホの着信音がした。非通知の文字が出ている。

一瞬躊躇《ちゅうちょ》したがタップしていた。沈黙が続く。二年前は固定電話だった。無言電話が何度か続いた後、襲われたのだ。スマホには初めてで、切ろうとしたとき声が聞こえた。

〈おまえが月刊誌の女記者か〉

聞き覚えのない声だ。送話口を何かで覆った、くぐもった聞き取りにくい声。

急いで二階に上がり、自分の部屋に入った。

「あなた、誰ですか」

〈山本美咲の記事を書くんだってな。美咲って女、家族を殺して家に火を付けた魔女だ。分かってるんだろうな〉

時折り聞こえるのは車のエンジン音だ。通りでかけている。誰だ、電話の主は。私は必死で頭を巡らせた。

「この番号、どうして知ったの」

〈今時、方法は色々あるんだよ。名刺配りまくってるし。あんた、男にもてないんだろ。だから、いつも女の肩を持つ〉

「関係ない。私は真実が知りたいだけ。それを読者に伝える」

〈ウソを伝えてるだけだ。女はウソつきだ。常に自分の言葉が正しい、世間に受け入れられると付けあがっている。バカな大ウソつき野郎だ〉

「何が言いたいの。女性の悪口を言いたくて電話してきたの」

〈あんたの声が聞きたくてな。あんた、男が怖いんだろ。いやな思い出でもあるのか。それとも、男より女が好きなのか〉

「まともな用件がないのなら切るわよ。あんたこそ、クソ野郎よ」

電話を切った。どうせすぐに鳴り出すに決まっている。ちょうど十まで数えたところで鳴り出した。そのまま十数えて電話に出た。

〈家族殺しをこれ以上擁護するなら、あんたも同じ目にあうぞ。あんたにも家族がいるんだろ〉

「私は擁護などしていない。真実が知りたいだけ。美咲さんは家族を殺してはいない」

思わず言い切っていた。その瞬間は、自分の中で百パーセントそう感じたのだ。

〈せいぜい無罪の証拠を探すんだな。そんなものないだろうけど〉

電話は切れた。若い男の声だった。わざわざ電話をかけてくるのは、美咲に恨みでもあるのか。それとも私にか。

男の言葉を考えた。私はまだ美咲の記事を書いてはいない。ただ、調べているだけだ。女は嘘つきだと言っている。女性に嘘をつかれたことのある男なのか。私の声が聞きたいと言った。私とは会ったことがないのだろう。スマホの番号を教えた相手を考えた。美咲の取材を始めてから、名刺を渡した人たちか。その中で、若い男と関係がありそうな者は――。いや、「いつも女の肩を持つ」と言った。前の事件と関係があるのか。私の頭は混乱した。

沙也加に電話をした。男のことを聞くつもりだった。

電話はすぐにつながったが、沈黙が続いている。やがて、すすり泣く声が聞こえ始めた。

「どうかしたの。何かあったの。落ち着いて私に話して」

〈大量のメールが来たんです。何十もあります〉

「私なんて、しょっちゅうよ。私の仕事が多くの人に読まれてて、インパクトがある証拠だと自分を納得させてる」

泣き声が小さくなっていった。

「メールには何て書いてあったの」

〈美咲の悪口を書きまくってます。私のＳＮＳにも〉

「私に転送して。読んだらかけ直すから」

電話が切れて、数分後にメールが送られてきた。

〈家族殺し、放火魔〉〈あの女、このまま放《ほう》っておけば、誰でも殺しまくるぞ〉〈あの女の正体を知ってるか。尻軽《しりがる》の誰とでも寝る女だ〉

ひどい言葉が並んでいる。社会は病んでいる、と思わせる言葉と行為だ。

すぐに沙也加にかけ直した。

「誰が書いたか分かる。あなたのメールアドレスやSNSを知ってる者でしょ。身近の男をよく考えてみて」

〈徹《とおる》、矢吹《やぶき》徹に決まってます。高校の時の同級生です。数人、浮いているグループがいて、ボスでした。あいつ、美咲を口説こうとして相手にされなかったから。今ごろになって〉

「確かなの。間違っていたらまずいから」

〈深雪にも見てもらったら、あいつに間違いないって。色んなＳＮＳで、美咲の悪口を書いてるそうです。放っておいたら図に乗るタイプだから、何とかしたほうがいいって〉

私にも電話があったことを話した。

「放ってはおけないわね。こんなのが広まると美咲さんが可哀そう。亡くなったご家族だって――」

心底許せないと思った。三年前の事件が鮮明に蘇《よみがえ》ってくるのだ。

「その矢吹っていう同級生、あなたと同じ大学なの」

〈専門学校に行ってます。家を出て独り暮らしをしてるはず。住所分かりますから送ります〉

電話を切ると同時に名前と住所が送られてきた。早めになんとかしたほうがいい。矢吹という男にとっても。その前にもっと調べた方がいい。迷ったが小野に電話をした。


一時間後、矢吹のマンションを訪ねた。経験から、時間を置くと嫌がらせはひどくなる。

「矢吹さんはいますか。夜遅く申し訳ありません。私です」

インターホンに向かって呼びかけた。すぐに玄関に向かって走ってくる足音が聞こえた。

ドアが開き、茶髪の男が現れた。

「私って、誰だよ」

「あなたが矢吹徹ね。どうして、あんなことを書いたの」

慌てて閉めようとしたドアの隙間《すきま》に足を入れた。
二、三度、ドアを打ち付けて閉めようとしたが、諦《あきら》めてドアを開けた。

「事実だからだよ。あんた、誰だよ。警察か」

「だったら、どうするの。真実を話してくれるの」

「手帳を見せろよ。持ってるんだろ、警察手帳」

矢吹は居直った表情で私を見つめた。

「分かった。あんた、東洋出版社の笹山真由美だろ。思ったより若いんだな。美咲や沙也加よりも色っぽいな」

「そういう言い方はやめなさいよ。今度、山本さんや橋本さんの名前をＳＮＳに出したら、あなたの記事を書くからね。実名、顔写真入りで」

「それって、おれを脅迫してるのか。一回デートしてくれるなら考えてもいいぜ。どこかホテルでゆっくり話さないか」

「ホテルより警察署で話さないか。お巡りさんに囲まれて。宿泊施設もついてるぞ」

警察手帳を持った小野が私を押しのけて、矢吹の前に立った。

矢吹の顔色が変わる。

「そんなこと出来るのか。逮捕状がなきゃ、警察は何もできないんじゃないのか」

「現行犯ってのがあるんだよ。こちらのご婦人に、いかがわしいことを言ってたな。手錠をかけて警察署まで行くか」

矢吹の腕をつかみ、手錠を出した。

「おまえのやったことは、脅迫罪と名誉毀損《きそん》だぞ。おまえ、前はないだろうな。あれば実刑間違いなしだ」

「俺、電話をかけただけです。電話番号が手に入ったんで。もう二度としません」

矢吹の顔色がさらに変わり、声と手が震えている。

「SNSでもあることないことを書いてるらしいな。最近は特定することもそんなに難しくはないんだ。それよりおまえのスマホ履歴を見ればすぐに解決する」

小野は罪状をさらに説明して、スマホを出させて私の電話番号と沙也加のメールアドレスを消去させ、二度と電話やメールをしないと約束させた。

「今度何かが起これば、あんたの所に警察が飛んでくる。逮捕されあんたの将来は真っ暗だ」

矢吹の震えが私にまで伝わってくる。


「有り難う。小野さんには借りができた」

地下鉄の駅に歩きながら言った。

「今の若者、ああいうのけっこう多いんです。自分より弱いと分かれば、徹底的に付け込んでくる。SNSって匿名のツールもあるし。世も末だと思います」

「年齢にかかわらずいるタイプよ。日本に必要なのは、学歴や知識よりも道徳心だと思わない」

「それと思いやりです。刑事をやっているとつくづく思います。自分さえよければ、他人なんてどうでもいいと思っている者が多すぎます。世の中が荒れている証拠だと思います」

「見かけによらないのね。あなた、意外とまともでしっかりしてる」

「藤田先輩がいつも言っています」

私はかすかに息を吐《つ》いて、小野を横目で見た。背筋を伸ばし、前を向いて歩いている。

「ああいうのが普通に暮らしてて、美咲さんのような子が悲しい目にあっている。世の中、本当に不公平だと思う」

皮肉を込めて言ったつもりだが、小野は振り向きもせず黙って歩みを続ける。


家に帰ると十一時をすぎていたが、父がキッチンでテーブルに置いたパソコンの前に座っている。

「行ってみろ。電話して概要は聞いておいた。そこにまとめてある」

父がコピー用紙を私に突き出した。

用紙を見ると、ヤングケアラーの支援団体が主催する講演会や懇談会の開催要項が印刷してある。細かい字で感想らしきものも書いてあった。

「おまえの会社の近くにもある。そういうの意外と多いんだな」

父は赤丸のついた団体を指した。

「有り難う。時間がかかったでしょ。こんなに詳しく調べるの」

「何もすることがないからな。同期が社会でバリバリやってるのを思うと、ボケて死ぬのを待っているばかりじゃ寂しいからな」

「やめてよ、バカ言うのは」

「しかし事実だろ。俺は現実から逃げたくないんだ」

言うことだけはいつも立派なんだけど、と心の中で言った。

「団体って、大人の集まりでしょ。相手は子供なのに。断酒会と同じようなことじゃないでしょうね。輪になってお互いの経験を語り合う、アメリカ映画によくあるやつ」

「俺はどっちも知らん。しかし、子供だから相談相手が必要じゃないのか。子供だけで考えても、何も出てこんからな。自分が普通の生活をしてないということさえ、自覚していない子供が多いらしいから」

明子の言葉を思い出した。「ただ、家を抜け出したかった」「そのために勉強した」。そんなことを考えて行動する余裕もない子の方が多いに違いない。

「助かった。明日行ってみる。有り難うね」

「俺は寝るよ。頭を使うとかなり疲れるんだ」

パソコンを閉じて、わきに抱えるとキッチンを出て行った。

しばらく、立ったまま用紙を見ていた。文字が目に入るとともに、父のパソコンに向かう姿が浮かんでいた。脳を使うことは良いことです。活性化になる。でも、回復とは違います。私の脳裏には医師の言葉も浮かんでいる。父の脳は少しずつ少しずつ萎縮《いしゅく》している。

用紙をテーブルに置いた。考えても仕方がない。出来るだけ父をこき使ってやろう。萎縮している脳細胞を目覚めさせるほどに。自分に気合を入れて、トイレチェックに向かった。

4

翌日の午前中、父の用紙にあったヤングケアラーを助けるNPO「セカンド・ファミリーの会」、通称SFの会を主宰している月島雅江《つきしままさえ》を訪ねた。電話をすると早い方がいいと言われたのだ。

彼女は二十八歳、茶髪で今風の女性だった。事務所は3LDKの自宅マンションの一室にある。専従は彼女だけ。あとはボランティアが数人来ていると説明してくれた。主に、ヤングケアラーの社会への周知と講演活動、当事者の電話相談を行なっていると言う。部屋には彼女の他に男女二人の若者がパソコンの前に座っている。

雅江は最初、うさん臭そうに私を見ていた。興味本位で色々聞かれたことがあったのだろう。私は名刺を渡して、山本美咲のことを調べていると説明した。美咲の名前を聞くと雅江の表情が変わる。

「事件については知っています。彼女もヤングケアラーでしたね。私の所にも色んな電話がありました。同情的なものや非難する電話もです。考えさせられる事件です」

「美咲さんについて書きたいと思っています。でも、あまりに情報が少なすぎて。当事者の若者たちは、自分がヤングケアラーだと自覚していることも少ないと聞いています。まずは社会への周知が一番だと考えています」

取材の主旨を説明している間、雅江は真剣な表情で聞いている。その間にも何本かの相談の電話があった。

「無自覚のうちにヤングケアラーである人はもっと多くいると思います。これからも増えるはずです。山本美咲さんの事件をきっかけに、もっとヤングケアラーの存在を世間に知ってもらいたいと思っています」

「有り難いことです。あなた同様、まず周知だと思っています」

雅江はぼそぼそと話し始めた。

彼女のような普通の女性が組織を立ち上げ、自宅マンションの一室ではあるが活動しているということは、よほど社会に訴えたいことがあるのだ。

「何でもいいですから、話してください。私も今度の事件で初めて、このような状況の子供が多いことを知りました」

自分も小学三年の時からヤングケアラーだったと、雅江は話し始めた。

「私の場合は弟妹の世話と祖父の世話でした。兄弟は妹と弟が一人ずつ。祖父は当時、七十代後半で、糖尿病で足が悪かった」

妹は三歳下、弟は五歳下だという。両親は仕事で、ほぼ一日中家にはいなかった。小学校に上がるまでは、兄弟で一緒に遊んでいたという。世話をしている意識はまったくなかった。側では祖母と祖父がテレビを見ていた。家事は祖父母と自分たちでやっていた。それが、ごく普通の日本の家庭の状況だと思っていたと笑った。

「変わったのは祖母が亡くなってからかな。我が家はまったく変わりました。祖父の足がさらに悪くなって、ほとんど歩けなくなりました。それから、我が家はまったく変わりました」

状況としては美咲の家と似ていなくもない。では、どこが違ったのか。

「あなたは具体的には何をしていたのですか」

「両親は駅前で食堂をやってます。朝は仕入れで五時すぎには出かけ、夜は店を片付けて帰宅は十時頃でした。お昼は一、二時間、母が帰ってきて食事や洗濯などの家事をして、また店に戻りました。それまで私が家にいるときは、弟と妹、祖父を見てました。祖母が生きてるときは、一緒にやっててそんなに大変じゃなかったけど、お婆ちゃんが死んでからは大変でした。私は小学三年で全部やりました。お爺ちゃんが指図をして。だから小学校は半分くらいしか行ってません。でも、卒業は出来ました」

雅江は笑っていたが突然笑みが消え、当時を思い出すように空を見つめた。

「経済的にはどうでしたか」

「家は祖父母が建てた家です。だから、お爺ちゃんは施設に入るのを嫌がっていました。ここは儂《わし》と婆さんの家だって。出て行くならおまえらだって。両親も施設のことは考えてないようでした。私がいたし、他の兄弟もいましたから」

「兄弟といっても、あなたを含めて小さかったでしょ」

「お爺ちゃんもいるから大丈夫と思ってたんじゃないですか。高齢で足が悪かったけど、年長者を含めて人数はそろってる。手足って意味だけど」

「確かにね。美咲さんの家と同じ。でも、舵取《かじと》りをするには、あなたは小さすぎた」

雅江は微笑《ほほえ》んだ。どこか諦めたような、寂しい笑顔だ。

「当時はこれが当り前、と思っていました。私が昼以外の食事の用意をして、食器を片付ける。掃除、買い物もね。お爺ちゃんが認知症になってからは、お爺ちゃんの世話。トイレと食事の見張り。放っておくと、メチャメチャにするから。散歩は楽しかった。弟と妹がお爺ちゃんの手を引いて、私が変な方に行かないように見張りながら後についていって。途中スーパーがあれば、買い物をしていく」

雅江はおかしそうに言う。

「普通の家と同じじゃない、と気付いたのはいつから」

「小学六年、遠足の時かな。お爺ちゃんのデイサービスの日がズレちゃって、結局ドタキャン。遠足の方をね。お母ちゃんが、勝手に学校に電話して、私が風邪《かぜ》をひいて熱があるので、皆さんにうつしたら大変だから休ませますって。あれはけっこう辛かった。お爺ちゃんにきつく当たっちゃった。あの時はお爺ちゃんも正常になってました。まだらボケって言うのかな」

雅江は声を上げて笑った。私は父と同じだと思いながら聞いていた。同時に、沙也加から聞いた、美咲の修学旅行の話を思い出した。

「いちばん辛かったことって何ですか。嫌じゃなかったら教えて」

雅江は表情を正して考えている。突然、砕けた口調で話し始めた。やっと心を許してくれたのか。

「修学旅行に行けなかったことかな。前の事があったから期待はしてなかったけど」

「やっぱりそうなんだ。美咲さんもそうだったと思う」

沙也加に聞いた話をすると、雅江は頷きながら聞いている。

「その他は別に気にしてない。子供が数日、家を空けるのなんか、普通の家庭じゃ何でもないこと。でも、うちでは大変だった。家族一人一人の役割りが決まってたからね。中学になるとけっこう楽になった。慣れてきたし、妹や弟も手伝ってくれるようになったから。みんないい子だよ」

雅江が振り向くと、デスクに座っていた二人が私の方を見て頭を下げた。

「あの二人が私の弟の昭一《しょういち》と妹の君子《きみこ》。二人とも大学生。時間のある時には手伝ってくれてる」

「お爺さんは」

「今は施設。認知症といってもそんなにひどくないから、施設を仕切ってるって。当時はボケた振りをしてたのかって思ってしまう」

君子が笑いながら言う。

「やめなさいよ。適当なことを言うのは。比較的元気で、意識レベルが高いから施設では重宝されているの。他の入居者さんのまとめ役にもなってるって。でも、本当に元気を取り戻したみたい。お爺ちゃんを見てると、認知症は本人と周りの意識でずいぶん変わるって思ってしまう。特に自分が必要とされていると感じることが大切なのよ」

雅江が何度も頷きながら、納得したように言う。

「今は、それなりにうまくいってるんだ」

「いい施設を紹介してくれる人がいたからよ。ケースワーカーさん。あの人がいなかったら、私も美咲さんになってたかも。だから私も、ヤングケアラーと言われている人たちを助けたいと思ってる。ほんの少しのアドバイスで色んな事が良い方に回り始めるケースもある。もちろん、全部じゃないけど。福祉については、日本はよくやっていると思う。もちろん、改善の余地は山ほどあるけど」

私は父を思い浮かべながら聞いていた。

「ヤングケアラー、ミドルケアラー、オールドケアラー。何でもありの国なんだよ。でも、世界中で起こってることなんだろうな。元気な者が、世話の必要な者を世話する。年齢に関わりなく、家族であろうと他人であろうと。そんなにおかしなことじゃない。いや、当然だと思う」

「でも小学生には小学生の世界がある。その世界を壊すことは絶対によくない。修学旅行には行かせてあげたい」

「私もそう思う。だから去年、初めてケアラーの代行を手配した。二人に行ってもらったんだけどね」

昭一と君子が笑いながら手を上げた。

「お土産《みやげ》を買ってきてくれましたよ。お菓子とこけし」

昭一の視線を追うと、こけしが飾ってある。京都土産だそうだ。

「子供が兄弟や祖父母、身体の悪い親の世話をする。五十、六十代の者が七十、八十代の親の面倒を見る。老々介護って言葉も出来てる。日本もいよいよそんな時代に突入ってことです」

「暗くなるようなことを言わないでよ。今回の事件で私が関係した人、優しい人ばかりなんだから」

本気でそう思った。

沙也加と深雪と、大学近くのファミレスで待ち合わせていた。

私の中で美咲の人物像がまとまりかけてきて、そのイメージをより鮮明にしなければと思ったのだ。さらに、ヤングケアラーという言葉の意味の曖昧《あいまい》さ、軽さに疑問が生まれていた。同時に重さにも。

「好きなものを頼んで。記事を書くための経費で落とすから遠慮しないで」

二人はスパゲティとドリンクバーを頼んだ。私も同じものにした。

「あなたたち、美咲さんに関して、何か言い忘れてることはないの。今の状況だと、あなたたちが美咲さんのことをいちばんよく知っている」

二人は顔を見合わせている。美咲を生かすも殺すもあなたたち次第。喉元《のどもと》まで出かかったが、口には出さなかった。本人の意識がなく、家族全員が亡くなった今、この言葉は真実だったが、二人をあまり緊張させたくない。

「何でもいい。覚えていることがあれば教えて。良いことも悪いこともね」

悪いことに力を込めた。沙也加が話した、美咲の万引きの話が頭を離れない。

私の言葉で深雪が一度深く息を吸って、話し始めた。

「高二の夏休み前だったかな。突然、あんな奴《やつ》、殺してやるって言って机を蹴《け》ったのを覚えてる」

「あったね。かなりの迫力だった」

「あんな奴って誰のこと」

「美咲のお母さん。言ってたよね。すごく驚いたもの。クラスが一瞬シーンとなった」

深雪が沙也加を見ると彼女も頷いている。

「何が起こったの」

「知らない。そんなこと聞けないもの。でも、大したことはなかったのかもしれない」

「学校じゃ問題にならなかったの。聞きずてならない言葉よ」

「それっきり。だって先生は知らないし」

「そう言えば、殺されるって、うちまで裸足で逃げてきたことがあった。朝の五時にね。走っても、五分はかかるんだけど。小雨だったけど、雨も降ってたし。学校、夏休み中だったから良かったけど。あんな女、死ねばいいって言ってた。私がそれはちょっとひどすぎると言ったら、そうだねって。一時間くらい話して、お兄さんの身体の位置を変えなきゃならないし、お母さんが病院に行く時間だからって、帰って行った。けっこう平気な顔して」

「感情よりも、家族への義務感が勝ってるってわけか」

私の呟きに二人は頷いている。

「もう一つ。美咲さんはお母さんから虐待を受けてたの？　単なる確認だけど」

「まさか」

二人は顔を見合わせると同時に言った。沙也加が続ける。

「虐待を受けるとしたら、お母さんの方じゃないの。美咲、中学の時には百七十センチ以上あった。今はもっと大きいんじゃないの。お母さん、中肉中背でしょ。身長は十センチ以上高いし、トレーニングしてたから、絶対に美咲の方が強い。腕相撲だって、男子にも負けたことない」

「トレーニングって」

「重いものを持ち上げるの。小学校の時から、給食を残したことないし。私はお兄ちゃんを担がなきゃならないから、大きくなるんだって。太るのなんか、全然気にしてなかったもの」

「私たちの分もあげたしね。美咲の大食いはクラスでも有名。私の体力はママ譲り、ママも体力満点なのはお婆ちゃん譲りだって自慢してるって。たしかにお婆ちゃんも元気だったよね。美咲、元気がありすぎるってグチってた」

深雪が声を上げて笑い、私もつられて笑ってしまった。

「でもぜんぜん太らなかったしね。スタイルは学校でいちばん。男子の間でもけっこう話題に上ってた。美咲、全然気にしてなかったけど。頭にあるのはお兄ちゃんだけ。美咲の家はすべてが家族に結び付いてた」

「美咲さんが髪をピンクに染めたときがあったでしょ」

高校の教師、遠藤に話を聞いてからずっと気になっていたことだ。

「あったあった。よく知ってますね。あれには私たちも、ひっくり返った。信じられないと思ったもの。学校中が大騒ぎだった」

「ねえ、沙也加は見たの」

「ちらっとね。先生たちに囲まれて校門から校長室に直行。美咲は背が高かったから、頭の半分以上見えてたけどね。でも、一時間後に教室に来た時は黒髪。ほんと、ピンクの旋風だった」

「見たかったなあ。高校生活でいちばん残念なことの一つ」

「先生たち、徹底的に隠してたからね。私見たって言ったら、目の錯覚だって言われた」

沙也加と深雪が盛り上がっている。私は二人に聞いた。

「でも、なんでピンクなの。誰が染めたの」

「美咲、ピンクが好きだから。染めたいと言ったら、ママが染めてくれたって言ってた。うちじゃ、絶対に無理。でも、美咲のママは時々、信じられないことをやったらしいしね。やっぱり親子だよね」

二人はおかしそうに言った。

「美咲は落ち込むこともあったけど、立ち直りも早かったね。よく泣いたけど数分後には笑ってる。どうしてそんなに切り替えが早いのか聞いたら、血筋だって。どうしようもない事は、いくら悩んでもどうしようもない。だから笑って忘れるしかないって」

「たしかにその通りね」

私が呟くと、でも――と言って、沙也加が深雪を見た。

「サングラスかけてきたことあったでしょ。先生が外せって、大喧嘩《おおげんか》した時」

二人の顔つきが変わり、深刻な空気が漂う。

「目の下、内出血してた。絶対に殴られてる。かなりひどくね。アレって虐待に入るんだろうね」

「でも、本人が転んで打ったたって言ってたから。先生も認めざるを得なかった」

「先生が面倒なことになるの嫌がったからよ。いちおう、聞いておけば言い訳できるもの」

遠藤は目立たない生徒だと言ったが、こうして聞いてみるとかなり目立っている。すべては学校と教師の隠ぺいか。

「他になかったの。そんなこと」

「喧嘩はよくやってたみたいです。お母さんのこと、けっこう悪く言ってた。ヒステリーだとか、恩知らずって言われたって。あの時はかなり怒ってた」

「恩知らず？　お母さんに言われたの」

聞き返した。お母さんの方が美咲に感謝すべきだと思っていたのだ。

「お母さんは自分が必死で働いてるので、人並みの暮らしが出来てるって言ったみたい」

「それって、モラハラじゃない。私だったら、家族なんて放って逃げてしまう」

「とにかく、美咲は小学生の時から変わっていた。頭はメチャメチャ良かったと思う。褥瘡《じょくそう》って知ってますか」

「床ずれのことでしょ」

「漢字書けますか」

頭の中に思い浮かべたが、読めるけれども書くことはできない。

「無理ね。漢字を書ける人って、多くはないと思う」

「美咲は小学四年の時、書いてました。介護の本を徹夜で読んだって言ってました」

「努力家だったのね。大学受験は残念だったね」

「大学受験を諦めたときもかなり落ち込んでた。受験の日の朝、お婆ちゃんがいなくなったんです。お母さんは手術が入ってて、病院を出られないし。警察は頼りにならないし。あの時も、かなり怒ってた。あのクソババア、いなくなればいいのにって。でも、必死でお婆さんを探してたんだよね。夜は雨が降るって天気予報で言ってたから」

遠藤には体調が悪くて受験に行けなかったと言ったようだが、やはりあれはウソだったのか。

「お婆さんは見つかったの」

「家に帰ったら、いたって。ババアの陰謀だって怒ってた。私を大学に行かせたくないんだ。家に縛り付けておきたいんだって。かなり荒れてたよね」

二人は可笑《おか》しそうに言った。

「そういう言葉って、かなりヤバくないの。あなたたち、平気で使ってるけど」

「私たち美咲のこと、瞬間湯沸かし器って呼ぶこともありました。頭に来たらメチャクチャ言ってました。でも、言うとスッキリするのだと思う。ストレスの解消。あれがなければ、やっていけないって。そのくらい許してやろうって、私たち納得してた」

「遠藤先生は美咲さんのこと目立たない、手のかからない生徒だと言ってた」

二人は顔を見合わせた。

「そう思います。美咲は学校じゃ問題を起こさないって決めてたんじゃないかな。だから爆発しても先生の言うことには素直に従ってました。だから学校も何もなかったことにできた」

沙也加はピンク髪事件もと付け加えた。横で深雪が頷いている。
十六、七歳の美咲を想像した。沙也加と深雪と三人で撮った写真には、弾《はじ》けるような笑顔の女子高生がいた。

出版社に戻ると部屋の前で岩崎に会った。

「書けそうか」

「もう少し待ってください」

「美咲の意識が戻るまでに、おまえなりの方向性を付けろ」

美咲の白黒を付けろということか。

「でも――」

口を開きかけたが岩崎は背を向けて歩き始めている。

美咲と美咲の家族の全容は見え始めたと思った。しかしそれだけでは収まらない、多くのピースが新しく表れている。それらは永遠に埋まらないいびつな形をしているように見える。

席に座るとパソコンを立ち上げ、一日のことを思い浮かべた。やはり中心の美咲の姿は霞《かす》んだままだ。

5

翌日、小野から連絡先を聞き出した、清美が勤めていた県立総合病院の看護師、戸塚恵子《とつかけいこ》を訪ねた。

美咲の母親、清美についても知っておきたかったのだ。夫に死なれ、十年以上も女手一つで二人の子供と、母親の生活を支えてきたのだ。さらに、沙也加に聞いた美咲の痣《あざ》についても詳しく知りたかった。実際に清美が関係していたら――。

私たちは病院近くの喫茶店で会った。恵子は夜勤明けで疲れた顔をしていた。清美より一歳年上の四十六歳、独身と聞いている。

初め私を警戒して、伏し目がちに睨《にら》むように見ていた。

「清美さんについて話してくれませんか。仲が良かったと聞いています」

「話せって、職場が同じだけでほとんど知らないんだよ。病院以外で会ったことはなかったし。清美さんは正看護師。私は准看護師だよ。これって致命的に違うんだよ」

「何でもいいんです。もう十年以上、同じ職場だったんでしょ。清美さんとは、お昼を一緒に食べてたと聞いています。何かあるでしょ」

恵子が顔を上げて、眉根《まゆね》を寄せて話し始めた。

「私は面倒には関わりたくないんだよ。病院にも刑事が来て、清美さんの交友関係なんか聞かれた。私はよく知らないって答えた。旦那《だんな》が死んで十五年近くたつのに浮いた噂《うわさ》はなかったね。奇麗な人なのにね。最初は、子供たちを育てるのに精一杯だっただろうし、長男の事故と、母親の認知症だろ。とにかく、生活でいっぱいだったと思うよ」

「よく頑張ったと思ってます。それが、あの結末じゃ可哀そうすぎると思いませんか」

恵子は再度黙った。考えているのか迷っているのか分からなかったが、やがて顔を上げた。

「一見、弱そうだけど、強い人だったよ。特に真司くんがあんな風になってからはね。おまけに、母親が認知症だろ。それからは人が変わったね」

話すにつれて次第に饒舌《じょうぜつ》になっていった。

「厳しくしつける。特に、美咲ちゃんに対しては、やりすぎの所があったと思うよ。まだ小学生の時から、色々無理をやらせてた。でも、家族仲は良かったし、子供たちには良くしてたと思うよ。あれがあの人のやり方だったんだろうね」

「どんなことですか」

「学校が終わると、まっすぐ家に帰る。お婆ちゃんの手伝いをする。小学五年、六年なんて遊びたい盛りだろ。それを、家に縛り付けてたね。あれも懺悔《ざんげ》のつもりだったのかな」

ポツリと言った。

「あれって何ですか。懺悔って、悪いことをして謝ることですよね」

「髪の染め方を教えてくれって聞いてきたことがある。あんた白髪なんてないだろうって言ったら、娘の髪だって」

「自分は染めたことなかったんですか」

「病院じゃ、色々うるさい者がいるのよ。でも、娘がピンクの髪にするのを母親が手伝うなんてね」

沙也加が言った美咲の万引きを思い出していた。ふっと脳裏に浮かんだ。母親を試したんじゃないか。

「バカなことはやめなって、注意したんだよ。分かってるって。でも、いつも無理を言ってるから、このくらいは手伝ってやりたいんだって。美咲ちゃんの強い頼みだって。修学旅行にも行かせられなかったからって。自分が無理を言ってるってこと、分かってたんだ」

「清美さんは美咲さんを虐待してたんですか」

迷いながら聞くと恵子は意外そうな顔をした。

「まさか。あんた、そんなこと誰から聞いたの。そりゃあ、ひどい言葉を使ったこともあるし、一度や二度は叩《たた》いたこともあるだろうさ。でも、愛の鞭《むち》ってもんだ。絆《きずな》ってあるだろ。あの一家は特別強かったんじゃないのかね。自分の子供だよ。子供たちもそうだと思うよ」

恵子は自分自身を納得させるように、頷きながら話している。

「清美さんは大変だったと思うよ。重度障害者の息子と認知症の母親だろ。それに、自分自身だ」

「自分自身？　どういうことですか」

恵子はしまったという顔をした。

「清美さんに何かあったんですか」

「何もないよ」

「教えてください。重要なことです」

恵子は、確かめるように私を見た。

「清美さんはかなり疲れてた。精神的にも体力的にもって意味だよ。だから美咲ちゃんにも、辛く当たったことがあったんじゃないか」

「言葉だけじゃなく、暴力をふるったとか」

「私は知らないよ。ただ、思っただけ。最近、ふさぎ込んでいたことが多かったから」

恵子は慌てて言い直すように言う。

「体調が悪かったんですか」

「よく知らないって言ってるだろ。ただ、彼女、病気になんてなってられないって、よく言ってたよ。それだけ、神経が張り詰めていたんだ。清美さんが倒れたりしたら、あの家族はメチャメチャだろ。お婆ちゃんも認知症がかなり進んでたからね」

「でも――」

言葉を失っていた。いったい、あの家で何が起こっていたのか。

「病は気からって言うだろ。気が張り詰めている間は何も感じないけど、ふと気を抜くと一気に不具合が現れる。患者さんを看《み》てるからよく分かるんだ」

「警察にも清美さんについて、聞かれたんでしょ」

「親子関係と友人関係だけ。喧嘩してなかったかとか、憎まれるようなことはなかったか、清美さんの友人にはどんな人がいたか。そんなこと。清美さん自身については何も聞かれなかった」

警察が興味があるのは、美咲と清美の関係なのだろう。

「清美さんと美咲さんの関係はうまくいっていたんですか」

「詳しくは知らないって言ってるだろ。でも、美咲ちゃん、しっかりした子だったから、何があっても顔には出さなかった。我慢してたんじゃないかね」

「誰かに助けを求めるってことはできなかったんですかね」

「どこに、何を頼みに行けというの。生活保護だって、持ち家があればまず売れって言われるんだろ。あの家はお婆ちゃんの代で買ったんだよ。大事に使ってたはずだ。お婆ちゃんが生きてるうちは手放せなかったんじゃないの。お婆ちゃんをあの家から出すなんて、誰にもできないよ」

「でも、経済的には大変だったんじゃないんですか。女手一つで」

「経済的にはそんなに不自由はしてなかったはずだよ。お婆ちゃんの遺族年金もあるし、清美さんの給料だって、同年代のそこらのサラリーマンに負けないはずだ。だから全自動の洗濯機も、食器洗い機も最新式をそろえてたよ。美咲ちゃんの家事が楽になるようにってね。美咲ちゃんにも誕生日にパソコンやタブレットを買ってたし。あれ、かなり高いものだよ」

恵子は深いため息をついた。

「清美さんと親しい人は知りませんか」

「みんなと親しかったよ。悪く言う人はいないと思う」

一時間ほど恵子の話を聞いて店を出た。

〈清美さんが倒れたりしたら、あの家族はメチャメチャだろ〉〈美咲ちゃん、しっかりした子だったから、何があっても顔には出さなかった。我慢してたんじゃないかね〉

恵子の言葉が私の脳裏に張り付いていた。

店に入って、辺りを見回した。客はさほど多くはない。

奥のテーブルの若者が私を見ている。私は彼の前に行った。

「東洋出版社の笹山さんですね。服部修《はっとりおさむ》です」

若者が立ち上がり、はっきりした口調で言うと頭を下げた。

「雅江さんから話は聞いてるでしょ。あまり硬くならないで。気楽に話してくれていいから」

言ってしまってから、まずかったかなと思った。彼は元ヤングケアラーだ。気楽に話せる内容でもないだろう。

昨夜、「セカンド・ファミリーの会」代表の月島雅江さんに電話するように言われたと、服部自身から電話があったのだ。男性のヤングケアラーはいないんですか、という私の問いに笑っていた雅江からの返事だ。

服部は現在、大学二年生だ。小学校から高校まで、妹と弟、祖父母の面倒を見ていたという。細身で聡明そうな顔つきと態度だった。

「会って、自分のことを話すように言われました。雅江さんには逆らえなくて」

「なんでなの」

「あの人にはメチャメチャ世話になってます。あの人がいなければ、俺、かなりヤバくなってました」

話しながらもしきりに腕の時計に触っている。

「まず、落ち着いて。私は怪しい者じゃない。雑誌記者。ヤングケアラーについて調べてるの」

あえて山本美咲の名前は出さなかった。

「なんで、調べているんですか」

私を疑うような目で見ながら聞いてくる。

「最近、問題になってるでしょ。実態を調べて多くの人に知らせたい。それだけ」

「多くの人に知らせて何になるんですか。何にも変わりませんよ」

妙に冷めた、どこか突き放した言い方と内容だった。

「あなたは変わったでしょ。月島雅江さんがあなたのことを知って」

「雅江さんだから変わったんです。俺の周りの人は俺のこと知ってたけど、何も変わらなかった」

「悲観的なのね。変えなきゃ駄目でしょ。あなたも辛い時期があったんでしょ」

服部は考え込んでいたが、時計を見て話し始めた。

「名前や俺だと推測できるようなことは書かないでください。勝手なことを言う人が多いですから」

「どこかこの後行くところがあるの」

「今日は笹山さんに会いに来ました。午前中は予定を入れてません。午後からは雅江さんの事務所で手伝いです」

「じゃ、そんなに時計を気にしないでよ」

「これ、癖なんです。気にしないでください」

「そう言われても気になる。私と話してってもあなたの得にはならないから」

「世の中、損得だけじゃないですよ。雅江さんを見てて納得しました」

服部は腕時計をセーターの袖《そで》で隠した。

「あなたが正しいわね。私も見習わなきゃ」

家庭、学校、友人、その他について、服部自身が言いたいことを話すように頼んだ。

しばらく考えていたが、話し始めた。

「両親は共働きで、ある意味なかなか大変な家庭だった。バブルの終わりごろに無理して家を買って、ローンで生活はキツキツ。今じゃ評価額も半額近くに下がってて、売るに売れない。ローンを払い続けるためには両親が働かなければならなかった。家を買ったのは結婚して、子供は新しいきれいな家で育てたいって思いから。そこで、俺と弟と妹が生まれました。それから二十年以上」

服部は他人事《ひとごと》のように言うと、大きなため息をついた。

「それからお爺ちゃんとお婆ちゃんが同居するようになった。これもローンのためかな。二人の年金をローンの支払いに充てるって。そのうちにお婆ちゃんの様子がおかしくなった。分かるでしょ」

「認知症になったの」

「当たり。でも、お爺ちゃんは信じられなくて、お婆ちゃんを怒鳴ってばかり。なんの世話もしなかった」

自分の父を思い浮かべていた。思い当たることもある。

「だから俺が妹と弟、それに半分ボケてるお婆ちゃんの面倒を見なきゃならなくなった。八十二歳のお爺ちゃんと一緒にね」

服部は淡々と話した。そして、黙り込んだ。

「で、どうしたの」

「お爺ちゃんまでおかしくなった。毎日毎日、家族の愚痴を聞かなきゃならない。子供からも孫からも何か言われてる。おかしくもなるよね」

「どんなことを言ってたの」

「何も言ってなかった。お爺ちゃんが思い込んでただけ。俺たち、お爺ちゃんが好きだったもの。家に来た時、子犬を連れてきてくれたから。犬を飼いたかったけど、駄目だって言われてた。だからかな」

「それから――」

「自殺してしまいました。俺あてに変な手紙まで残してね」

「変な手紙って」

「頑張れって。何を頑張るんだよ。かなり無責任だと思った。大人のくせに。そのとき、俺は十四歳。中学二年生」

「お爺さんも認知症だったんじゃないの。だから勘違いしてたのよ。家族の責任じゃない」

父のことを考えながら言った。

「雅江さんもそう言ってました。雅江さんとはそのころ知り合いました。うちの事情を知ってる人がいて、雅江さんを紹介してくれたんです。お爺ちゃんの葬式の翌日に、お婆ちゃんがいなくなりました。徘徊です。雅江さんが警察や施設に電話をしまくってお婆ちゃんを探し出し、施設人居を世話してくれました。初めて大人を信用しました。あの時の言葉、死ぬまで忘れません」

服部は長い時間、無言で下を向いていた。たぶん私に涙を見られたくなかったのだ。

「もっと人に頼りなさいって。最初に私に頼るように、と言いました」

人に頼る。私は心の中でその言葉を繰り返した。美咲もそうすれば良かったのだ。しかし、美咲には雅江は現れなかった。

服部は淡々と話しているが、実際はかなり切羽詰まっていたのだろう。顔を上げて私を見つめている。その目は三十分前に会ったときとは違っている。私も少しは雅江に近づくことができたのか。

「雅江さんと出会う前、いちばん辛かったことは何なの」

「夢を持てなかったことかな。高校進学も諦めてたし、俺は死ぬまであいう生活が続くと覚悟してた」

服部は即座に答えた。よほど思い詰めていたのだろう。

沙也加に見せられた美咲のイラストを思い出した。青い空、その中を飛ぶ白い鳥。美咲は決して、夢を諦めたわけじゃない。兄と祖母の介護をしながら、イラストを描き続けていたのだ。

いま、はっきりと私の心に浮かんだ。美咲は家族を殺したりしていない。ではあの日、家族に何があった？

「誰にも相談できなかった。こんなこと言うと、おかしいと思われる。両親には家庭内のことは外ではしゃべるなと言われていました。家の恥になるからって。今思うとおかしいけど、それが当然だと思って、すべてを一人で抱え込んでいました」

服部は軽い息を吐いた。

「他にも、辛かったのは一日の予定が立てられないことかな。友達と出かける約束をしてても、お婆ちゃんの具合が悪くなると、そっちが最優先事項になる。時々、はやくいなくなってくれればいいと思っていました。俺の状態が普通じゃないと気が付いたのは、SFの会の人たちと話してからです。行政にも他のNPOにも相談窓口はありました。そういったことをSFの会は発信しています。今は俺も、少しですが手伝っています」

服部はしきりに左の手首を触っている。時計を見ているのを私が指摘して、服で隠したところだ。

「時計を見る癖が抜けないのにも困ってます」

「誰だって見るでしょ」

「彼女に言われました。私に会ってるときには時計を見ないでって」

言いながらも服部は袖をまくって時計を見ている。

「なるほどね。確かに気になる。私と会ってるのが嫌で、早く帰りたがってるのかって」

「これでも、少なくなってるんです。時間を気にする癖は抜けないけれど。だから、時間にルーズな奴は大嫌いなんです」

話を聞きながら私も彼のようになるかもしれないと思い始めた。父の介護が始まると時間に縛られ、振り回されるに違いない。

第四章　特定少女

1

青木《あおき》店長に連れられてスーパーの事務所に入った。八畳ほどの広さで、半分に商品の段ボール箱が積まれている。倉庫にも使われているのだ。奥に三つのデスクが並んでいた。

アサヒ・スーパーマーケット、中堅どころのスーパーマーケットチェーンの一つだ。青木店長は四十すぎの真面目《まじめ》そうな男だった。美咲が万引きした時に対応した店長だ。沙也加の話を確かめるために会ってくれるように頼んだ。

万引きという言葉が私の頭の中で回っていた。美咲の家は裕福とは言えないまでも、生活に困窮することはなかったようだ。祖母の年金もあったし、看護師としての清美の収入もあった。パソコンを含め、イラストを描く道具も買ってもらっている。なぜ万引きなどした？　家から徒歩十分もかからないスーパーで。私の脳裏をいくつかの疑問が回っていた。

「山本美咲さんがここで万引きをしたと聞いたので、ぜひ詳しいことを聞きたくて伺いました」

店長は山本美咲の家族が死に、家が放火で燃えたこと、交通事故にあったが、美咲だけが生き残って病院にいることを知っていた。

「いや、私も驚きました。何か今度の事件と関係があるのですか。もう、三年近くも前のことです。たしかあの時は、彼女は十六歳。高二でした」

店長は平静を保とうとしているが視線が定まらない。私と会って動揺しているのか。

「美咲さんについて知っておきたくて。良いことも、悪いこともです。まず、その時の状況を教えてください」

「うちはチェーン店です。こういうスーパーでは万引き被害はバカになりません。そのために潰《つぶ》れる店も少なからずあります。客商売なのであまり強気には出られませんし、あることないこと言いふらす客もいますから。うちのような小さな店は、何ごとにも気を使って仕事をしているんです」

店長は、チェーン店では万引き対応もマニュアル化されていて、支店はマニュアル通りに処理して、本部に報告することになっていることを説明した。支店に責任がおよばないようにするためだ。

「万引きは今回の事件とは関係ないんですね」

店長はもう一度確認して、私が頷《うなず》くと話し始めた。

「雑貨コーナーです。うちは食品が主ですが、若い人向けの廉価な雑貨も置いています。化粧品や事務用品などです。そのコーナーで中高生がよく万引きするんです。たまには小学生も」

「そこで美咲さんが捕まったんですね」

「口紅です。たしか、三百円だったと思います。たまたま私が見つけて、事務所に連れて行きました。マニュアルだと、未成年で初めての場合は、高校生までは学校に連絡します。彼女はそのケースでした。再犯は警察と学校に連絡。彼女は初めてでした。学校の名前を聞いても言わないんです。普通は、十分も話せば言うんですがね。彼女の場合、三十分ほど話しても言わないんです。だんまりです。根性はしっかりしていると思いました。だから、警察に電話しようとしたら、家にしてくれって言うんです」

　意外だった。美咲の場合、学校で済ませた方が楽なような気がしたのだ。

「今日は家にお母さんがいるから呼んでほしいと、スマホを差し出すんです。それで家に電話して、お母さんを呼びました」

　学校より家族を信頼していたということか。

「お母さんは来たんですか」

「飛んで来ました。私は変なこと言いだすんじゃないかと警戒してたんですけど、来るなりひたすら頭を下げ続けるんです。娘が申し訳ないことをしましたと言って。よく見ると涙を溜《た》めてるんです。泣くのを必死で我慢してたんです。カスタマーハラスメントの真逆です」

未だに覚えているのは、かなり衝撃的だったのだろう。

「こっちが恐縮してしまいました。思わず許します、今後気を付けてくれればって言いました。本部に知られれば私が怒られるんですけどね」

「その時、美咲さんは」

「ただ見てただけだったかな。泣いてたのかな。いや違うな。私はお母さんに気を取られてて、娘のことは忘れてました」

店長はしばらく考えていたが口を開いた。

「お母さんに何か聞いてたのかな。あれは——お兄さんとお婆さんのことだったかな。たしか、ヘルパーが来るとか来ないとか。そのうちに、先に帰ると言って店を飛び出して走って行きました。私はダメじゃないかって声を出したんですが。今度の事件で初めて知りました。障害者のお兄さんと、認知症のお婆さんがいたんですね。彼らをおいて、お母さんが来た。じゃなんで、お母さんを呼んでくれなんて言ったんだ」

話しているうちに色々思い出したようで、どこか懐かしむように話し始めた。

「年に何件かこういう事案はあるんですが、印象に残ってますね。お母さんはまたしばらく謝って、口紅の代金を払って帰って行きました。私はそれで終わりと思っていたんですが、翌日、お母さんが菓子折りを持って改めて謝りに来ました。ここで二十年近くやってるのに、そんなこと初めてでした。だから私も彼女のことを覚えてました。ああいうキッチリした家庭なのに、なぜあの子は万引きなどやったんだって」

「それ以後は——」

「幸いなことに起こってはいません。私もどこにも通報してなかったので、ホッとしてました。私にも中学生の娘がいるんです。あれから娘を見る目が変わりました。万引きをする子供はけっこういるんです。でも、あの子は他の子とは違ってました。言い訳もしないで、ただ黙ってる」

店長は昔の記憶を引き出すように考え込んでいた。

「あの時、感じました。うまく言えないけど、安心感なのかな。もうしないだろうって」

それにと言って、店長は下を向いて考え込んでいた。しばらくして顔を上げると話し始めた。

「実は彼女のこと前から知ってました。小学生のころから。小さな女の子が野菜など食材を買っていくんです。偉いなあと思ってました。驚いたのは、ああいう事件があった後も、彼女、うちに買い物に来てました。何ごともなかったように」

やはり、美咲は家族を試したのかもしれないと思った。「幼い子供が泣く一つの理由は、親の注意を自分に引き付けたいため」と明子が言ったことがあるのを思い出した。

家族に自分の苦しみを分かってほしかったのではないのか。自分が大切にされている。自分も親に見守られている。そういう実感がほしかったのではないか。だからわざと、すぐに来ることのできる家に近い顔なじみのスーパーで万引きをやった。美咲は、自分もここにいると家族に呼び掛けていたのではないか。

帰りに、美咲の家のあった場所に行ってみた。歩いて十分もかからない。

半分枯れた花と缶ジュースがまだ置かれていた。

役所は親戚《しんせき》をたどって連絡を取ろうとしている。清美の兄がいたが、癌《がん》で亡くなっているということだ。現在はその子供、美咲には従兄《いとこ》に当たる人に連絡を取っているようだ。

「ここを通ると色んな事を思い出してね」

佇《たたず》んでいると背後で声がした。振り向くと見覚えのある中年女性だ。

「あなた、先週もここに来てたでしょ。雑誌記者だと言ってた」

「ご近所の方でしたね。美咲さん、まだ意識が戻らなくて。今は美咲さんのお母さんの清美さんについて調べてます」

私の言葉に女性は興味を覚えたようだ。

「山本清美さん、強い人だったよ。立ち話程度だけど、会った時には話してた。特にご主人が亡くなってからは、自分が家を支えるんだという気概が伝わってきたよ。そのためには、自分が女性であることなんか関係ないって」

「どういうことですか」

「たぶん、言葉通り。経済的に自分が頑張るということじゃないの」

女性は一瞬考え込んで、話し始めた。

「家の方が大変だったからね。言葉は悪いけど、重度の障害者と認知症患者が同居してたのよ」

「でも、色んな補助が受けられたんじゃないですか。たとえば、ひとり親であるとか、障害者がいるとか、高齢者がいるとか」

看護師であれば、普通の女性よりはそういう制度に詳しいはずだ。

「受けることのできる補助は受けていたと思うよ。他人の家のことはよくは知らないけど。あの人、頭良かったから。私にもコロナ禍の時に生活補助金のことを教えてくれた。すごく助かった」

女性はすぐに饒舌《じょうぜつ》にしゃべり始めた。

私の中で清美の姿が次第にクリアーになっていった。目立つことはしないが、芯《しん》の強い女性。だからこそ、寝たきりの息子を十年間、認知症の義母を五年間、施設にも入れず自宅で面倒を見ることができた。たとえ、美咲の助けがあったとしても。しかし、という思いもあった。美咲にも長い年月をかけてヘドロのようにストレスが溜まっていった。何かの拍子に切れたのか。その結果に驚いた美咲は家を飛び出し、国道に出た途端タクシーに撥《は》ねられた。

「事件当時、清美さんに変わったことってありませんでしたか」

私の脳裏に、「清美さんはかなり疲れてた」という恵子の言葉が浮かんだ。

「そう言えば、時々ぼんやりしてた。やはり、清美さんも女性なんだって思った。本当は奇麗で優しい人なのにね」

「本当はって、見かけは違っていたんですか」

「化粧っけはなかったし、不愛想なところもあった。取っつきにくいと思う人もいたかもしれない。自分でも人見知りするって言ってたし、息子さんが事故にあってからは、がむしゃらなところがあったから」

「がむしゃらって、どういうことですか」

女性が改めて私を見た。値踏みするように視線を移していく。

「いいです。ただ気になって聞いただけです」

「なにがなんでも、真司くんは自分が育てるというような迫力かな。もっと弱くなればいいのにと思ったものよ。あんなんじゃ、いつか破裂する。風船だって、空気を入れ続けると破裂するでしょ。それと同じ。何ごとにも限度があるのよ。限度があるから、人間は生きていける」

明子が言っていた、美咲の地震説を思い出していた。地球を包んでいる地下のプレートは絶えず動き続けていて、歪《ひず》みが溜まっている。その限界が来ると、プレートは一気に割れて地震を起こす。

私の中で山本家の姿が徐々に明確になっていった。清美を中心に、美咲、真司、夏子は繫《つな》がっている。それは想像していたものより強く、外部の者が考えるほど悲惨ではないような気がしてきた。

翌日、前に会ったコーヒーショップで沙也加に会った。

美咲が万引きをしたというスーパーの店長に会ったことを言って、店長に聞いた経緯を話した。お母さんが来て、ひたすら謝ったこと。翌日、お母さんが菓子折りを持って改めて謝りに来たこと。二度と万引きは起こっていないことなどだ。

詳細は初めて聞いたようだが、沙也加は驚くふうではなかった。

「ごめんなさいね。勝手に店長に会いに行ったりして」

「行くと思っていました。私だって確かめに行きます。笹山さんの立場だったら」

「あなたは、美咲さんになぜ詳しく聞かなかったの。なぜ学校の名前を出さなかったのか、万引きがなぜ表ざたにならなかったのか」

「結果は分かっていたからだと思います。うちの親だってたぶん同じです。家族だから」

沙也加は当然のことのように言う。家族だから、と私は心の中で繰り返した。今の日本で、この言葉はどれだけの意味があるのだろう。

「あなたはなぜ美咲さんが万引きしたのだと思う」

沙也加は考え込んでいる。

「変わったことをしたかったんじゃないですか。日常からの逃避。何でもいいから、日常から抜け出したい。私も時々そう思うことがあるから。その気持ちは美咲の方が強いと思う。それに、私は美咲のように度胸がないから」

そう聞くと一瞬、力が抜けた気がした。度胸で万引きするのか、今どきの子は。私と彼女たちは十歳ほど年が違う。意識的にはさらに違うのだろう。

「ピンクの髪と同じなの」

「ぜんぜん違う。自分だけの問題じゃないもの。美咲、家族を試したのかな。多分、そう」

そう言って何かを訴えるような目で私を見た。

「自分のことをどのくらい深く考えてくれてるか。美咲は特にそれを確かめたい気持ちが強かったのかも」

「そういう事、あなたには話したことあるの」

「愚痴としてね。私は何となく分かってた。美咲、絶対に弱音は吐かない。特に学校では」

やはり美咲は自分の万引きによって、母親の気持ちを試したのか。私にも分かる気がした。

私の両親、特に父は私の友達の親より子供に無関心だった。会話をするようになったのは母が癌で死んでから、さらに会話が増えたのは父が認知症の診断を受けてからだ。それまでは仲が悪いわけではなかったが、会話はほとんどなかった。

「美咲の具合はどうなんですか。まだ意識は戻ってないんですか。事件からもう十日以上たっています」

沙也加が唐突に聞いてくる。

思わず沙也加の視線を逃れるように窓の方を見た。通りには人が溢《あふ》れ、話し声や笑い声まで聞こえてきそうだ。ごく普通の日常がある。

「私にもよく分からない。個人情報に当たるのかしらね。病院も教えてくれない」

容体があまり良くないことは小野の表情と言葉からも分かっていた。

ため息が出た。いつの間にか山本美咲は単なる取材対象以上の存在に変わっている。

2

街はクリスマスムードが一段と高まっていた。繁華街を歩くといつもより人が溢れ、木々は電飾で飾られ、クリスマスソングが流れてくる。行き交う人の中にも、どこか弾んだ雰囲気が感じられる。私は渋谷に来ていた。

喫茶店に入り、目は奥のテーブルに止まった。

色の白い小柄な少年が私を見ている。どこか落ち着かない、オドオドした表情と姿だ。先日、会った服部とはまったく違うタイプだ。

少年のところに行って正面に座った。彼の前にはわずかにコーラが残ったコップがある。

「安藤昭雄《あんどうあきお》くんでしょ」

私が見つめると、慌てて視線を下げて頷いた。

彼は十八歳、夜間高校一年生だ。少年院に入っていたことと留年で三年遅れているが、本人と家族は納得していると聞いた。

「私は松原明子先生の友達。高校の同級生で親友」

数日前、明子の患者で、ヤングケアラーを紹介してほしいと頼んだ。「そんなことできない」と、即座に断られた。違法の可能性もあると言う。しかし、今朝電話があったのだ。紹介してもいい。時間は一時間を超えない。答える答えないは、本人の意思に従う。この二つを条件に、インタビューをセッティングしてくれたのだ。当然、記事にするときにはすべて匿名で、本人が特定されるようなことは絶対に避ける。本人ではなく明子がチェックする。これは問題だが、分かったと答えた。今、彼は施設に入っている。比較的自由で、夜間高校にはそこから通っている。

〈ヤングケアラーの実態を世間に知らせたい。だから紹介する。でも私は医師として、かなり踏み込んだことをしてるの。だから、約束は必ず守ってね〉

明子はしつこいくらい、私に念を押した。

「ケーキを食べない？　私は甘いものが大好きなの。一緒に食べてよね」

チーズケーキ二つとコーラと紅茶を買ってきて、コーラとチーズケーキを一つ彼の前に置いた。

「これから聞くこと、嫌なら答えなくていいのよ。必ず嫌なこともあるはずだから」

私が念を押すと、昭雄は意外そうな顔をしたが頷いた。

「なぜ、お婆さんを殺そうとしたの」

昭雄に顔を寄せて小声で聞いた。彼は小学五年生から中学三年まで、脳梗塞《のうこうそく》により半身不随になった祖母の面倒を見ていたのだ。朝と夜の食事と着替え、排泄《はいせつ》の世話が彼の役割だったという。さらに、学校から帰った後の見守りだ。家族は両親と兄がいるが、父親は運送業勤務、母親は親戚の工務店で経理の仕事、五歳年上の兄は高校を卒業後、他県で働いている。昭雄は中学三年の時、祖母の首を絞めて殺そうとしたのだ。幸い祖母は気を失っただけだった。

「自分でも驚いています。あの時、何か文句を言われたのかな。食事が遅いとか、服の着せ方が下手だとか、ちょっとしたこと。気が付くと婆ちゃんの首を絞めてて、婆ちゃんはぐったりしてました」

「それで、家を飛び出したのね」

「婆ちゃんは死んだと思ったんだ。だから出来るだけ早く、遠くに行きたくて」

昭雄は祖母の殺人未遂の重要参考人として捜査の対象となった。彼が見つかったのは静岡だと聞いている。駅のトイレの個室で寝ているところを保護されたのだ。

「確かめなかったの。生きてるか死んでるか」

「それが怖かったんです。死んでいても生きていても。だって、僕は婆ちゃんを殺したい、いなくなればいいと思ったから」

「もし死んでいれば、あなたは殺人犯になるのよ。それも身内を殺した殺人犯」

私の脳裏には美咲の姿があった。その姿に昭雄の姿が重なる。

「仕方がないと覚悟してたけど、婆ちゃんが生きてたと知った時、ホッとしました。あの時、何が起こったかよく覚えていないんです。ただ気が付くと首に手がかかっていた」

昭雄はテーブルに両手を置いて眺めている。

「あのころ、すべてのことがうまくいかなくて、イライラしてたんです。高校入試もあって、先生からは僕の成績ではどこにも行けないって言われてたし。それがすべて婆ちゃんのせいだと思ってた。毎日、朝起きるとトイレに連れて行き、服を着せ、食事をさせる。学校から帰っても、同じ。デイサービスの日が来ると、ホッとしていました。一日中、寝ていたかった。成績が思うように上がらないのも、担任の先生に目を付けられているのも、婆ちゃんの世話をしてて、遅刻と欠席が多いせいだ。朝は戦争みたいだった。それぞれ役割りが決まってて、それが終わるまで飯も食えやしない。けっこう、まいってた」

「相談できる大人はいなかったの」

昭雄は黙っている。

「親父《おやじ》はトラックの運転手で家に帰ってくるのは週に一日か、二日だし。帰っても寝てることが多かった。だから、婆ちゃんは出来るだけ静かにさせておくように、いつも言われてた」

「今、お父さんとお母さんは――」

「僕が少年院に入ってから、両親は別れました。SNSでメチャクチャ書かれたから。どんな親だって。悪魔が生んだ悪魔の子、というのもありました。直接家にも嫌がらせの電話が続いて。親父は眠れなくなって、事故を起こしてしまうし。全部、僕のせいです」

慌てて話題を変えた。チェックしたSNSは、たしかにひどい状態だった。七割が昭雄や親の悪口。問題は残りの三割だった。昭雄の行動に賛成しているのだ。〈必殺掃除人。この世から、年寄りを消し去れ〉〈生産性のなき者は消え去るのみ〉匿名の怖さというか、好き勝手なことが書かれていた。

「あなたみたいな子供をヤングケアラーっていうのよ。知ってる」

「少年院で聞きました。若い世話人って、先生は言ってました。そんな大げさなものでもなかったんだけど」

昭雄は私たちの周りに見かける普通の十八歳の少年だった。いや、何かにおびえる子犬のようでもある。彼が祖母を殺しかけたとは信じられなかった。同じような言葉を彼の母親も証言している。

「苦労したのは分かるけど、いちばん辛《つら》かったことは」

「辛かったことは――」

昭雄は言葉を切った。しばらく無言で考え込んでいる。

「自分で何も決められなかったことかな。親たちや婆ちゃんの予定があって、それで生活してる。僕はおまけ。家族だから仕方がないと思っても、勝手に遊び回ってる友達の方が多いのに」

「あなた、文句は言わなかったの」

「言っても仕方ないもの。婆ちゃんを放《ほう》っておくわけにもいかないだろ。僕は婆ちゃん係だったから。全部任されてた」

「婆ちゃん係か。なるほどね」

妙に納得できた。美咲は兄と祖母の係だったのだ。家族の中で役割り分担が決まっていた。

「他に係はあったの」

私が聞くと昭雄は不思議そうに見ている。他に何があると、言いたそうな顔だ。

昭雄は自分の生活をそういうものだと受け入れていた。いや、そうではなかったのだ。何の疑問もなく受け入れてはいたが、ストレスは徐々に溜まっていった。それがある時、爆発した。美咲と同じなのか。自分でも抑えられない衝動だったのだ。彼は祖母の首に手をかけた。

「ごめんね、変な言い方だけど、お婆さんが亡くなればいいと考えたことはなかったの」

「家族だもの。長生きしてほしかったよ。でもこれ以上……」

昭雄の目には涙が浮かんでいる。ふと、ＩＣＵでの美咲の涙が脳裏に浮かんだ。

「私が悪かった。あなたのお婆さんだものね」

家族の間では、理屈などないのかもしれない。美咲も家族である兄と祖母の生きる手助けをしていたのだ。美咲にとって疑問のない、当り前の行為だったのだ。

気が付くと一時間以上たっている。明子との約束より、二十分近くオーバーしていた。

「今日はこのくらいにしましょ。有り難うね。まだ記事にはしないけど、出すときには絶対にあなただと分かることは書かないし、あなたにも見せるから」

昭雄に念を押した。

翌日、昭雄の弁護をした谷田幹夫《たにたみきお》弁護士の事務所を訪ねた。

昭雄との話を岩崎に報告すると、そのすぐ後に谷田弁護士の事務所に行くよう日時を言われた。岩崎の知り合いの弁護士が谷田を知っていて、アポを取ってくれたのだ。

「谷田という弁護士、あまり評判は良くないな。国選弁護人というのはメチャメチャ優秀か、プライドばかり高くて客がつかない弁護士だ」

暗に後者だと匂《にお》わせて、私に話を聞いて来いと言っているのだ。

事務所は雑居ビルの一画にあった。人がやっとすれ違うことができるような狭い階段を上ると、〈谷田法律事務所〉のプレートがかかったドアがある。

「安藤昭雄ね。覚えていますよ。祖母の首を絞めて殺そうとした中学生でしたね」

谷田は本棚からファイルを取ると確かめるように見た後、私に視線を戻して言う。

「彼について知りたいと思いまして」

「何か書くんですか。私の名前は出ますか」

「A弁護士、匿名でいいです」

「実名でお願いします。少年犯罪は今後も増えていくと思います。そういう時代なんです。私は少年犯罪のエキスパートです」

「昭雄くんはヤングケアラーでしたが、そのことが判決に反映されましたか」

「ヤングケアラー、そうでしたね。祖母は脳梗塞により半身不随でしたが、自分の生活は出来ていました。両親は二人とも昼間、仕事に出ていましたがね」

「それは昭雄くんがいたからじゃないですか。彼がお婆さんの世話をしていたから、両親は安心して仕事をすることができた」

昭雄の話と美咲の置かれていた状況を重ね合わせながら話した。

「そういう見方もあるかもしれません。しかし、彼が祖母を殺そうとしたことは事実です」

「殺そうとしたとあなたは言いますが、一時の衝動的な行為だとは思いませんか。精神科の医師に相談しましたか」

「あなたは何が言いたいのです」

谷田弁護士の表情と声の調子が変わった。

「先生は人を殺してやりたいと思ったことはありますか」

「思うのと実行に移すのとは、百八十度違います」

「殺したいと思ったことがあるんですね」

「そうは言っていません」

「安藤昭雄くんもそうだったんじゃないですか。思っても実行していない」

「彼は実際に首に手をかけています。実行に移しているんです」

「でも、殺していない。彼は怖くなって逃げだしています。一時の衝動的な行為と考えることはできませんか。彼は理性を持っていた。だからお婆さんがグッタリした段階で逃げ出しています。彼の置かれていた状況と、そのことを主張すれば――」

「少年犯罪には愛と厳しさ。これが基本です。未成年だからと言って、甘やかしてはいけないし、将来の芽を摘んでもダメです」

谷田弁護士が私の言葉を遮った。

「と言っても、犯行時、彼は未成年です。少年院には入らなければなりませんが、犯罪歴は付きません。下手に騒ぐより、反省の意志を示した方がいい。短期で出られます。あなたのような法律の素人は、むやみに口出ししない方がいい。かえって被告に不利になります」

谷田弁護士は平然と言い放った。

3

目の前を人の群れが通りすぎていく。帰宅ラッシュにはまだ一時間ほど早いが、クリスマス、忘年会で渋谷駅前は人で埋まっていた。何度目か時計を見た。渋谷駅ハチ公前に立ってすでに三十分がすぎている。この程度の時間を待たされることには慣れてはいたが、なぜか不安になった。父の誕生日で、食事をしようと渋谷駅で待ち合わせをしていたのだ。

「待ち合わせの場所が悪かったか」

無意識のうちに呟《つぶや》いていた。

思い切って電話をした。「今電車の中だ」という不機嫌そうな声を期待したが、出る気配はない。いつもは十回程度で切るが、二十回鳴らしても応答はなかった。

妙な胸騒ぎがして電車に乗った。一時間後には家に着いた。リビングに電気がついている。

「お父さん、何かあったの」

ソファーに座り、テレビを見ている父に聞いた。着ているのはパジャマだ。

「お前こそ、どうした。今日は遅くなるんじゃないのか」

「待ち合わせてたでしょ。今日はお父さんの——」

言いかけた言葉を途中で切った。

「食事はしたの」

「お前の帰りが遅いので、一人で済ませた」

テーブルにカップラーメンがあり、半分以上残っている。また水を入れたのだ。

「付き合ってよ。何か作るから」

台所に行って冷蔵庫を開け、急いでチャーハンを作る用意をした。

「面倒くさいな。でも、付き合ってやるよ。おまえも飲むか」

入ってきた父が冷蔵庫から缶ビールを出した。

美咲が頭に浮かんだ。彼女にもこんな場面があったのか。一緒に兄の世話をしていた祖母が、自分の知らない祖母へと変わっていく。

翌日は父の健診の日だった。いつもは月に一回だが、前回撮ったCTスキャンの説明で早くなったのだ。

健診の日は私も一日、休みを取っている。〈身内と一緒に、というところが重要なんです〉と医師は言う。健診の日時は父に数日前から顔を合わせるたびに伝えているし、紙に書いて冷蔵庫にも貼《は》ってある。

午後、父をせかして家を出た。予約時間の一時間前には病院に着く予定だった。

「なんでおまえがついて来るんだ」

父が何度目かの言葉を口にした。

「先生の心遣いじゃないの。私だって、お父さんの具合は知ってた方がいいと思ってるのよ」

前回の帰りに、〈見た目には分からないが、病気は少しずつ進んでいますから〉と、父に気付かれないように医者に言われた。

「俺が認知症だからとはっきり言えよ。認知症は病気なんだ。恥じるべきものでもない。いずれ歳《とし》をとると、誰《だれ》もがかかるものだ」

違うという言葉を呑《の》み込んだ。誰もがかかるわけじゃない。歳をとって誰もが経験するのは、単なる物忘れ。認知症は脳の疾患によって引き起こされる一連の症状を指し、記憶、思考、行動、および日常活動の能力に影響を与える。これは一つの特定の病気ではなく、多くの異なる原因によって引き起こされる症状群だ。父が診察で認知症を告げられた日に、明け方までかかって調べたことだ。

父の場合は、アルツハイマー型認知症で、最も一般的な形態だ。脳内でアミロイドベータと呼ばれるタンパク質のプラークと、タウタンパク質が異常に蓄積されるのが特徴だ。医師はこの内容をもっと多くの専門用語を交え、短時間で平然とした顔で説明した。話し慣れているのだ。

日本の六十五歳以上の認知症患者は、二〇二〇年に約九六四万人、二〇二五年には約一一七三万人、約十・五人に一人が認知症になる。以後、高齢化が進むとともに毎年増加し、二〇七〇年には約二八二八万人まで増加することが予測されている。

高齢者の半数近くが何らかの自覚症状を訴えているが、起床、衣服着脱、食事、入浴などの日常生活に影響がある人は約四分の一である。また、外出、仕事、家事、学業、運動などにも影響が出てくる。私も繰り返し学習し、ほとんど空で説明することができる。

「出来るだけ自由に、運動しながら暮らしてください。ストレスは極力減らすこと。家族を含め、周りの者たちが過度に気を使うことも患者さんにとってはストレスになります」

医師は脳のCTスキャンを見せながら説明した。私の頭は混乱していた。自分は何をすればいい？　この先、何が起こるかは見当がついている。取材で多くの認知症になった人、家族にも会っている。それでもやはり、今までは他人事《ひとごと》として捉《とら》えていたのだ。

「施設にはどの程度になれば――」

「まだなんとか自立できています。出来る限り本人の気力を保ちながら、今まで通りの生活を心がけてください。しかし今後の進行は覚悟しておいてください」

医師は私を納得させるように言う。私は自分の無神経さを指摘された気分になった。

その日も先月と同じように病状の進行を告げられたが、目に見えて悪くなっているという気はしない。

病院の帰りに近くの喫茶店に寄った。父の歩みがいつになく緩慢になり、疲れたように見えたからだ。

「いずれコーヒーの味も香りも分からなくなるのか」

運ばれてきたコーヒーを見つめながら父がしみじみとした口調で言う。

「好きなものは好きなんじゃないの。好みは変わらないと思う」

「この黒くて苦い泥水はなんだってことになりそうだ」

「もっと小さな声で言ってよ。お店の人に悪い」

父はコーヒーカップを鼻に近づけ、深く香りを吸い込んだ。

夕方になって家に帰りついた。いつもなら四時間ていどの外出だが、最近は半日かかり、今日はさらに時間が増えた。

「お父さん、具合が悪いの」

キッチンに無言で座っている父の前にお茶を置いて聞いた。

「あまり良くないな。母さんと同じだ」

「母さんって——」

「どこに行ったんだ？　寝室にもいなかった。もう陽《ひ》も高いぞ。早く起きるように言ってくれ」

戸惑った。

〈いずれ、生きてる人と死んだ人との区別がつかなくなるからね〉

高校時代の友人の言葉だ。彼女は三年前から同居している義母の世話をしている。勉強家で認知症に関する本も何冊も読んでいるので知識は豊富だ。「義母の認知症ノート」も書いている。義母の〈義〉の字が重要なんだと彼女は言う。客観的に観察できるそうだ。

〈最近の本はかなり正確よ。お義母《かあ》さんの認知症も、本に書いてる経過で進んでいってる〉

まるで、他人事のように言う。一番影響を受けるのは自分だと言い切った人なんだけれど。

私はテレビの横を指さした。そこには簡易仏壇が置かれ、母の位牌《いはい》と遺髪が入っている。父の顔に一瞬、困惑と照れたような表情が浮かんだ。亡くなったという事実が認識できたのだろう。

しかし友人には、いずれそれさえも認識できなくなると言われている。

そうだったな、と呟くと照れ隠しのような笑みを浮かべて、缶ビールを一口飲んだ。

「おまえ、まだ美咲って子を調べているのか」

突然の父の言葉で、別の現実に引き戻された。

「事件の担当だからね。でも、美咲さんの意識が戻らなくて捜査は止まったまま」

「そういう時は、本人の周りを調べるんだ。そうすると別の本人像が浮かび上がってくる。兄さんの世話をしてたんだろ」

私の脳裏に真司の姿が浮かんだ。姿といっても胃ろうを付け、ベッドに横たわっている姿だ。会ったこともないし、写真を見たことすらないが、なぜか想像できた。私は美咲の家の近所を聞き込みに回ったことを話した。

「兄さんは重度の障害者で、一緒に世話をしていたお婆さんも認知症が出てきた。だから美咲さん一人で頑張った。二人分の世話をね」

「誰から聞いた」

「美咲さんのご近所よ。お母さんは病院で忙しいでしょ。家事はすべて美咲さん。とくに高校を出てからは、お母さんも美咲さんに全面的に頼るようになったって。こういうことはすぐに噂《うわさ》が広がる」

「他に家族のことをよく知る人はいないのか。兄貴の体調をチェックする看護師がいたんじゃないのか」

「介護士さんがいた。真司くんの介護士さん。若い女性で、週四日くらい通ってたんじゃなかったかしら」

「だったら決まりだろう」

父の言葉に私は無意識のうちに頷いていた。


県の介護センターに電話して、重度の障害者の世話をしている介護士の取材をしている記者だと名乗った。その上で、沙也加に聞いていた中島理恵を取材対象者として指定した。真司の名前は出していない。

その日の夕方、私は介護センターの近くの喫茶店にいた。

若い女性が入ってきて、店の中を見回している。身長は私より五センチ近く高く、百七十センチを超えている。肩まである髪を一つにまとめて、いかにもスポーツウーマンタイプだ。やはり体力が必要な仕事なのだろう。中島理恵は二十四歳、高校卒業後、介護の専門学校に入り、介護士として働いている。

手を振ると理恵は私の前に来て頭を下げた。私は名刺を出して自己紹介をした。

「ひょっとして、山本さんの事件を追っている記者さんですか。家族のことを聞き回っている雑誌記者がいると聞きました」

「美咲さんについて知りたいと思ってます。何があったのか、調べています」

「私、真司くん以外の家族については、ほとんど知りませんから」

警戒しながら話し始めた。よほど記者をうさん臭い者たちだと思っているのか。

「じゃ、真司さんの話を聞かせてください」

「いいですが、まずいことや話したくないことは話しません」

理恵は私に挑むような視線を向けている。

「私の仕事は真司くんの生活の世話です。痰《たん》を取り、胃ろうの世話をすることです。入浴やその他、生活の質を上げるお手伝いをします」

週に四日通っていたことや、医療スタッフは別にいること、その他のことを三十分近くかけて話した。聞いているだけで大変な仕事であることが分かる。美咲は小学生の時から身近に見ているのだ。

「真司さんはベッドに寝たきりで、意思疎通も難しいと聞きました。どうやってコミュニケーションを取っていたのですか」

「昔は難しかったと思います。真司くんは手足はもちろん、全身の筋肉が動きません。かろうじて動くのは瞼《まぶた》だけです。重度のＡＬＳに似てますね」

理恵は遠慮のない言葉で続ける。

「肉体的には赤ん坊ですが、知能と感情は二十二歳の青年です。喜びや悲しみ、愛情や怒りもあります。私は個人的には普通の人より喜怒哀楽の気持ちはあるんじゃないかとも思っています。普通の二十二歳の人より頭もいいし、感情も豊かでした」

「なぜ分かるんですか。真司さんはしゃべれないんでしょ。一日中、ベッドでただ色々と考えてるだけと聞いています」

「真司くんとのコミュニケーションはパソコンです」

理恵はカバンからノートパソコンに似た機械を出した。

「これは視線制御マウスです。眼球の動きで文字を選んで、文章を作ります。時間はかかりますがコミュニケーションは出来ます」

一字一字を探し出し、単語、文章を作り上げる作業だ。全身の筋肉が萎《な》えていく難病であるALSといった、発語や運動が困難な患者などに使われるソフトだ。

「美咲さんやお婆さんも、家では真司さんの面倒は見てたんでしょ。だったら、あなたとも……」

「話くらいはしました。みなさん、とてもいい人です。だから、真司くんを施設に入れないで家族で見てたんです。私の担当になった時、最初は施設を勧めたんですが」

「なぜなの。今までずっと家族で介護してきたのに」

「十二歳の子供の面倒を見るのと、二十二歳の成人の世話はまったく違います。十年ですよ。真司さんも大人になったでしょ。体重だって軽いといっても、五十キロ以上あるし。体位を変えるだけでも大変なんです。お年寄りと若い人を比べると、お年寄りの方がずっと楽です」

それにと、言い淀《よど》んだ。

「色々あるんです。真司くんは頭もいいし、精神も強いし、しっかりしています。色々考えるんです。自分自身や、家族のことなんかも」

「でも意思を伝えることは時間がかかるし――」

「時間だけは十分にあります」

「どんなことを言ってたんですか」

「よく、自分は何のために生きてるのかって。家族に迷惑をかけるために生きたくはないって」

「それって、死にたいってこと」

「私には分かりません。重度の障害者の方はよく言うんです」

理恵は視線を下げた。彼女は何かを隠している。私の直感だった。

「美咲さんとは親しいの。美咲さん、あなたのことをお姉さんって呼んでたと聞いたけど」

理恵は一瞬眉根《まゆね》を寄せ、軽く息を吐《つ》いた。数秒間、考えをまとめるように黙っている。

「時々、お茶を飲んだ程度です。私が誘いました。人間、誰でも休息が必要です。いつもと違った場所で、違った人と話をする。彼女、かなり疲れているように見えたので」

「疲れてるって――」

理恵は顔を上げて私を見た。当然でしょ、という顔をしている。

「母子家庭でお婆さんの認知症が進んで、お兄さんは重度の障害を持っています。かなり辛いと思います」

「同情してたの」

「そうだったのかもしれません。でも、山本家はある意味恵まれてました。お母さんは県立総合病院の正看護師で、お婆さんの年金もあるだろうし、生活に困っているようには見えませんでした。事故の保険金も入っただろうし、障害者の給付金も出ます。でも、そんなんじゃないです。美咲ちゃん、イラストレイターになりたかったんです。専門学校の願書を取り寄せてました。でも結局――」

慌てて言い訳のように言うと、言葉を濁した。

「介護の仕事をしていると色んな家庭が見えてきます。内側から、他人の目で家庭を見るんです。障害者、高齢者など一人では生きていけない家人がいる家庭が、日本には増えてきてるんでしょうね。私にはどうすることもできません。目の前の家庭を自分の家庭に置き換えて、精一杯やるだけです」

「偉いわね。他人の家族を自分の家族に置き換えるなんて、私にはとてもできない」

「正直ですね。私も初めはそう思いました。でも、しばらくすると情が出てきます。それが人間だと思いますよ。私の場合、けっこう親身になってしまいます。でも、そういう考えは間違っていると言う先輩もいます。これは仕事なんだと割り切るようにと。そうすれば長く続くって。私はけっこう長く続いてるんですが」

初めは慎重に言葉を選んでいた理恵も、ごく自然に話し始めた。

「もう一度聞くね。美咲さんとも仲が良かったの？　彼女、けっこう苦労してたと思うけど」

「私が行ってるお宅には、ヤングケアラーは多いですよ。私はたいていお年寄りの世話ですが、二十四時間世話できるはずはありません。私がいない間は誰かがしなきゃならない。両親が働いている場合、子供、お孫さんがやるしかないですよ。兄弟が多い家は年長者が自分たちより下の子を見てます」

「みんな大変でしょう」

私にはその程度の言葉しか出てこない。

「大変です。でも、そうでもないです。もう、慣れっこになっていますから」

「難しい言い方ね。大変なことには慣れたくはない」

「言い方がまずかったです。生活の一部になってる家が多いですね。三世代、四世代世帯もあります。家族が多ければ、みんなで支えることができます」

「ヤングケアラー、ミドルケアラー、オールドケアラーもいるってことね」

声に出して言ってみると、不思議な響きを持って伝わってくる。

「大家族の復活を望みたいけど、日本では難しい」

話しながら私は父のことを思った。いずれ私の負担は大きくなるだろう。そうなると、どこかで決めなければならない。

「もっと制度を整えれば、在宅介護も悪いことではないと思います。家族の結束を強めますし、患者さん本人にとっても気が楽だと思います」

　理恵の言葉は正しい。政府も現在、在宅介護を推進している。だったら、在宅介護中心にさらに制度を整える必要がある。しかしという思いもある。患者本人の家族に対する思いはどうだろう。

「でも家族は大変ね」

　無意識のうちに出た言葉だった。理恵の表情が変わり、改めてという感じで私を見た。

「美咲ちゃんの額の傷、知ってますか。右目の上。二センチくらいの引きつれがあります」

　近所の女性にも聞いた話だ。ＩＣＵで撮ったスマホの写真を見たが、はっきりとは分からなかった。

「今度、確かめてみる。その傷がどうかしたの」

「アレ、真司くんの交通事故の時についたものです。美咲ちゃんが道路に飛び出した時トラックが走ってきて、真司くんは美咲ちゃんを突き飛ばして、美咲ちゃんは何とか助かったけど、真司くんは大怪我《おおけが》を負った。辛いですよね。事故が二人の人生を変えた」

　どう答えたらいいか分からない。私は言葉を失っていた。

「私も初めて人に話すんです。こんな話をすれば美咲ちゃん、傷つくだけですから。お兄さんがああなったのは、自分のせいだなんて。でも、何か知ってるんじゃないかな」

「あなたはどうして知っているの」

「真司くんの世話を週に四日、二年間やっています。ただ痰を取ったり、胃ろうのケアをしたり、身体《からだ》の位置を変えたりの世話だけじゃないですよ。彼、見たり聞いたりはすることはできます。すごく頭がいいから勉強もしてて、色んな事を私に話してくれます。私も本を読んだり、ゲームをしたりしてました。時間はかかるけれど嫌じゃなかったです」

理恵はしばらく無言で考えていた。

「毎年、チョコレートが送られてくるって言ってました。真司くんが退院した日です。たぶん事故を起こした運転手だろうって」

「いい人なんだ」

言ってから後悔した。真司の身体をあんな風にした当事者でもあるのだ。

「二人で過ごす時間って、けっこうあったんです。そんな時に話してくれました」

真司は肉体的、美咲には精神的な後遺症が残った。いや、そうじゃない。二人の間には強いつながりが生まれた。しかし、そんなものがなんだという思いもある。これは美咲と真司にしか分からないことだ。

一時間ほど話して別れた。理恵の次の仕事時間が近づいたのだ。

理恵の言葉を考えながら、地下鉄の駅に向かって歩いた。

日本は少子高齢化社会に突入している。それはますます進行する。父の顔が浮かんだ。あれほど強く、信念をもって生きてきた顔に、老いを見るようになった。老いとは非情なものだ。だが人として生きている限りは逃れられない。老いは本人だけにのしかかるものではない。一人で背負えるものでもない。周りの者を巻き込み、疲弊させながら家庭を崩壊させていく。いや、そうではないという思いも湧《わ》き上がる。家族の絆《きずな》を強める場合もある。美咲は祖母も兄も母親も、自分の家族、自分の生活の一部として受け入れてきた。だからこそ、自分を犠牲にして家族を守る決心をした。いや、犠牲という言葉すら考えてはいないのだ。

スマホを出して、もう一度ＩＣＵで撮った美咲の写真を見た。拡大したが額は包帯で覆われている。

4

家に戻るか、社に戻るか考えた。家では集中して多くの仕事はできない。スマホに父の番号を出したが、タップしようとした指を止めた。リビングでぼんやりテレビに目を向けている父が浮かぶ。スマホをしまい、足は会社に向かっていた。

社に戻って、理恵の言葉を書き留めていった。ここ半月余りの間に、複数の若い女性たちと話す機会があった。しかし圧倒的に印象に残っているのは、声も聞いたことのない美咲だった。彼女の真の思いは何だったのだろう。夢を叶《かな》えられなかった少女の苦しみか、まだ間に合うという焦りか。そのすべてが入り混じり、あの悲惨な結果を生み出したのか。

〈家族の結束を強めます〉〈夢を持つことができなかったのが、いちばん辛かったです〉〈みんな、もう慣れています。自分の生活の一部なんです〉

複数の人の様々な言葉が浮かんでくる。すべて主語はヤングケアラーだ。

肩を揺すられて目が覚めた。

「寝るのなら家で寝ろ。ここは仕事をする場所だ」

岩崎の声に我に返った。いつの間にかデスクに突っ伏して意識がなくなっていた。

「疲れた顔をしているな。この事件から降りてもいいんだぞ。誰も非難はしない」

私には返す言葉がなかった。岩崎の言葉には、私には荷が重すぎるという意味合いも含まれているのだ。たしかにその通りなのだろう。

美咲の事件について調べ始めて、日本社会が抱える問題が私の中にあぶりだされた。気が滅入ることが多いが、それは近い将来すべての日本人に関《かか》わる問題になる。もちろん自分を含めてだ。その先は世界に続いている。

「降りる気はありません。最後までやります」

ためらわず出た言葉だが、どこが最後になるかは自分でも分からない。

「子供のことになると夢中になるんだな」

「子供じゃありません。美咲さんは十九歳です。たしかに、微妙な年齢ですが」

十八歳と十九歳、二十歳は大きく違う。新しい少年法では、未成年であっても犯罪によっては死刑が適用される。死刑と無期懲役とでは、天と地ほどの差がある。

「子供が自分より年下の兄弟の面倒を見る。僕の子供時代には、当り前だった。同様に祖父母が孫の面倒を見るのも当り前だった。だから両親も安心して働けるようになった。ところが現在は子供は一人か二人。大した面倒を見る必要もないし、核家族が当り前、祖父母は早めに施設に入り、これもまた、面倒を見る必要もない」

「昔は兄弟も多く、年下の兄弟の面倒を見るのは楽でした。お年寄りも、今よりはずっと早く亡くなりました。認知症が発症する前に亡くなるんです。ところが、現在は人生百年時代に入っていいます。寝たきりでも、病院に入れば生かしてくれます。さらに、岩崎さんがおっしゃるように、核家族化は進んでいます。現在は未知の時代に突入しているんです」

「だからこそ、政策立案者や社会サービス提供者は、この問題に対してより効果的な対策を講じる必要があるんだ」

岩崎は威勢よく言って、何ごとか考え込んでいる。

無意識のうちに声に出していた。岩崎が呆《あき》れたような顔を向けた。今さら、なんだという顔をしている。

「この国は病んでいる」

五年ほど前に取材に行った、中東の難民キャンプのことを思い出した。

裸足《はだし》の子供たちが飛び回っていた。年齢層は様々で、やっと歩き始めた子供の手を引いた、三、四歳の子供もいた。その子供たちも小学校に上がる六、七歳になると働き始める。路上で食べ物や水を売ったり、ゴミの集積場で金属、プラスティック、まだ使えるものを集めて売るのだ。「彼らの最大の夢は、学校に行くことです」通訳のアラブ人が言っていた。

岩崎に追い出されるように出版社を出た。さっさと帰って寝ろと言うのだ。

夜の街を歩いた。クリスマスソングが流れ、木々の電飾が輝きを放っている。人々の喧騒《けんそう》、行き交う車の音。通りを歩く人たちも、どことなく華やかに感じる。美咲には遠い世界の出来事なのだろう。美咲の中にあるのは何なのか。私の心にさらに重くのしかかってくる。

家に着いたのは九時をすぎたところだったが、家の中は静かで、キッチンの電気も消えている。父の部屋からも灯《あか》りは見えない。ドアノブにかけた手を止めた。中からかすかにいびきが聞こえる。キッチンに行った。

テーブルの上にノートが置いてある。以前書いているときに覗《のぞ》き込むと、慌てて閉じられたノートだ。めくるとメモが書き散らされている。「山崎《やまざき》から電話。10：26」「朝飯、パンにジャム。バターの方がうまい。11：15」「テレビニュース。今日から師走。00：01」「マユミ帰宅。21：15」様々な大きさの文字で埋まっていた。中には赤線が引かれているものもある。数字は時間だろう。父は父なりに苦労しているのだ。じっと見ていると、その場面が思い出されてくる。七月八日。赤いマーカーで二重に囲まれていた。私の誕生日だ。涙が出そうになって、ノートを閉じて元に戻すとその場を離れた。

冷蔵庫を開けているとドアの開く音がした。振り向くと父が立っている。

「どうしたの、寝てたんじゃなかったの」

「まだ九時すぎだ。おまえこそ、どうした。いつもより帰宅が早いだろ」

「私が早く帰るとまずいの。いつもは、さっさと帰ってこいと言ってるでしょ」

つい、反抗口調になってしまう。話しながらも、もっと優しく接するべきだと思っているが出てくるのは反対の態度だ。

「飯は食ったのか。カップラーメンなら買い置きがある」

視線をテーブルに向けた。コンビニ弁当を二つ買ってきたのだ。二つともトンカツ弁当だ。

「二つも食べるのか」

「一つはお父さん用だけど、夕飯済ませたのなら冷蔵庫に入れておく。明日、チンして食べればいいから」

「いいや、付き合うよ。何か食べようと思ってキッチンに来た」

父にお茶を入れてテーブルに置き、私用には缶ビールを出した。

「俺にはないのか」

もう一本出して父の前に置いた。私たちは無言で弁当を食べた。半分程食べたとき、父が口を開いた。

「美咲とかいうヤングケアラーの女の子の件は終わったのか」

「今さら騒いでも仕方がないって気がする。他の家族は全員亡くなってるし」

「たしかに、家族一人で生き残ってもな」

「でもまだ十九歳。これから楽しいことが山ほど待ってる年代だよ。何とか意識が戻ってほしい」

しばらく無言で弁当を食べていた。もっと説明してもいいと思うが、煩わしさが先に立った。必ずどうでもいいことを聞いてくる。

「俺がいなくなると、おまえも困るよな。さっさと結婚して、家を出ればよかったんだ」

突然、声がした。顔を上げると父が私を見つめている。答えなければ気の毒なほど真剣な眼差《まなざ》しだ。

「結婚は別として、お父さんがいなくなるときっとお酒が増えると思う。今は、お父さんが家にいるから早く帰らなきゃならないと思ってる。だから、外で飲むこともあまりなかった」

別に困らないと思ったが、口から出た言葉は反対のものだった。半分以上、リップサービスだ。

「記者は外で食ったり飲んだりすることも仕事の一つだ。俺に遠慮なんかするな」

「別に遠慮なんかしていない」

「子供が親のために不幸になるなんて最大の親不孝だし、それ自体が悲劇だな」

父は複雑な表情で私を見ていたが、いつになくしんみりした口調で言う。

「お父さん、心配しないで。私はお父さんのために犠牲になったりしない」

「そうきっぱりと言われると、少々辛いな」

「でも、お父さんは私に幸せになってもらいたいって、いつも言ってるじゃない」

「俺といると不幸せなのか」

「ひがまないでよ。そうは言ってないでしょ。お父さんだって、私よりお母さんといたいでしょ」

言ってからしまったと思ったが、父の表情がさらに沈んだものになった。

父はしばらく私から視線を外して考えていた。

「実を言うとかなり怯《おび》えている。夜中にふと目覚めたときなんかにな。死ぬことは仕方がないと思ってる。しかし、おまえに負担と思われたり、母さんやおまえのことが分からなくなると思うとな」

「寂しいこと言わないでよ。三十年近く一緒に暮らしてきた家族でしょ。忘れるなんてことない」

そうは言ったが確信はない。認知症については自分でも勉強したし、明子からも聞かされている。親近者に対する感情よりも、医学的な現実を優先しなければならない。

「俺だってそう思うが、こればっかりはな」

父も認知症についてはかなり調べている。だからこそ心配し、怯えているのだ。感情よりも医学的現実を重視している。

「やはり兄弟は多い方がいいな。親は子供より先に死ぬべき順番だからな。おまえを一人にするには忍びない」

「なぜお母さんは兄弟を作ってくれなかったの。専業主婦だったのに。時間的には余裕はあったでしょ。私がそんなに手がかかったとは思えなかったし」

私は子供の時から気にかかってきたことを聞いた。兄弟には憧《あこが》れがあった。母にそのことを話すと、一人の時は寂しそうな顔をした。父や祖父母がいるときは、いつの間にか話題が変わっている。誰かが話をそらすのだ。

父はビールを飲む手を止めてしばらく無言だった。

「もう言ってもいい年ごろだろう。おまえができて二年目に妊娠した。それから色々あってな」

「はっきり言ってよ」

「流産した。母さんの体調があまり良くなくてな」

「男女、どっちだったの」

「分からなかった。いや、男の子だった」

しばらく無言でいたが、思い切って聞いた。

「私のせいなの。小さすぎてよく覚えていないけど」

「誰のせいでもない。あえて言えば、運が悪かったんだ」

暗い記憶がある。目の前に誰かが倒れている。母かもしれない。その横には――知らない人だ。大人が泣くのは初めて見た。私はしばらく、祖母の家に預けられた。

〈お母さんは、あなたをかばったために転んで流産した。そのために子供が産めない身体になった〉おばさんの声が蘇《よみがえ》ってきた。母の姉で気の強い女性だった。耳の奥で木霊《こだま》するくぐもった声。その声が焦点を結んで聞こえてくる。私は耳をふさぎたい思いに駆られた。

祖母の家にいる間、祖母が妙によそよそしく、なつけなかったことをかすかに覚えている。

「気にするな。何十年も生きていると色んな事が起こる」

父の声が聞こえる。私は何も言えなかった。

5

店の前を見た。突っ立って歩行者を見ているのは小野刑事だ。

前回と同様、しばらく彼を見ていた。かなり苛立《いらだ》っているように見える。今度は喫茶店の前ではなく、中で待ち合わせた方が良さそうだ。

「来ないかと思った」

私は小野の前に行って言った。

「来てくれと、メールをよこしたのはあなたでしょ。おまけに十分も遅れてる。あと五分で来なければ、帰るつもりでした。なんで、こんな所に呼び出すんです」

中で待っていてくれればいいのに、と言いながら店に入り、前と同じ席に座った。

「捜査の状況を知りたいから。もしまだ捜査を続けていればの話だけど」

藤田のいないところで会いたかったとは言わなかった。小野は露骨に顔をしかめている。

「教えられるわけないでしょう」

「今でもやはり、美咲さんが犯人ってわけね。捜査に進展はなし。その後もご近所に聞き込みはやったんでしょうね。事件時間に怪しい者は見かけなかったか。音はしなかったか。当然、近所の防犯カメラは隅々まで調べたんでしょうね」

「残念ながら家周辺の防犯カメラはありませんでした。通りに出ればあるんですがね。美咲さんは火事の三十分前にアルバイトの弁当屋を出て、火事の直後に家を飛び出しています。そこを近所の人に目撃されている。さらに、通りに出たところが防犯カメラに映っています。横道から走り出てそのまま車道に。そこにタクシーが。美咲さんは――」

小野は今でも私と二人の時には、美咲のことをさん付けで呼ぶ。

私には言葉はなかった。しかし家の中で何が起こったか、今も警察は何も分かっていない。

「弁当屋から家まで急いで八分。家にいた時間は、二十分ほどしかなかったことになる。そんな短時間にあれだけのことができると思うの」

「準備をしていれば十分な時間です」

「でも、突発的な出来事なんでしょ。あなたたちは、美咲さんの日ごろの鬱憤《うっぷん》が爆発したと言ってるんじゃないの。美咲さんが計画していたなんて」

私が問い詰めると小野は黙り込んでしまった。

「あなたたちは最初から美咲さんを犯人だと決めつけているから、信じ込んでいたから、大した捜査もやらなかったんでしょ」

小野を挑発するように聞いた。

「様々なケースを考えました。強盗が入って三人を殺害した。家の中を物色して、逃げるときに火を付けた。証拠を消すためにね。そこに美咲さんが帰ってきて、強盗を見て逃げ出した。数分後に表道路に飛び出して撥ねられた。しかし不審者は見られなかったし、強盗の形跡もありませんでした」

小野はさらに続けた。

「県警では、最初三十人態勢の捜査本部が立ち上げられました。しかし、事件は意外と簡単に全容が見えてきました。長女の美咲さんが重傷を負って発見されたことによってです」

「あなたたちの勝手な思い込みでね。物的証拠なんてない」

「我々はその分、周辺住民への聞き取り、手に入る防犯カメラの解析など、出来る限りの捜査は行ないました」

小野は軽い息を吐いた。

「状況証拠はすべて、美咲さんが犯人であることを示しています。さらに、美咲さんの服からは母親、清美さんの血痕《けっこん》が検出されています。焼死遺体からのDNAが一致しています。これは物的証拠になります。しかし事件に驚いた美咲さんがお母さんに触れて付いたとも考えられます」

小野は淡々とした口調で話した。私は言い返す気力も、根拠も失っていた。

「捜査本部が縮小していることは事実です。手を抜いているのではなく、捜査は尽くしたと考えています。現在のところ美咲さんは重要参考人です。意識が戻ればすべて分かります」

「美咲さんを逮捕して、有罪に追い込める状況になったと言ってるのね。後は意識が戻るのを待って、自白に追い込むだけ」

「そうじゃありません。普通通りに事情聴取するだけです」

「彼女は家族三人を亡くしているのよ。家も燃えて、帰るところすらない。このまま刑務所に入れようというの？　だからこれ以上、捜査はしないというのね」

「何を調べろと言うんです。最初物取りを考え、近所の聞き込みはしたし、近くの防犯カメラもすべて調べました。映っている人物も、ほぼ全員調べています。不審者はいませんでした。母親の交友関係も調べました。特に疑問に思うことはありませんでした」

小野は言い切って私を見た。彼らなりに全力はつくしたのだろう。しかし、私には根本的なところで納得がいかない。美咲は家族を憎んではいない。愛していたのだ。

「だから捜査本部は解散したのね」

「我々が残っています。藤田さんと私です。捜査は続けています」

「他の捜査の合間にね。もう犯人は決まってて、逃げる恐れはないってことでしょ」

私の言葉に小野がため息をついた。

「たしかに物的証拠の少ない事件です。だから、警察も早急な判断はしないで、山本美咲さんの意識が戻るのを待っているのです」

小野は早急な判断という言葉を使った。

突然、小野が背筋を伸ばして私を見つめた。

「もう、これっきりにしてください。警察だってただ指を咥《くわ》えて見てるだけじゃないんです。マスコミは適当なことを書きますけど」

確かに事件後しばらくはマスコミの扱いは大きく、警察の捜査を煽るような記事もあった。警察も早く犯人を特定したかったに違いない。

「私はまだ一行も書いてないし、あなたの名前を出してもいない。あなたも十分に分かってるでしょ」

「そういう問題でもないんです。警察官としての僕自身の問題です。ここであなたと会っていること自体、問題なんです」

「あなた、ＩＣＵで美咲さんを見てるんでしょ。家族を殺した犯人にされようとしているのよ。でも、何も反論できない。だから、私が代わりに――」

言葉が詰まった。ただ小野を睨みつけていた。怒り、悲しみ、同情、様々な感情が一気に頭の中に押し寄せ、涙がこぼれてきた。

小野は何も言わず私の無言の言葉を聞いている。


家に帰ると、玄関の鍵《かぎ》が開いたままになって、家中の灯りがついている。

居間に行ったが父はいなかった。電気を消してキッチンに行くと、父がテーブルに突っ伏して眠っている。ガウンを着て、エアコンが付けたままだったのでホッとした。しかし、裸足だった。エアコンは二十六度設定で、暑いくらいだ。今の状態では電気代のことなど考えてはいられない。

父の肩を揺すったが起きる気配はない。現役の時、帰宅は週の半分は深夜近かった父だ。キッチンで居眠りなど考えられなかった。しばらくその姿を見ていたが、放っておくわけにもいかない。覚悟を決めて、強く揺すって起こそうとした。

「お父さん、起きてよ。こんなところで寝ていると、風邪《かぜ》をひくよ」

いびきが大きくなった。いびきをかいて眠り込んでいるのは脳梗塞を疑え。何かで読んだ知識が蘇った。慌てて顔を覗き込んだが、目を閉じていていびきは止まりそうにない。

「起きてよ。しっかりしてよ。眼《め》を覚ましてよ」

しだいに声が大きくなり、動悸《どうき》が激しくなった。

カバンを探り、スマホを取り出して開こうとしたが、手が震えてうまくいかない。

「俺がやってやろうか」

声に顔を上げると父が上半身を起こし、私を見ている。

「ちょっと飲みすぎた。うつらうつらしてた」

テーブルにはビールの空き缶が二本ある。呆然《ぼうぜん》と父を見ていた。

「私が起こそうとしたの知ってたのね。わざと起きなかったの？　最低な冗談。人を心配させて嬉《うれ》しいの」

父を睨《にら》みつけた目から涙が流れ始めた。

「俺が悪かった。もう二度としない」

「今度したら、私、家を出るからね。お父さんのために帰ってきたのに」

しまったと思ったが遅かった。一瞬、父の表情が変わった。気のせいかと思わせるほど瞬間的で、わずかなものだったが私の心には鋭く刺さり、心を後悔で満たした。いちばん不安で、辛く苦しいのは父のはずだ。それにもかかわらず、先のことについては無関心な顔ですごしている。まだ自分自身をコントロールする力を残している。認知症はこの力をわずかずつ、奪っていくものなのだろう。

「ゴメン、言いすぎた」

手の甲で涙を拭《ふ》いた。

「いや、悪かったのは俺だ。また、余計な心配をさせてしまった」

父はもともとひょうきんな性格ではないはずだ。それが、認知症と診断されてから、人を笑わせようと下手な冗談や、駄洒落《だじゃれ》を言い始めた。話していて言葉や単語が思い出せないときには、冗談で胡麻化《ごまか》そうとする。それを見ると笑いよりも寂しさが先に立った。

「俺は——時々、フッと、タイムスリップをしているような気分になるんだ。おまえが小さい時の自分がいて、おまえに声をかけられると混乱する。色んな事が入り混じるんだ。過去や現在、母さんや知人たち。変に慰められると、バカにされたようで妙に苛立ち、腹が立つ。つい嫌味を言ってしまう。そんな時は無視してくれ。自分の部屋に入って、鍵でもかけておいてくれ」

父は立ち上がり自分の寝室へと向かった。

テーブルに置いてあるスマホが震えている。小野からだ。タップしても沈黙が続いている。私の心に重苦しいものが広がっていく。

〈美咲の意識が戻りました〉

押し殺した小野の声が聞こえる。さん付けではない。近くに人がいるのか。

「すぐ行きます」

コートをつかんで立ち上がった。

〈待ってください〉

慌てた声が返ってくる。

〈来ても会えませんよ。これは、まだ秘密になっています。マスコミに漏れ出たら大騒ぎだ。でも、あなたもマスコミです〉

「大丈夫。わたしはそんなマスコミじゃないから」

〈内緒で電話してるんです。僕の立場も分かってください〉

押し殺した声が続いている。

「美咲さんは話せるの」

〈問題はそこです。目は開けているが、医者が声をかけても反応がないようです〉

「声は聞こえてるの。頭を打ったときに耳の神経もダメージを受けてるってことはないの」

〈不明です。これからの検査で分かると思います。僕が状況を知らせますから、くれぐれもおかしな行動は取らないでください〉

「分かりました」

先日会った時の小野の〈もう、これっきりにしてください〉という言葉を思い出しながら、持っていたコートを元に戻した。

〈当分は面会謝絶で様子を見るようです。あれだけの惨劇があったんです。精神的にかなりな負荷がかかっているはずだ、と医師は言っていました。我々だって会えないんですから。会えるのは医師と看護師だけです〉

小野はこれは内緒で教えたことを忘れないように、と念を押して電話を切った。

私は椅子《いす》に座り込んだ。惨劇という言葉が脳裏に残った。母、兄、祖母が死に、家が焼けた。美咲一人が生き残った。美咲はその場にいたらしい。たしかに多大な精神的ショックを受けたに違いない。

スマホを切り、立ち上がりかけたが再び座り込んだ。おそらく、早い時期に発表されるのだろう。その時になって騒がないように、という小野の配慮で電話をくれたのだ。落ち着くように自分自身に言い聞かせた。

十分ほど頭の整理をしてから、岩崎に電話をした。

「美咲さんの意識が戻りました。ただし、まだ発表はされていません」

数秒無言だったが、声が返ってきた。

〈取材はどの位進んでいる〉

「まだ途中ですが、事実関係は理解できています。記事は書けます。ただし正式発表後にして下さい」

〈ヤングケアラー。少子高齢化社会が進めば、今後ますます増えていく。どこかの時点で、国民に向かって広く訴えなければならない。今後、政治が関係する大きな社会問題になる〉

呟くように言うと、再び沈黙が続いた。

〈応援が必要か〉

「大丈夫です。私にやらせてください」

私は強い決意を込めて言った。もう後悔はしたくない。

6

ノックと共に父が入ってきて、私の前に週刊誌を突き出した。

「今朝、コンビニで買ってきた」

私の目は点になった。表紙に、〈「特定少女」死刑か〉という見出しが躍っている。特定少女。特定少年をもじったものだろう。

〈惨殺と放火の特定美少女Aの謎《なぞ》。ヤングケアラーの悲劇か〉

〈目覚めたのか、ヤングケアラー。特定美少女Aの復活〉

〈警察も特定少女Aを有力容疑者と見ており、逮捕の準備を進めている模様〉

記事のサブタイトルだ。

美咲の小学校時代からの経歴が書いてある。A小学校、B中学、C高校と匿名になっているが、事件の場所を考えると、実名報道と変わりはない。おまけに美咲の写真が載っている。目の部分に黒い線が引かれてはいるが申し訳程度で、彼女を知る人にはすぐに分かる。今まで十九歳の美咲の扱いは慎重だった。だが一部のマスコミが「退院が近づいている」と書けば、他社がいっせいに追随してくる。引き裂いて踏みにじりたい衝動にかられた。

土手の上のスタバで、小野刑事に聞いた言葉が脳裏によみがえった。

〈成人として普通の裁判で裁かれれば、ほぼ死刑です。改正少年法で特定少年として扱われれば、死刑の可能性が高いです〉

美咲の意識が戻ったとするると、いずれ近いうちに美咲自身の事情聴取が行なわれる。美咲はどれほど現状を理解しているのだろうか。

「たかがユーチューブだ。しかしされどユーチューブだ。おそらく、おまえも知っている者の情報だろう」

私が週刊誌から目をそらすと、父がスマホを目の前に突き出した。

〈あの悲惨な事件、みなさん覚えてる。さあ、第二章が始まるよ。チョットだけ見て、聞いてね。すごいネタ、仕入れてきたよ。うちだけの特大ネタ。最後まで聞いて、グーと思ったら、必ず、「いいね」を押してね。チャンネル登録、まだの人は、必ずしてね。皆さんの後押しが、キツネちゃんを育てて、仲間をドンドン増やすんだよ〉

キツネの仮面をかぶった若い男が早口でしゃべっている。数秒ごとに繰り返し映る写真には学校、特定少女A、美咲の家の焼け跡などが現れる。最小限のぼかしは入っているが、特定は容易だ。

〈特定少女の親友が語る少女の闇《やみ》、さあ始まるよ〉

タイトルの後に、テロップが流れる。ピンクの髪事件。消えた修学旅行。殺してやる、クソババア。キツネのナレーションはさらに続いた。

〈家族三人が謎の死を遂げた事件。その前日、少女が半年かけて描《か》き上げたイラストに、認知症の祖母が糞尿《ふんにょう》のペイント。激高した少女は――〉

ユーチューブは一時間前にアップされ、再生数はすでに五万を超え、今も回数は増し、SNSは炎上を始めていた。

誰がこんな話を流した。特定少女の親友とは――。

私の脳裏に一人の少女が浮かんだ。彼女がなぜ、美咲について暴露とも取れることを話したのだ。親友ではなかったのか。いや、前回別れるとき、何か言いたそうな素振りをしていた。それがこのことなのか。私の頭に血が上るのを感じた。


小野に電話して会いたいと伝えた。送話口を押さえる気配がして、〈すぐに警察署に来て下さい〉と声がした。

警察署に着くと入口に小野が立っている。

「会議室が埋まってて、ここしか空いてないんです」

案内された部屋は刑事もののテレビドラマで見る取調室だ。正面に藤田が座っている。

デスクに〈「特定少女」死刑か〉の見出しが出ている週刊誌を置いた。

「何なのよ、この記事は。内緒じゃなかったの、美咲さんの意識が戻ったのは。タイミングが良すぎるでしょ」

思わず身を乗り出し、藤田刑事の胸ぐらをつかみそうになった。私と藤田刑事との身長はほぼ同じだ。小野が慌てて私と藤田の間に入った。

藤田が無言でデスクの上に数枚のコピー用紙を置いた。ユーチューブの画像を印刷したものだ。私の全身から力が抜けていった。確かに彼らもぼんやりしているわけではなかった。

「我々も驚いているんです。まだ漏れたとは断定できません。正式発表は午後です。それに、こんな事実があったことは今朝知ったんです」

「しかしある意味、美咲の犯行動機になるとは考えられないか。長年、鬱積《うっせき》していた不満が、祖母の行為によって爆発した」

藤田が〈少女が半年かけて描き上げたイラストに、認知症の祖母が糞尿〉のテロップを指して、平然とした表情で言う。

「鬱積した不満、爆発。美咲さんは小学校三年、九歳の時から十年、お兄さん、そして五年前からはお婆さんの面倒も見てきたのよ。それをそんな言葉で片付けないで」

「甘ったるいことを言うな。犯罪者は犯罪と意識して罪を犯している。一般人は犯罪と意識しないで、罪を犯している。暴言や手荒に扱うことも十分な犯罪だ。無意識下の犯罪と俺たちは呼んでいる」

藤田が机の脚を蹴《け》った。私の身体は反射的に固まった。藤田という男、過去に悪い経験でもあるのか。

「この雑誌やクソユーチューバーはどうなのよ。認知症や、ヤングケアラーの実態を知らなければ、何をしてもいいというの」

ポケットでスマホが震えている。発信者を見てスマホを耳に当てたが沈黙が続いている。

「橋本沙也加さん、あなたでしょ、ユーチューバーに――」

言葉を止めた。沈黙の中からすすり泣く声が聞こえる。

「何があったの。ユーチューブの件でしょ」

〈私は――ゴメンなさい。美咲の電話のこと、ユーチューバーに話してしまいました。そしたら――〉

「ユーチューブに載って、彼が週刊誌に売りつけたのね。ユーチューバーや週刊誌の記者は過激な話題を狙《ねら》ってるから、何を書かれるか分からない。一のことを平気で千に書く人たちだから」

沈黙の中にしばらくすすり泣きが続いた。藤田と小野が私を見ている。

「話は本当なのね。イラストに付けられたウンチの話。美咲さんは怒っていたのね」

〈はい。でも――あの後、美咲から電話があって、ゴメン、腹立ちまぎれにあんな電話をしてと、言っていたことも話したんです。あの時は、腹が立ってあんな電話をしたけど、仕方がないよねって〉

「ちょっと待って、もう一度、初めから話して」

スマホをスピーカーにしてデスクに置いた。藤田と小野の視線が私からスマホに移った。

〈――お婆ちゃん、私が怒ると泣き出して、今度は私が謝る番だって。イラストのデータは、パソコンに入っているから、またプリントアウトすればいいんだけど、衝動的に怒鳴ってしまったって。お婆ちゃんが泣き疲れて寝てる姿を見てると、美咲、申し訳なくって涙が出てきたって。そういう話もしたんだけど、すべてカットされてる。あれじゃ、美咲が悪者みたいに思われる〉

「あのユーチューブと週刊誌は肝心なところがカットされているということね」

〈美咲はお婆さんもお兄さんも大好きです。いやいや看病してて、衝動的に殺したように言ってるけど、そんなこと、絶対にありません〉

沙也加の涙声が怒りを含んだ。

「大丈夫。警察が何とかしてくれる。あなたも、あんな人たちとは関わらないこと。彼らは自分のユーチューブや雑誌が注目を浴びるためなら何でもやる。徹底的に悪どい人たちだから」

二人の刑事に向かって言った。

〈はい、そうします。美咲のこと助けようと思ってたのに、こんなことになってごめんなさい〉

「有り難う。話してくれて。私に出来ることがあれば、また電話してね」

電話を切って二人に向き直った。

「今の聞いてたでしょ。美咲さんは家族を愛していた。家族もまた、美咲さんに感謝してたのよ。あなたたち、いえ世間が考えてるより、あの家族は幸せだったのかもしれない」

言ってから、それが本当なのかもしれないと思った。美咲の家族は大変だった。しかし、憎しみ合いながら家族を続けている人たちの何倍も幸せだったのだ。なんとしても美咲の本心を知りたい。

「あなたたち、思い込みは捨てることね」

週刊誌をつかみ藤田たちの前で引き裂いて、デスクに置くと部屋を出た。

私の脳裏にはこれまで沙也加や理恵に聞いた話が張り付いていた。

〈美咲はお婆さんもお兄さんも大好きです。いやいや看病してたんじゃない〉〈美咲ちゃんを助けようとして、真司くんは車に撥ねられ頭を打った〉

出版社の資料室で事故の記事を探し出して何度も読んだ。

〈夕方、国道で交通事故。トラックが小学生の兄妹をはね、兄は重体、妹は軽傷を負った〉

事故の記事は一つだけで、その後の経過を追ったものはなかった。

事故を起こしたドライバー、金井敏夫《かないとしお》は前方不注意でその場で逮捕されている。おそらく交通刑務所に入り、今は出ている。

小野刑事に電話をして、警察署近くのコーヒーショップで会った。

「なんで金井の住所なんか知りたいんです。まさか――」

「おかしなことをしようというんじゃない。美咲さんに関係したこと、すべてを知る必要があると思って。彼はその起点となる人」

会って何を話せばいいか分からなかった。しかし走り始めてみると、避けて通れない重要なことのような気がして、出来ることはすべてやってみようという気になったのだ。〈毎年、チョコレートが送られてくるって言ってました。真司くんが退院した日です。たぶん事故を起こした運転手だろうって〉という、真司のヘルパー、理恵の言葉がきっかけになったのかもしれない。

「警察じゃ、そういう人の連絡先は持ってるんじゃないの」

「前方不注意。刑事事件じゃない。交通事故だ。いちいちフォローしていたら、膨大な数になる。彼は交通刑務所に二年入っています。その後を教えろと言われても無理です。個人情報に入りますし」

小野は即座に答えた。

「たしかに、すごい数でしょうね。十年前の事故の加害者だし」

「山本清美とは連絡していたかもしれないが、時間がたちすぎている。加害者と被害者が、そんなに長い間、連絡を取り合っているケースは少ないんじゃないかな」

たしかに、そうだ。十年間、頭の隅にでも置いておくのは、かなり辛い。しかし、山本家の人たちは、現実に向き合ってきたのだ。

「あなたは親切だし、藤田さんとは正反対の人だと思ったから」

「僕に規則を破れというんですか。たしかにもうかなり破って、あなたとも会っています。マスコミには取材源の守秘義務があるでしょう。刑事だって同じなんですよ」

「チョット違うでしょ。私たちは取材源の安全を守るため。警察は捜査の情報を知らせる義務がある」

屁理屈には違いないと思いながら言う。

「捜査上の秘密だってあります。犯人を迅速に逮捕するためにね」

「じゃ、無理なのね」

小野は無言で頷いた。

「あなたも藤田さんと同じね。警察が庶民の味方なんてウソばっかり」

「僕は藤田先輩のようになりたいと思っています」

私に対する当てつけのようにも聞こえたが本音らしい。涙が出そうになったが、刑事なんかに涙を見せたくない。

その夜、スマホに着信音がした。

ショートメールを開けると、住所とメッセージが入っている。〈実は我々も秘密裏に調べました。逆恨みをする奴《やつ》もいますから。詳しいことは言えませんが、彼は今回の事件には関係ありません〉送信者は小野刑事だ。金井敏夫は東京の大田区に住んでいる。

私は〈有り難う〉と返信した。やはり彼は藤田刑事とは違っていた。

地下鉄の駅を降りて通りを十分ほど歩く。狭い通りを入って行くと小さな公園があり、その正面に目的の建物がある。二階建ての昔風の文化アパートというやつだ。白いモルタル壁が灰色になり、さらに三分の一が茶色く変色している。外側の壁に沿って金属製の階段が付いている。

二階に上がり、奥の部屋をノックした。

金井敏夫は現在、四十六歳だ。ということは事故を起こしたのは、三十六歳の時だ。出所後も同じ会社に勤めていたが、半年後に辞めている。前方不注意と過重労働。会社には勤務状態に関して捜査が入り、厳重注意勧告を受けている。やはり居心地が悪かったのか、会社が辞めるように仕向けたのか。

ドアを叩《たた》いたがなんの反応もない。諦《あきら》めて部屋の見える公園のベンチに腰を下ろした。二時間ほど待った時、男が階段を上がっていく。

「金井さんですか」

部屋の前で鍵を出している男に声をかけると男は振り向き、固まったように立ち尽くしている。

「山本真司さんの事故について聞きたいのですが」

金井は慌ててドアを開けようとして、鍵穴に差し込もうとした鍵を落とした。

「あなたに迷惑をかけることは決してしませんから」

金井は諦めたように私の方に向き直った。小柄で半分頭の禿《は》げた男だった。

私たちはアパート前の公園に行き、花壇前のベンチに座った。冬の夜の公園はぽっかりと開いた穴のようだった。比較的暖かい冬の夜で風もなかった。

名刺を渡し、自分が記者であることを言った。事件と火事の話をすると、金井は驚愕《きょうがく》を隠せない様子だった。

「知らなかったのですか」

「新聞も見ないし、テレビも持っていません。人ともほとんど話しません」

金井は地面を見つめて言った。無言のまま、長い時間が流れた。

「あなたの目的は何ですか。単なる好奇心で来たのですか」

金井は几帳面《きちょうめん》な口調で質問してくる。

答えに窮し、美咲について話した。金井は視線を地面に向けたまま聞いている。

「あなたについても調べさせてもらっています。事故の時の話を聞きに来ました」

「実はよく覚えていないんです。警察はスマホを見てたはずだと言っています。同時間に着信履歴とメールを開いたあとがあったそうです。あっという間の出来事です。衝撃もほとんど感じませんでした。ただ、ハンドルを取られて気が付くとガードレールに衝突していました。男の子が倒れていて、横で女の子が泣いていました。男の子の頭からは血が出ていました。私は身体が動かなくて、それを眺めているだけでした。頭の中では早く助けなきゃ、救急車を呼ばなきゃと考えていましたが、身体が動かないんです」

金井は何かを取り除くように、しきりに両手の甲をこすりながら話した。

「何度も思い起こしましたが、やはり同じなんです。警察でも何十回も話しました」

嘘《うそ》はなさそうだった。

「あなたでしょ。真司くんの退院した日にチョコレートを送っていたのは」

「何をしていいか分かりませんでした。花を贈るわけにもいきませんから。亡くなってもいないのに。せめて、事故のことを忘れていないということを伝えたかった」

金井は両手の震えを押さえるように握りしめて膝《ひざ》の上に置いている。

彼は事故後、一度もハンドルは握っていないと言う。交通刑務所に入っている間に離婚し、二年の刑期を終えて復帰した会社を半年で辞めた後、清掃員、工事現場の誘導員、警備員などの職を転々としながら生きていると話した。彼もまた、被害者なのかもしれない。

「あなたがこの事件に無関係なのは分かりました。時間を取らせて申し訳ございませんでした」

立ち上がり頭を下げて立ち去ろうとした。

「すべて私のせいですよね」

金井の声が私の背を打った。

「私が事故さえ起こさなかったら、真司さんもお母さんも死ななくてすんだんですね」

低く細い声が私の心に突き刺さった。何か言わなければ、と思ったが言葉がみつからない。

そのまま通りに向かって歩いた。振り向くのが怖かったのだ。

家に帰ってスマホを見ると明子からの着信履歴が三回ある。金井に会うためにマナーモードにしてそのままだったのだ。十一時近かったが電話をした。

最初に、真司を撥ねたトラック運転手の金井に会ったことを言った。

「事故の前後のことはよく覚えていないと言ってた。現実逃避してるだけだろうけど」

その他に金井から聞いた事故後の彼自身の状況を話した。明子は無言で聞いていた。私が話し終わると、一般的な判断だけどと前置きして話し始めた。

〈彼自身にとって事故は忘れようとしても忘れられない現実。いつも頭のどこかに存在する。だからこうあってほしいと願うしかない。同じことを何度も自分に言い聞かせていると、事実になってくるということはあるわね。都合のいい事実だけが鮮明になっていく。その人もそういうパターンかもしれない〉

明子の言葉と誠実そうな金井の姿と声が重ならない。

「私は正直な記憶のような気がする。それで、あなたの話は何なの」

〈山本美咲って、あなたが調べている女の子だったよね〉

「そうよ。彼女はまだ入院している」

〈私が精神療法をすることになった〉

思わず、ウソでしょうという言葉が出かかった。

〈彼女について教えてよ。色々、話は聞いてるんでしょ。友人たちの彼女に対する接し方だとか。

またはその逆、彼女の友人たちへの接し方も。どんな人か知っておきたいの〉

「明子の診察が受けられるほど元気になっているの」

〈分からない。外科医ではらちが明かないから、精神科医に助けを求めてるんじゃないの〉

私の脳裏にベッドに横たわる少女の姿がよぎった。

「私を連れて行ってくれない？　助手でも何でもいいから」

〈何を言い出すかと思ったら。無理なことは承知でしょ〉

「私は美咲さんを助けたいの。何が起こったか、真実を知りたいのよ。だから話を聞きたい。あなたの邪魔はしないと約束する」

〈邪魔するしないの問題じゃないの。これは明確な違反に当たる。医師免許剝奪《はくだつ》ものね。あなたの頼みでも、絶対にノー〉

明子の言うことは私にも理解できる。しかし――。

「だったら、彼女の様子を教えてくれる？　あなたの診察と意見を交えて」

〈それも法律に触れる。患者のプライバシーに関することだから〉

明子はクソが付くほど真面目だ。諦めざるを得なかった。

美咲について出来る限り正確に話した。明子は時折り短い質問を挟みながら聞いていた。一時間ほど話したが、どれだけ正確に伝わったか分からない。少なくとも美咲のヤングケアラーとしての状況は伝わったはずだ。

明子から電話があったのは翌日の夕方だった。

私たちは一時間後に会って、食事をすることになった。

食事の間、意識して美咲の話題は避けた。私はまったく落ち着かなかったが、明子は何ごともないようにパスタを口に運んでいる。どのくらい意識が戻っているか、話は出来るのか、そのくらい教えてくれればいいのにと思いながら食事を終えた。

「今日会ってきた。あなたが助けようとしている女の子の診察。三十分の制限付きだけど」

食事がすんでコーヒーを飲みながら、明子はしゃべり始めた。

「ただし、これは私の独り言だからね。あなたはただ聞いているだけで、それを書いたり話したりはしないでね。質問も駄目。公になると私は医師免許を剝奪され、刑務所入りかもしれないからね。これ、冗談じゃないから」

明子のいつもの心配性ではなく、今回は現実味を感じる。

親指を立てた。高校時代からの了解の合図だ。

「彼女はかなりひどい精神障害だと思う。完全に自分の殻に閉じこもっている。私が話しかけても、答えない。私の方を見ようともしない。外部からの接触をシャットアウトしている。私もかなり傷ついた」

「そういう状態を分析するのが精神科医でしょ」

明子は人差し指を口に当てた。黙っていろという合図だ。

「よほどひどい目にあったか、味わったのね。あるいは――」

明子は言葉を止めた。しばらく言葉を探しているように、視線を空に漂わせた。美咲が三人を殺害し、火を付けた、と言いたかったのか。

「ただ彼女を見てたわけじゃないんでしょ？　少しは話したんでしょ？　何を話したの？　たった三十分で」

明子は諦めたように私に向かって話し始めた。私が口を挟まないのは無理だと分かったのだ。

「それも守秘義務がある。私が言えるのは、まだ診察が必要だということ。時間をかけての」

そんな悠長なことを言ってはいられない。私はこの言葉を飲み込んだ。警察は三人を殺し、火を付けたのは美咲だと確信している。美咲がそれを知ったら――。

「それで、美咲さんは体力的には大丈夫なの？　頭の傷は治るの？」

「問題は彼女の生きる気力ね。私の目には彼女がそれを失っているように見える」

「まだ十九なのよ。人生はこれからじゃない」

「私は精神科医として多くの患者に接してきた。認知症を含めてね。人が生きる上で必要なのは、目標って気がしてる。お年寄りの多くは目標を失ってる。若い人も目標のない人は生気がない。お年寄りでも目標がある人は生き生きとしてる。この目標って言葉は目的、生きがい、夢にも置き換えることができる。医者がこんなことを言うのはおかしいと思ってるでしょ」

月島雅江と明子に紹介された二人のヤングケアラーたちのことを考えていた。彼らも家族の世話をしていたとき、一番辛かったのは夢が持てなかったこと、自分で何も決められなかったことだと言っていた。目標、目的、生きがい、夢。頭の中で繰り返した。美咲はそれを断たれた――。

「次に会うのはいつなの」

「これから決める。今日の様子だと、来週になる」

私たちは食事の後、一時間ほど話して別れた。

「かならず、また独り言を聞かせてよ」

別れるとき、私は何度目かの言葉を口にした。

7

地下鉄に乗ろうとした時、スマホが震え始めた。

〈早川《はやかわ》議員と取材の約束が取れた。明日の朝十時に衆議院第一議員会館だ〉

それだけ言うと電話は切れた。電話は岩崎から。早川信雄《のぶお》は当選五回の衆議院議員だ。岩崎の高校の先輩で、福祉行政に携わっている。現在は厚生労働副大臣だ。

美咲の意識が戻った時、岩崎が、「今後は政治に関する問題だな」と、呟くように言ったのを思い出していた。

翌日、午前十時十分前に、衆議院第一議員会館に行った。

早川信雄は五十二歳、半分白髪のガッチリした体格だ。岩崎に連れられて何度か講演を聞いたが、正式に紹介されたことはない。可もなく不可もない、バランスの取れた政治家らしい政治家だと思った記憶がある。

秘書に案内されて、早川議員の部屋に行った。早川は一歩下がって、私を値踏みするように見ながら言う。

「きみのことは岩崎くんから聞いているよ。信頼できる記者だから、何でも話してくれと。ただし、まだ経験不足だと。二十九歳だったね」

岩崎はそこまで話しているのか。おそらく、もっと言っているに違いない。

「きみは一家殺害放火事件を取材してるんだったね」

「この事件は色んな要素を含んでいるような気がします。政治も含めて」

政治という言葉で早川はチラリと私を見たが、しばらく考え込んでいた。

「これから言うことは、ここだけの話としてほしい。録音はもちろん、メモも駄目だ。何かあっても、私はそんなことは初耳だという。そしてきみには二度と会わない」

私を見つめている。本音で話すということだろう。

「もちろんです。議員が望むなら」

早川は私を見据えるように見て、低いがはっきりした言葉で話し始めた。

「生活保護を含めて、福祉というのは部外者が外部から進めるものじゃない。生か死か、ギリギリになって、本人自らが役所に出向き求めるものだ。行政が動くのはそこからだ。大切な税金を使うのだからね」

　私が口を開きかけたが、早川は人差し指を立てて私を制止して続けた。

「そういう福祉制度は知らなかった。介護保険などの税金を払っているが、どういう使われ方をしているんだ？　どの段階から福祉制度を使うことができるんだ？　貧困の線引きは誰が、どの段階でするんだ？　手続きにはどこに行けばいい？　世間で言われている不満は国も知っている。しかし、すべてに平等に応《こた》えることは出来ない」

　早川は言い切った。

「私も三十代前半で議員を志したときは、困っている人たちを救いたいと心底思っていた。しかし、福祉を求めている国民は山ほどいるんだ。生活、医療、介護、教育など様々な分野でだ。すべての求めに応じ始めたらキリがない。不満は増すばかりだ。結局、声が大きな者の勝ちになる。しかし、我々は声を上げられない者も助けなければならない。いや、声を上げられない者ほど、切実に助けを求めている。我々の力、福祉の力で救済していかなければならない」

　早川は深い息を吐いた。

「しかし、財源は限られている。政治とは限られた金をどこにどう配るかだ」

　そうだろうという顔で私を見ている。

「どこの省庁も分野も、予算を欲しがっている。だから、政治家の価値観が大切になる。何を重要視し、何に力を抜くか。切り捨てるわけじゃない。おまけに多くの場合、それぞれの問題は繋がっている。一か所弱点があれば、思わぬところにその影響は広がる。砂上の楼閣《ろうかく》だ。また逆の場合も多い。一つを補強すれば、それが他の分野にもプラスの影響を及ぼす場合もある。政治家はそういうところにまで気を配り、将来を見据えた政策を策定しなければならない」

「私もそう思います。でも、すべての人に目が届かないと言っても、最大多数を助ければいいわけでもないと思います」

政治家と彼らを取り巻く人たちの利権も問題になります。彼らは総じて声が大きい。私はこの言葉を呑み込んだ。

「きみがいう多数とは何だ。人間には色んな種類がある。上昇志向のある者、ない者。楽をすることだけ考えている者。働くことが嫌いな者。平気で弱者を踏みつけ、借金など踏み倒せばいいと思っている者も多い。国民全員が福祉、生活保護を求めるとどうなる。国の財政など一瞬にして吹き飛ぶ。今年の国家予算は一般会計の総額が約一一二兆五七一七億円、そのうち厚労省が一般会計約三四兆円を請求した。これは三割強に当たる。年金約一三兆円、医療費約一二兆円、介護約四兆円、福祉約四兆円だ」

早川はとうとうとしゃべった。私は圧倒されながら聞いているだけだった。

「日本は世界でも、福祉大国の中に入っている。特に医療関係ではおそらく世界一だ。色々言う者は多いがね。しかし、システムがデタラメに近い。バランスが取れていない。だからいずれ破《は》綻《たん》する」

「どういうことですか」

早川が何を聞いていたという顔で私を見ている。かすかに息を吐いて、再度しゃべり始めた。

「若い時、働ける時にまともに貯金もしない、年金も払わないで、年取って生活が苦しくなると生活保護もないだろう。これは普通の感覚だ」

「それは恵まれている人の発想です。色んな人がいます。働きたくとも働けない人。病気を抱えている人たちもいます。家族に病人がいても同じです」

私の脳裏には今まで取材してきた人たちの顔が浮かんだ。

「社会は複雑です。人の運命もです。今回の事件の山本美咲さんも、お兄さんの事故さえ起こらなければ、普通の子供らしい生活が送れたかもしれません。今回のような悲惨な事件が起こることもなかったかもしれません。そういった弱者を支えるのが政治じゃないのですか」

岩崎の言葉を思い出していた。〈ヤングケアラー。少子高齢化社会が進めば、今後ますます増えていく。どこかの時点で、国民に向かって広く訴えなければならない。今後、政治が関係する大きな社会問題になる〉確かに、その通りかもしれない。

早川は改めて私を見つめた。

「核家族化、ヤングケアラー、貧困、少子化、高齢化、学力低下、これらはすべて関連しているんだ。繋がっている。一つに揺らぎが出ると、他のものにまで影響を与える。これは、なんて言うんだっけ」

いつも聞いている言葉が機関銃のように飛び出してくる。

「バタフライエフェクト、バタフライ効果。どこかに揺らぎが起こると、とんでもないところにまでその影響が及ぶという事ですか」

「そう、それね。歳をとると、なかなか単語が出てこなくてね。若い者には分からないだろうが」

早川がわざとらしく言う。彼はまだ五十代だ。数字や単語も淀《よど》みなく出てくる。

私には分かってます、という言葉を呑み込んだ。脳裏には父の顔が浮かんでいる。自分の母親の名前が出てこなくて、あの人、おまえのお婆さん、色々言い方を変えていたが、明らかに出てこないのだ。認知症の一つの症状だ。

早川議員が再び話し始めた。

「国だって、様々な制度を作って、助けようとしている。当事者の彼らがもっと積極的に制度を利用すれば――」

「ヤングケアラーの低年齢層は小学生ですよ。低学年の者もいる。そんな制度なんて知らないし、知っていてもどうやれば受けられるかなんて、考えたこともないと思います」

早川議員が再度私を見た。言葉を中断され、反論されるとは思っていなかったのだろう。

「だから、もっと積極的に広報をやるべきだという考えには私も賛成だ」

「こうした子供たちを行政側が探し出そうって考えはないんですか」

「どうやって見つけ出すというのかね」

早川の声が大きくなった。もういい加減にしろという気配が感じられる。

「役所は申請があれば、あるいは第三者の言葉で初めて動き出す。職員が積極的に動いて探すまでの人員も方法もない」

「すべてを費用対効果で考えると、行政が探し出そうという方法は取れません。でも実際に家族の世話で夢さえ持てない子供たちがいるんです」

私の家族は両親と私の三人だった。私が家族の面倒を見るという発想は、百パーセントなかった。私は家族に守られていた。やはり、美咲の家族は特別なのか。

父の顔が浮かんだ。父もほんの数年前には、自分の身体が自由に動かせなくなる、人の名前や顔、自分自身すら分からなくなる、食事をしたかどうかも分からなくなり、散歩に出れば帰り道を忘れる時が来るなど、考えたこともなかっただろう。娘を頼りにしたこともなかっただろう。少なくとも認知症を告げられる前までは。もちろん、本音は分からない。

「きみも言ってるように、社会も人も複雑なんだ。しかし、きみらマスコミは、イエスかノー、物事を単純化しようとする。現実の社会には才能のある者もいれば、ない者もいる。ない者の方が大部分だ。その大部分の者は何を頼りに生きればいい？　彼らは無知で無力だ」

反論できなかった。決して公には言えない言葉だが、事実であることは間違いない。早川はさらに続けた。

「人間の多く、いやほぼすべての一般人が求めているのは、目先の快楽だ。生きやすい方に流されていく。欲望の塊だ。食欲、性欲、金銭欲、名誉欲など、人の欲望には限りがない。しかし、すべてを達成し、満足できる者はほんの一握りだ。だから手っ取り早く手に入れるために犯罪に走る」

早川は一気に言うと、スッキリした顔で私を見た。

「さて、話を元に戻そう。ヤングケアラーといっても色々あるんだ。貧困が原因のものは、世話をしている者を施設に入れる費用がない。補助を受ける方法も知らない。施設に偏見を持っている者もいる。家族が自宅介護に固執している場合だってある。一律にこうだと決めつけるわけにはいかない」

早川は何か言えというふうに、私を見ている。私は何も言えなかった。言えば反論が返ってくるだろう。

「子供のころ、お爺《じい》さんやお婆さんはいなかったかね。兄弟はどうだ。両親が病気になって世話を頼まれたら放ってはおけないだろ。世話ができる者が世話をする。昔は当り前だった」

私は今の時代のことを話している。少子高齢化、核家族、すべてここ数十年で表面化してきたことだ。

「きみ、子供は？」

「いません。まだ結婚していません」

「早く結婚したほうがいい。相手が嫌なら、さっさと別れればいい。人生、何ごともやってみるもんだ」

早川は私から目をそらせて話した。完全に問題発言になる言葉が次々に飛び出してくる。最初に言った、ここだけの話としてほしい、という言葉は正解だ。

「私だっていずれ、後期高齢者だ。しかし私は若者に支えてもらおうなんて思っちゃいない。逆に若者を支えると自負している」

「それは、先生が恵まれているからです。庶民より、何十倍、何百倍も恵まれているのです」

「いや、努力して得たものだ。私は二世議員じゃない。私は人の二倍、三倍努力して政治家になった。今でも同世代の者たちの何倍も努力している。だからこの先、死ぬまで働き続ける」

私は反論の言葉を心の中に封じ込めた。あなたも国会議員という肩書を取れば、私たちとさほど変わらない。働きたくても仕事がない中年男も多くいる。高齢者は絶望的だ。

「国民はあまりに勝手すぎる。現状を知って、データを見れば五年後、十年後の姿はある程度見えてくる。日本が早急にやるべきことはＧＤＰを上げることや、世界ランクを上げることじゃない。現在の状況を正しく理解して、間近に迫っている現実を少しでもいい方向に導くことだ」

早川の声と表情は自信に満ち、ここにはいない国民に訴えかけている。

「マスコミの論調も、増税は反対、消費税は景気回復までストップ、福祉の切り捨てをする議員は、次の選挙で落としてやる。言いたい放題だ。私は日本の福祉政策は素晴らしいと思っている。世界に誇れるものだ」

早川の視線が私に戻った。

「選挙権が十八歳以上に引き下げられてから、高校生も選挙に行けるようになった。議員の中にも、少しは少子化や教育問題に本気で取り組もうと思う者が出てくるかな」

「日本は今後ますます少子高齢化が進み、老人問題が取り上げられるようになります。その場合、現在のヤングケアラーと言われている人たちが益々増えるんじゃないですか。その場合の対策は考えていますか」

「公的支援の活用、役所にも窓口は設けられている。そこで相談に乗ってくれる」

「小学生、中学生は知っていますか。高校生でも自分に関係なければ注意もむけない。問題が多いとは思いませんか」

「それは福祉ではなく、教育の問題じゃないのかね。小学校の授業で、訳の分からないことをやるより、色んな人がいて、色んな助けがあって、どうやればそれを受けることができるか、授業として学べばいいんだ。きみたちも議員を責めるより、そっちに力を入れてくれ」

「授業として取り入れることは私は賛成です。私も日本の福祉で知らないことは山ほどありますから」

「日本の国民はもっと政治の仕組みを知るべきだ。その政治から生み出されるものについてもね」

早川の言葉は半分は真実だ。その半分は私の心に響いた。だが残りは強者の理論だ。

「長生きしたいなら、当事者はそれなりの努力をし、責任を負うべきだ」

早川ははっきりとした口調で言った。

「私はマスコミを信頼しているから、きみの前でこういう正直な言葉も言う。これで、三十票はなくした」

「しかし、五十票は増えています。より多くの国民の声をあなたが代弁した。私をのぞいてね」

「きみは正直な人らしい。マスコミは真実を正確に伝えることを基本として、国民に道しるべを見つけてやってほしい」

秘書がやって来て耳元で囁《ささや》くと、早川は立ち上がった。

「今日はしゃべりすぎた。しかも本音でだ。だが、だいぶストレス解消になった。きみは相手を無防備にさせる力があるのかな。正義感が強くて、無鉄砲だが涙もろい記者。岩崎が言ってた。雑誌記者には問題があるが、いいジャーナリストになる。レアケースとして金の卵だと、かなり期待している」

秘書が早川を促すように見つめている。予定の一時間をすぎている。

「失礼する。きみとはまたストレス解消をしたいよ」

早川は握手のために手を差し出した。その手は筋肉が消えたように柔らかい。

議員会館を出ると、別の世界に放り出されたような気分になった。

総理官邸前の交差点で十人ほどのグループが拡声器で声を上げている。それを制服警官と盾を持った機動隊員が見守っている。ここにはまだクリスマスは来ていない。

地下鉄の駅に向かって速足で歩いた。冷たい空気が全身に染み込んでくる。

電車に揺られながら早川議員の言葉を考えていた。

彼が言いたかったのは、政府は多くの問題を抱えている。福祉と公平は同義語のようで、相反するものだ。福祉が重要なことは分かっているが、誰もが公平に得られるわけではない。日本の福祉政策は十分とは言えないが、世界でも最高水準のものになっている。ある意味、福祉は格差、不平等によって支えられている。富める者が貧しい者を救っている。福祉はただ黙っているだけでは与えられない。自分の状況を正確に把握し、説明し請求する必要がある。その他、彼独自の「福祉と政治」の解釈を一時間近く話した。

彼の言いたいことは理解できた。「政治とは、限られた予算の分配にすぎない。ない袖《そで》は振れない」「分配は公平に行なわれなければならない。しかし――」「公平とは何か」「その分配割合は、各政治家の力と関心の持ち方で決まる」だからそこに利権が絡んで問題が起こる。では、山本家の状況はどう考えているのか、どう考えるべきなのか。どうだったら救うことができたのか。

声を出さずに呟いた。

電車の中を見回した。座席はほぼ埋まっている。乗客の八割近くが手元のスマホを見ている。何を考え、何に思いをはせているのだ。

「高齢化社会か」

低い声を出すと、父の顔が浮かんだ。あの厳格で自信に溢れていた父が認知症におびえている。その姿を見る私自身もまた何かにおびえているのだ。身近の者が目に見えて変わっていく。自分が知らない存在へと。〈見えない恐怖が一番恐ろしい〉昔、なにかで読んだ言葉だ。しかし老いは目に見え、体感する。白髪が増え、皮膚にシミが浮かぶ。息切れがして、反応が鈍くなる。身体の各部が痛み、動きにくくなる。言葉が出なくなり、何にでも腹を立てたくなる。これらは老いの初期でもあり、ほんの一部だ。その先にあるものは決まっている。突然息苦しくなり、大きく息を吸った。


有楽町の社に戻ると昼時で、数人の記者を残して大半の者が出ていた。岩崎の姿も見えない。人気《ひとけ》のない部屋のデスクに座って、タブレットを立ち上げた。美咲、清美、真司、夏子の名前が書いてある。生きているのは美咲のみだ。彼女はベッドに横たわり、何を思っているのか。

「何を悩んでる」

声に顔を上げると岩崎が缶コーヒーを差し出した。礼を言って受け取った。

「早川先生に会ってきました。話は——」

「いいよ。彼の言うことは分かっている。彼はまともな方だよ。事件については何か言ってたか」

「具体的なことは話に出ませんでした。でも、少子高齢化と福祉について話してくれました。記事には使えません。本音の方ですから」

「まあ妥当な線だな。彼の本音は暴動を起こし、次の選挙で無職になる。これからどうする」

「正直、山本美咲が分からなくなりました」

「彼女がどうかしたのか。まだ病院なんだろ」

小野や沙也加たちに聞いた話をすると、岩崎は缶コーヒーを一口飲んで視線を窓に向けた。

「万引きにピンクの髪に青痣《あおあざ》か。弁当屋の弁当イラストもあったな」

「基本は典型的なヤングケアラーです」

今は殺人犯だと思われてる。この言葉は声には出さなかった。岩崎はしばらく考えていた。

「今も彼女は殺していないと言い切れるか。色眼鏡を外して」

答えることができなかった。私の脳裏では様々な姿の美咲が語りかけてくる。

「人には沸点があるんだ。その温度は人によってさまざまだ。五十度でブクブク泡を立て始める者も、百度が沸点の者も、百度になっても沸騰しない奴もいる。美咲にも沸点があり、あの時、沸点に達した」

岩崎は淡々と話した。違う、と叫びたかった。しかし声が出ない。美咲は芯は強いが優しい子だった。彼女に人は殺せない。

「ひと一人、すべてを分かろうなんて思うな。自分を考えてみろ。人間なんて、色んな面を持っている。こいつはこうだと決めつけることなんてできない。百の顔を持ってて、やっと一人の人間を形成する。どの顔もそいつなんだ。百の顔の中でどれがいちばんそいつを表現しているか。それを見極め、本質を突き止めろ」

岩崎はもう一度私を見据え、かすかに頷くと行ってしまった。

清美を丸印で囲んだ。〈まず、事件の全容をつかむんだ〉岩崎の言葉が浮かんだ。「先入観を捨ててかかれ」声に出して言ってみた。清美の姿が私の中で大きくふくらんでくる。


街はクリスマスと忘年会にくり出した人たちで賑《にぎ》わっていた。音楽と人声と電飾の輝きが満ち、別世界に迷い込んだようだった。だが世界では大きな戦争がいくつか起こり、殺し合いと壊し合いが続いているのだ。

帰宅時間の電車は混んでいた。窓に張り付いた闇と街の明かりをぼんやりと眺めていた。

ポケットの中でスマホが震えている。そっと手を入れて着信画面を見た。小野刑事からだ。

タップしようとしたら音が止まった。何か胸騒ぎがする。

電車のスピードが落ちて止まった。私はためらわず下りて、ホームの壁側でスマホをタップした。

「電話くれたでしょ。電車の中だったの」

〈美咲さんの具合が悪くなりました。血圧が急激に落ちているそうです〉

「良くなってるのじゃないの。医者もあなたも、そう言ったでしょ」

自分でも驚くような鋭い声が出た。横を歩く人が振り返って見ている。

〈医者はそう言ってました。とにかく、危ないそうです。あなたには伝えておいた方がいいかと思って〉

戸惑った声が返ってくる。私の声に驚いたのだ。

〈小野、なにしてる。さっさとしろ〉

背後で藤田の怒鳴り声が聞こえる。

「有り難う。気を遣ってくれて」

私の言葉が終わらないうちに電話は切れた。

気がつくと、反対方向のホームに向かって走っていた。

第五章　ヤングケアラー

1

美咲が死んだ。小野から死亡の連絡をもらったのは、地下鉄の駅を出たところだった。私の頭は真っ白になった。思考がストップし、全身から力が抜ける。思わずその場に座り込みそうになった。深く息をして、必死で呼吸と歩みを整える。気が付くと病院に向かっていた。

深夜の病院は静かだった。明かりが消えた薄暗い待合室を通って、エレベーターの前に行った。エレベーターを待っていると、藤田と小野が小走りにやって来る。

藤田は何も言わなかった。ドアが開くと私を押しのけてエレベーターに乗り込んだ。小野が腕をつかんで、倒れそうになった私の身体《からだ》を支えた。

「美咲さんが大変なことになりまして」

小野が間の抜けた声を出した。

「黙ってろ」

藤田の鋭い声が飛ぶ。

「どこに行くんだ」

二階でエレベーターを降りると、藤田の声が私の背を打つ。

構わずＩＣＵに向かった。


美咲の遺体はまだ部屋の中だったが、身体からはチューブが抜かれている。

生体情報モニターの波形はすべてフラットだ。人の気配を感じて横を見ると、小野がやはり覗《のぞ》き込んでいる。

「藤田さんに行けと言われました」

「美咲さんの遺体、どうなるんですか」

「藤田さんが医師と話しています。たぶん解剖に回されると思います。死因は心不全となっていますが、まだ不明な点があるらしいです」

「不明って――」

「僕には分かりません」

「事故からひと月足らずよ。今さら解剖だなんて――だったら、今までにもっと――」

突如、様々な思いがこみ上げてくる。これ以上、美咲を苦しめたくない。

「それから先は、おそらく被疑者死亡のまま書類送検されると思います」

「そんなのひどすぎる」

思いがけず鋭い声が出た。医師と看護師が私の方を見ている。いつの間にいたのか、藤田が私と小野を睨《にら》みつけている。

「三人が死に、放火されているんです。警察は何が起こったか、調べる義務があります」

「だから言ってるでしょ。そんなひどいこと美咲さんには出来ない」

「お願いです。静かにしてください。困ります」

小野が泣きそうな声を出した。

ＩＣＵに数人の看護師が入って行く。これから美咲の遺体は遺体安置室に移されるという。

「引き取る者はいるんでしょ。親戚《しんせき》の情報は分かってるんでしょ」

「こいつを病院から連れ出せ。おまえが知らせたんだろ」

藤田の声が聞こえる。

小野に腕をつかまれ、エレベーターまで行って押し込まれた。そのまま病院の出口まで連れて行かれた。

「今日は帰ってください。また、連絡しますから」

小野の声が遠くに聞こえる。

夜の街を歩いた。師走の街は人で溢《あふ》れている。音楽と喧騒《けんそう》が響いているはずだが私の耳には入らなかった。若者が多く、道路の至る所でグループができている。立ち止まってあたりを見回すと、笑い声が聞こえ始めた。大声を出す者や歌っている者もいる。こういう楽しみを美咲はしたことがないに違いない。そう思うと自然に涙がこぼれてきた。

様々な思いが脳裏を駆け巡った。ＩＣＵで見た美咲の涙、弁当屋の壁のおかずのダンス、花に囲まれた家族のイラスト、少女とピンクの毛のウサギ……。美咲は今ごろは家族と一緒だろうか。元気な兄と走り回り、優しい母と祖母に囲まれて笑っているだろうか。それを父親が見守っている。そうであってほしい。

突然、小野の言葉が蘇《よみがえ》った。〈被疑者死亡のまま書類送検〉

家に帰ってキッチンに座っていると、父がウイスキーボトルとグラスを二つ持って入ってきた。無言でグラスにウイスキーを注《つ》いで、一つを私の前に置いた。

私はそれを一気に飲んだ。顔を上げると真剣な表情の父が私を見ている。何かを言わなければと思わせる、父特有の顔だ。

「どうしたの、ウイスキーだなんて」

「おまえが落ち込んでるんでな。こんなときは酒だ。それも強い酒がベストだ」

「私が落ち込んでるの分かるの」

「娘だからな。しかも一人娘だ」

運動会や学芸会にも来たことないくせに。小中高校と大学、八回あった入学式と卒業式にも、一度も来たことはない。要するに、私の公的な式には出たことはない。一度、言ったことがあるが、結婚式には必ず行くからと返された。以来、行事については話したことはない。

「何があったんだ。母さんが死んだときのような顔をしてる」

「美咲さんが亡くなった」

父の動きが一瞬止まり、言葉を探して思考している。

「安らかだったか」

初め父の言葉が理解できなかった。

「顔だ。美咲さんの顔だよ。おまえ、見たんだろ」

美咲の顔を思い出そうとした。たしかに顔を見たはずだが、表情までは思い出せない。

「母さんの顔は安らかだった。俺《おれ》はホッとしたよ。母さんは人生に満足して死んでいった。そう、自分に言い聞かせた。ちょっとは安らかな気持ちになれた」

私は頷《うなず》いていた。たしかに、美咲も安らかだったような気がする。お母さんやお兄さん、お婆《ばあ》さんに会えるのだ。お父さんも待っているに違いない。今度は美咲、あなたの番だ。みんなに世話を焼いてもらえばいい。ご飯を作ってもらい、洗濯をしてもらい、肩でも揉《も》んでもらえばいい。ごくろうさん、声をかけてもらえばいい。そう思ったとたん、涙が溢れ出した。父が驚いた顔で見ている。

「でも彼女、まだ十九歳だよ。私が十九の時は大学二年生。毎日が楽しくてしょうがなかった。美味《おい》しいものを食べて、奇麗なものを見て、友達と話し、笑い合っていた。美咲さん、そんなことはしたことがない。満足なはずないでしょ。これから、したいことは山ほどあったはず。おまけに家族を亡くし――」

突然、言葉を失った。美咲の遺体はしばらく病院に保管され、解剖される。被疑者死亡のまま書類送検という小野の言葉が蘇ってくる。美咲は母親と兄と祖母を殺したということで書類送検される。弁明をする機会もない。

父がさらにウイスキーを注いで、グラスを私の方に押し出した。一気に飲み干すと、芳醇《ほうじゅん》な液体が身体中に染み込んでいく。

いつものコーヒーショップに行くと、沙也加と深雪はすでに来ていた。

〈美咲さんが亡くなりました。明日の朝、十時に前に会った店で待っています〉

昨夜、眠れぬ夜をすごしながら二人に送ったメールだ。

〈ウソって言って〉〈絶対に信じない〉

すぐに返事が返ってきた。二人はかなり動揺している様子だった。

二人の前に座って、交互に視線を走らせた。深雪の目は赤く、沙也加が身を乗り出してくる。

「学校は大丈夫なの」

「ノートは後で友達が見せてくれます。美咲の話、詳しく聞かせてください」

今までに調べた事件の状況を話した。二人は視線を下げ無言で聞いている。

「このままだと美咲さんが三人を殺して家に火を付けたことになる。私はあり得ないと思うけど証明のしようがない。正直に言って。あなたたちは美咲さんが家族を殺して家に火を付けたと、ほんの少しでも思ってる」

「美咲は家族思いの優しい人でした。そんなこと絶対にできません」

沙也加の言葉に深雪が頷いている。

「単刀直入に聞く。美咲さんってどんな人、幸福だったの」

人、という言葉が私の口から出たので、少なからず驚いた。今までの取材で、私なりの美咲像は出来上がっていた。しかし実際には話したことも、触れ合ったこともない十九歳の少女だ。どんな返事を期待しているのか私にも分からなかった。

二人は考えている。長い時間がすぎた。

沙也加が顔を上げ、私を見て話し始めた。

「普通の女の子でした。少なくとも私はそう思っていました。私たちと同じ女の子。でも——美咲の家庭は幸せだったのかな」

最後の言葉は呟くように言う。横で深雪が頷いている。

「家族に寝たきりのお兄さんや、認知症のお婆さんはいたけど、私たちは普通の会話をして普通に笑ってました。美咲、テレビの連続ドラマの続きを教えてと言うから、粗筋を教えたりはしたけど。それは、話してると楽しかったから。美咲も聞いてて楽しそうだったから」

「テレビがなぜ見られなかったか、考えたことはなかったの」

「お兄さんとお婆さんの世話をしなきゃならなかったからでしょ。お兄さんの痰《たん》の吸引で、テレビ、途中で切らなきゃならなかったって言ってた。集中が必要だから」

沙也加は何の躊躇《ちゅうちょ》もなく言う。

「あなたたち、それがどんなに大変なことか考えたことはなかったの」

泣きそうになった沙也加の肩に深雪が腕を回した。

「ゴメン。私が熱くなってしまって。とにかく、美咲さんは学校では普通の生徒だったのね」

二人は遠慮がちに頷いた。

「いじめられるってことはなかったの」

「ありませんでした」

沙也加は同意を求めるように深雪に視線を向けると深雪が話し始めた。

「みんな、美咲のことを認めてたと思います。家のことや美咲の役割りなんか」

「手伝ってやろうとか、助けようなんて思ったことなかったの」

二人はまたお互いの考えを確かめ合うように視線を合わせた。

「美咲、しょっちゅうグチは言ってましたが、そんなに困ってるようには見えませんでした。学校ではよく話したし、よく笑ってました。成績も普通だったし。ただ、帰宅時間にはこだわってたかな。ホームルームが長引きそうになると、イライラしてたこともあった」

「途中で帰ったこともあったじゃない。でも、みんなも大目に見てた。家が大変なこと知ってたから」

深雪の言葉に沙也加が続ける。

混乱した。だったら、なぜ助けようとしなかった。美咲はギリギリの生活を送っていたのに。みんなはそれを知っていたはずなのに。

「でも、そんなに切羽詰まってたなんて知らなかった。本当に美咲、学校では普通だったんです。だから、あんな事件が起こって私たちも混乱してます」

沙也加の声は上ずり、目には涙が浮かんでいる。

「分かった。分かったから、泣かないでよ。あなたたちを責めてるんじゃないんだから」

「私たち、どうすればいいですか。美咲、これからどこに行くんですか」

「私だって分からない」

病院の遺体安置室に置かれて、検死解剖されるとは言えなかった。

沙也加が私の前にタブレットを置いてタップした。

カラフルで幻想的な画面が現れる。

ベッドに座っている青年と車椅子の老女の周りに、犬、猫、ウサギ、鹿、小鳥などの動物が群がっている絵だ。それをピンクの髪の少女と黒髪の女性が見ている。周りには色取り取りの花が咲き乱れていた。なんとも不思議な絵だが、見ているとどこか引き込まれ、優しい気分になる。家族をテーマにしたカラフルなもので、希望とか夢とか喜びとか安らぎといった肯定的な言葉に溢れている。

「これ、一番新しいイラストです。私たちあれから美咲のイラストを探しています」

「パソコンを含めて全部燃えてしまったんじゃないの」

「美咲、パソコンで描《か》いてるでしょ。バックアップを取ってるんです。昔、ひと月かけて描き上げたイラストをお婆ちゃんに消されたと大騒ぎしてました。それからは、何重にもバックアップを取ってると言ってました。私たちに送ってきたり、SNSに載せたりして。すごいバックアップになるでしょ。世界のどこかに残ってる」

「日付はどうなってるの」

深雪が画面の端を指さす。

「事件の三日前でしょ。私にも送ってきた。半年かけて描いたイラストだって。新人賞に出したって言ってました」

私はもう一度タブレットのイラストを見た。確かに今までで一番迫力のあるものだ。家族を超えて生命の輝きに満ちている。

私たちは一時間ほど話してコーヒーショップを出た。岩崎からメールが入ったのだ。

〈すぐに帰ってこい〉

二人に会うことは伝えてある。電話しようとして指が止まった。出版社に帰った方がいい気がした。岩崎は直接話したいのだ。


出版社に戻り、部屋に入ると、岩崎が私を隣りの小会議室に連れて行った。

「どうする、やめてもいいんだぞ。彼女は死んだ」

「美咲さんの本当の思いを知りたいんです。このまま続けさせてください。もう負けたくありません。彼女の心は、私たちの中でまだ生きています」

思わず出た言葉だったが真実だ。美咲は何かを訴えている。それを明らかにすることは私の義務だとも思い始めている。

「これだけの事件だ。警察がこのまま放《ほう》っておくことはない。必ず犯人を特定して終息させる」

「それが美咲さんですか」

「被疑者死亡のまま書類送検という奴《やつ》だ。山本美咲を犯人と特定できなければ、今後も捜査を続けなければならない。下手をすると未解決事件になる。県警のメンツにかけて、それは絶対に避けるだろう」

「美咲さんを犯人にするということですか。それで事件は解決したことにする」

岩崎は答えない。

「もう少し調べさせてください」

返事を待たずに部屋を出た。

美咲が母と兄、祖母を殺害し、家に火を付けて逃亡。道路に飛び出したところをタクシーに撥ねられ、頭を打って死亡。弁明の余地すら与えられない。私の脳裏を次々と流れていく。

自分のデスクに座り、パソコンを立ち上げた。

岩崎には調べると言ったが、どうしていいか分からなかった。警察は近所の聞き込みや、防犯カメラのチェックはすべてやっている。それでも、怪しい者は見つけられず、美咲の犯行だと結論付けたのだ。捜査には素人の私はこれ以上、何をしていいか分からなかった。


喫茶店に入ると、窓際の男が立ち上がった。

小野は私に向かって深々と頭を下げた。店員が驚いた顔で見ている。

彼の正面の席に座り、やってきた店員にアイスコーヒーを頼んだ。

「大してお役に立てずに申し訳ありません」

「あなたが謝ることではないでしょ」

「今日は何の用ですか」

私は答えず、スマホの写真を見せた。事件の三日前、美咲から沙也加と深雪に送られたイラストだ。

「これ、美咲さんが描いたものです。事故にあう三日前です。イラストレイターの新人賞に応募したイラストだそうです」

私は事故という言葉を使ったが小野は何も言わず、食い入るように見つめている。

「これを美咲さんが描いたのですか」

「二人の世話をしながらね。そして事故の三日前に友達に送ってる」

小野の目はイラストに張り付いている。

「あなた方は、この絵を描いていた美咲さんが、あんなひどいことをしたと思うのですか」

小野は何も言わず、イラストを見つめている。

「美咲さんは真司さんやお婆さんを愛していた。決して世話することを嫌がっていたわけじゃない。二人の世話で時間が取られている合間にも、自分の夢を追い続けていた」

私は他のイラストも見せていった。イラストの大部分のテーマは家族を扱ったものだ。そのどれもが家族への愛情に溢れている。

小野がイラストから顔を上げ、私を見た。

「こんな絵を描いている。だから美咲さんは、家族の死とは関係ないというんですか」

「勝手に想像してよ。私が言いたいのは、決めつけるのだけはやめてほしいということ。介護と世話に疲れた少女の感情の爆発で悲劇が起こった。そうじゃない」

思わず強い言葉が出て、店中の視線が集中した。

「これじゃ、美咲さんが事件に関係していないという証拠にはなりませんよ」

しばらくして小野が低い声で言う。

「あなたには話しませんでしたが美咲さんについては色々と調べてるんです。痣の話や髪を染めた話。彼女の吐いた暴言。万引きの話もね。警察だって無能じゃない。できる限りのことはやっています。ただマスコミには、公表するまで悟られないようにしていますがね」

小野は私を見つめ絞り出すような声で話した。私の中に小野の言葉が鋭い刃物のように突き刺さってくる。押さえきれなくて涙が流れ始めた。

「いくら調べたって、解釈の仕方が間違ってるんじゃないの。人には色んな表現方法があるのよ。美咲さんにはギリギリのことしかできなかった。髪をピンクに染めたのだって、万引きしたのだって、彼女のギリギリの自己主張。突っ張った子供が、タバコを吸ったりお酒を飲んだりするのとは違う。私はここにいるぞ。私のことも忘れないで、っていうギリギリの自己主張。でもそんな時にも、お兄さんやお婆さんのことは常に心にあった。シンナーや、クスリをやったりするのと同じにしないで」

「僕に何をしろと言うんです」

「もう一度、事件を最初から考え直してほしいと言ってるだけ」

抑えた声を出したつもりだが、店員と客たちが私たちの方をチラチラ見ている。

私はアイスコーヒーを小野の顔にかけたい衝動を抑えて、一気に飲み終えると席を立った。

2

真司のヘルパーの理恵から電話があったのはその日の午後だった。

〈お会いしたいのですが〉

「私も電話しようと思っていた。実は——」

〈美咲ちゃん、亡くなったんでしょ。テレビで見ました。真司くんのことで話したいことがあります。美咲ちゃんにも関係があると思います。前に会ったときには、話せませんでした。でも、どうしても知っておいてもらいたいことがあります〉

深刻さを含んだ声で時折り言葉を詰まらせた。泣いていたのかもしれない。一時間後に理恵の勤務先の近くの喫茶店で会う約束をした。

美咲の心の中で、真司は大きな比重を占めていたはずだ。その真司を美咲はどうしようとしたのか。山本家にもっとも深く入っていた家族以外の者は理恵に違いなかった。

喫茶店に入ると奥のテーブルに理恵が座っている。

「理恵さん、大丈夫なの」

思わず聞いた。理恵の顔は青白く、テーブルに置いた手は細かく震えている。

「私——」

次の言葉が続かない。喘ぐように口を開けては閉じている。

「落ち着いて。深く息を吸って」

「隠していました。なんとなく、言いづらくて」

やっと、細く消えそうな声を出した。顔を近づけると何とか聞き取れるほどの声だ。

「真司くん、私に殺してくれと言ったことがあります」

私の脳に衝撃が走った。しかしすぐに平常に戻った。不思議ではない言葉だ。私自身、理恵に聞こうとして聞けなかった。

「辛《つら》い状況だものね。でも、冗談で言ったんじゃないの」

出てきたのは月並みな言葉でしかなかった。

「本気でした。私には分かりました。私を見つめる目は真剣で、懇願していました。自分では死ぬこともできない。だから私に頼むって」

理恵の瞳《ひとみ》が膨れ上がり、涙が頬《ほお》をつたった。

ハンカチを渡すと、涙を拭《ふ》いて私を見た。

「真司くんなりに色々と考えていたんだと思います。美咲ちゃんとお母さんを自由にしてあげたい。自分のために、妹と母親の人生を縛り付けるわけにはいかないって」

そんなことはない、私は叫びたい衝動にかられた。理恵はさらに続ける。

「美咲ちゃんが亡くなったと聞いて、黙っていられなくなって笹山さんに電話しました。美咲ちゃんはどんなに大変でも家族を殺して、火を付けるなんてことは出来る子じゃありません」

「真司さんも急に言い出したわけじゃないでしょ。あなたは真司さんのヘルパーになって二年、その間、色々と話もしたでしょ」

理恵は一瞬躊躇したが話し始めた。

「臓器移植について聞かれました。殺してほしいと言った、二週間ほど前です。自分のような障害者でも、臓器移植はできるのか。つまり、使えるのかって。もちろんだって答えました」

理恵はかすかに息を吐いた。

「次に、自分から取り出せる臓器で、どれだけの人が救えるかって。私は知らないって答えました。介護士をやってるんだから普通の人より知ってるだろうって。かなりしつこく聞かれました。なんだか、普通じゃないなって感じました。真司くん、頭のいい方で、テレビやラジオで色々学んでて知識は私より豊富なんです」

「どういうことなの」

「自分の身体にはまだかなりの価値があるんじゃないかと思ったと。海外だったら高く売れるんじゃないかなって」

全身の血が頭にのぼるのを感じた。動悸が激しくなる。

「日本じゃ、僕なんか単なるお荷物、税金の無駄遣いってあからさまに言う人もいるけど、個々のパーツは、まだまだ新品同様だ。寝たきりでほとんど使ってないんだからって。ばらして売れば相当な価値があるんじゃないかって。バカなこと考えるのやめなさいって言ったんですが、かなり真剣な表情でした。おかしいとは思いませんか」

私には答えることができなかった。

「初めは単なる冗談か興味本位かと思ったんですが、いつもと様子が違うんです。なにか切羽詰まった緊迫感というか。後で考えるとすごく切なくなって、涙が出てきました。何かもっと良い対応の仕方があったんじゃないかと」

「それって、いつの話なの。殺してほしいって言ったのは」

理恵は考えている。

「美咲ちゃんが入試をやめたころだから、昨年の一月か、二月だったかな。その後も何か言いたそうにはしていました。そんな時、私が話をはぐらかせました。また、変なことを言いだしたら困るので」

「二年近くも前か。美咲さん、デザインの専門学校に行くつもりだったでしょ。結局、受けなかったんだけど」

真司にとっても妹が進学を諦《あきら》めたことは大きな問題だったのだ。

SNSで見た真司の顔を思い浮かべた。端整な顔つきの青年だったが、十年間の寝たきり生活はその表情に影を落としていた。

「真司さんは自分を家族の荷物ととらえてたの」

理恵は黙っている。

「美咲さんはそのことを知ってたのかしら。真司さんが殺してくれって言ったこと」

「私が話すのは笹山さんが初めてです。でも私がいないときに、真司くんが美咲ちゃんに話したかもしれません」

私の頭は混乱した。もし、美咲が真司に頼まれたなら――。違う。何を頼まれても美咲が真司を傷付けるようなことはしない。いや、出来ない。

「美咲ちゃんが真司くんの頼みを聞いたなんて、笹山さんが思ったとしたら間違いです。美咲ちゃんはそんなことしませんし、お母さんやお婆さんにも出来ません」

私の思いを見透かしたのか、理恵が訴えるような口調で言う。

「美咲さんと真司さんの関係はどうだったの」

「良かったです。私の知っている兄妹《きょうだい》の中でいちばんです。本を読んであげたり、写真を見せてあげていました。二人で音楽を聴いたりも。絵を描き上げると、最初に見せて説明していました。お兄ちゃんは私の絵のファースト・ウォッチャーだって。時々、足や腕をさすってあげていました。真司くん、何も感じないと思うんですが、目を閉じて気持ちよさそうでした。それに、いつも話しかけていました。真司くんも随分、楽しそうでした」

理恵はしっかり聞いてほしいというように、私を見つめて話した。

「美咲ちゃんは偉いですよ。あれだけのことを淡々とこなしてた。十年間ですよ、十年間。家族の世話をすることを自分の人生の一部だと思っていたんじゃないですか。当り前のことを当り前にやっている。その行為に疑問などないいんです。子供が介護をするって悪いイメージで捉《とら》えがちですが、家族にとっても、身内に世話されるのが一番楽なんです。私は真司くんを世話することでお金をもらっています。でも、美咲ちゃんが世話してもタダですからね。身内の世話は当り前というとらえ方です。専門性がないって言えば終わりですが、世話される当人にとっては、いちばん自然で楽ですからね」

「家族を世話することが自分の人生の柱になっている。すごく寂しいとは思わない。やはり自分の人生を犠牲にしている」

理恵は黙っている。しばらくして話し出した。

「人それぞれじゃないいんですか。私には美咲ちゃんや真司くんがそんなに不幸だったとは思えないんです。美咲ちゃん、よく笑ってました。そんな時、真司くんもすごく気持ち良さそうにしてるんです。きっと笑っていたんです。ただ、もっともっと生きていて、私たちに元気な姿を見せてほしかった。私、二人と話すのが好きでした。何だか、元気になれたんです。世の中の嫌なことを忘れさせてくれる気がしてました」

理恵は元気になれたと強調した。沙也加や深雪も美咲に触れて、無意識のうちに同様な感情を持っていたのではないか。

「普通の家だとお母さんがやることを美咲さんは全部やってたんでしょ、食事の支度や掃除、洗濯も。おまけに真司さんやお婆さんの世話まで」

「そうですね。でも美咲ちゃんは、お母さんに強制されてやってたんじゃありません。こういう仕事をしてると、ヤングケアラーって言われている子供にもよく会います。美咲ちゃんを含めて。みんなすごく優しい、いい子たちです。いい子すぎるんです。家族内で自分の役割りをよく心得ています。いい悪いじゃなくて、こういうものだと受け入れているんです」

「文句は言わないの」

「言ってますよ。私にはみんな愚痴をこぼします。でも諦めとも違う、当然のことと納得しているんです。これが自分だって。自分の家族だって」

「可哀《かわい》そうでしょ。家族の世話で、自分が思い通りに生きていけないって」

「そうですよ。だから、時々、彼らや彼女たちの都合に合わせて、シフトを組むことがあります。すごく喜びますよ。でも、デート先から電話をかけてくる子もいます。問題ないかって」

「それも、問題ありだよね。やっぱり可哀そうだ。子供がそこまで気を遣うなんて」

「でも、家族の大人も仕事があるから、多くをやってはあげられない。子供もそれを知っている」

「日本はますますこういう事態が増えてくる。少子高齢化の時代だから」

「コーダって知ってますか」

突然の言葉に首を横に振った。

「聾啞《ろうあ》の親を持つ子供です。生まれつき耳が聞こえない人は、うまくしゃべれない人が多いんです。声を知りませんから。意思疎通は手話になります。普通の人は手話を知らないでしょ。コーダは赤ちゃんの時から一緒に暮らしているので、両親の言葉を理解して、手話も出来るので意思疎通が普通にできます。コーダは両親の耳になり口になります。だから、通訳として普通の人の何倍もの時間を両親のそばで過ごします」

「生まれながらのヤングケアラー予備軍か」

「私もそう思います。怖いのは、それを当り前と思うことです。ただ一緒にいて、肉親の耳や、口になるだけじゃないんです。色んな事、普通の人が当然だと思っていることを諦めなきゃならない。これって、かなり辛いことだと思います」

「有り難う。話してくれて。あなた、このことを刑事さんに話した」

理恵は首を横に振った。

「山本さん一家のことを話すのは怖くて。笹山さんだけに話しました」

「怖いって――」

「美咲ちゃんたち、というよりヤングケアラーの家庭には、私たち他人が入り込めない聖域とも言うべきものがあるような気がして。彼らにとってはまったく自然で当り前のことが、私たちにとっては近寄りがたい、何も口出しできない世界のような気がしてました」

どことなく分かるような気がした。それは形こそ違え、私と父の間にもあるものかもしれない。

それが、家族というものかもしれない。しかしそれが悲劇を生むこともある。

理恵と別れて明子に電話をした。これから行ってもいいか。

3

私がノックすると同時に、どうぞという声が返ってくる。

部屋に入ると、父が通っている総合病院の診察室に似ている。医師が座るデスクにパソコンが一台。壁際にベッドがある。

明子の前の椅子に座った。これも父の場合と同じだ。

「リラックスしてよ。そんな顔をしてたら、話しにくくなってしまう」

私を見て、明子が真剣な表情で言う。ホテルのラウンジやレストラン、コーヒーショップで会う時と違って、つい背筋が伸びてしまうのだ。

明子はファイルから用紙を出し、一枚を私の前に置いた。

「ヤングケアラーについて調べてみた。これから考えなければならない世界的な問題だと思う」

「世界的な問題って――」

「世界中の先進国の共通問題よ。少子高齢化が進んでる。特に日本はね。年寄りが多くなるでしょ。それに対して、人手不足はますますひどくなる」

「猫の手、子供の手も借りたくなるってことね」

「子供のお手伝い、って言葉じゃすまなくなる。学業、クラブ活動、友人との交流などに支障が出る。大したことじゃないと、大人は思うかもしれないけど、子供にとっては大したことなのよね。それが、成績、進学、就職へと繋《つな》がっていく。何より、いちばん多感な時に同世代と十分な交流ができないってことは、精神的に大きな歪《ゆが》みを生むことがある。つまり人生に影響があるってこと」

明子は別の用紙を私に手渡した。

「厚生労働省が文部科学省と連携して行なったヤングケアラーの統計調査と聞き取り調査の結果よ。日本はかなり深刻な状況になってる」

明子はマーカーの赤線の入った用紙を見ながら話し始めた。

「小学校六年生の六・五パーセント、およそ十五人に一人。中学二年生の五・七パーセント、約十七人に一人。高校二年生の四・一パーセント、約二十四人に一人が、世話をしている家族がいると答えている。一クラスに一人か二人はいるってことね。小学生は主に年下の兄弟、中高生になると体力のない祖父母や、認知症の者がいる家族ね。着替えや食事の世話から、排泄《はいせつ》まで手伝っている。買い物、食事、洗濯と掃除など家事をしている子供たちもいる。昔は当り前だったという人もいるけど、かなり問題ある数字よね。しかもこれからますます増えていく」

明子が深刻な表情で言って、用紙をわきに置いて私に視線を向けた。

「あなた、安藤昭雄くんに会ったんでしょ。お婆さんを殺そうとした高校生の男の子よ」

「安藤くんのケースは精神鑑定を前面に出すべきだった。成人の裁判だったら、当時の精神状態で争ってた。うまくいけば無罪を勝ち取れる。未成年だったので、争わずに罪を認めて反省していることにしたのね。前科は付かないし、彼の家庭状況を考えたら、少年院も悪くはないと考えたのかしら」

谷田弁護士を思い浮かべ、皮肉を込めて言った。彼は初めから戦う気のない国選弁護人だった。

明子は首をかしげている。明子には谷田弁護士に会ったことは話していない。

「山本美咲さんのケースだけど、こっちは問題ありね。私は家族、特に母親に問題があったと思う」

明子の言葉は意外だった。

「母親は生活のために懸命に働いていた。娘のことも気にかけながらね。それだけじゃ駄目なの？」

「家族を壊さないためにも、長男と母とは施設に入ってもらう道を選ぶべきだった。看護師だったら問題点は分かってただろうし、色んな他の方法も知っていたはず」

「私も最初、そう思った。母親も分かっていたはず。その上で、家族で暮らす道を選んだ。お兄さんを通して家族はつながっていたと思う」

私の率直な言葉だった。美咲の家族には、簡単に言い切れない何かがあったような気がする。

「初めの数年はね。でも、残念なことにお婆さんが認知症になってしまった。家庭内のすべてが、美咲さん一人の身に降りかかった。これればかりは、誰《だれ》のせいというわけにはいかない。運命でしょうね」

そんなに簡単に言い切れるものではない気がした。しかし、言葉に出すことは出来なかった。それは、明子自身の家族について聞いていたからかもしれない。

「家族にはその家族特有の理由があるということね」

「それをカバーするのが政治の役割りだと思っている。医師は人の病を治す手助けは出来るけれど、社会までは直せない。マスコミよ頑張れと言いたい」

「私を責めてるのね。たしかに、私たちは事実の半分も伝えきれていない。でも――」

私は真実を伝えるように最大の努力をしている。

「一般の人にも責任は大きい。自分に直接関係のあること以外は無関係と思い込もうとしている。入り込むと抜けられない気がするのかしら」

明子はあえて消極的な言葉を使っている。いつもなら、もっと戦闘的に言うはずだ。

「日本はますます美咲さんのような状況の人が増えるでしょうね。少子高齢化社会の到来。選択肢としては家で看《み》るか、施設に入れるか。家で看る場合は手の空いている者が看ることになる。必然的に子供に回ってくる。親は仕事をして生活費を得なければ、家庭は崩壊する。子供は働いているわけじゃないからね。でも子供はいつか家を出て行き、最後は老々介護に行き着く。その先は、悲劇か施設が待っている。こういうのが負の連鎖ね」

明子は当然のことのように話しているが、違うと叫びたかった。

「外国ではどうしてるの。公的な制度が進んでるから、あまり問題はないの」

「詳しくは知らない。日本と同じじゃないの。最近クローズアップされ始めた問題。出来る限り一人で暮らして、それが出来なくなると施設に入る。アメリカは核家族化が進んでる。親は親、子供は子供の生活がある。子供は自立できる年ごろになると、家を出て自立する。でも、この間見た映画では、子供が親の面倒を見ていた。基本的なところでは、日本と同じような気がする。親子のつながりは理屈じゃない」

「ケースバイケースか。各家庭で色んな事情があるからね。一概には決め付けられない」

「日本は少子高齢化社会の先進国。外国も日本のやり方に注目している。私もあなたも、他人事《ひとごと》とは思えない時代に生きてるの」

明子は私と父のことを言っているのか。

「私だったら、自分の生活に支障が出ると思ったら、迷わず施設に入ってもらう。人間、終わりのある苦労には耐えられても、終わりが分からないものにはギブアップする。だからキレる前にね」

言い切ったが、裏返せば、父も認知症がひどくなれば施設に入れるということだ。

私を見つめていた明子が目を吊《つ》り上げた。

「みんな口ではそう言う。でも言うほど簡単に割り切れない。お父さんを簡単に施設に入れるなんて」

明子は高校のころから私の家に度々遊びに来ていたので、両親のこともよく知っている。特に父とは気が合っていた。

「自分が長年住んだ家で家族と一緒にいたいというのは本音でしょ。でもそのために、悲劇が起こることもある」

「家族に迷惑をかけてまで家にいたいとは思わない。私を含めて一般的な日本人の考え」

「ということは、他人には迷惑をかけてもいいってことね」

「そうは言っていない。最後はお金で解決しなきゃならないけどね」

「あなた、知ってるの。日本の介護医療のこと。七十五歳以上の老人を一年生かすために、数百万の費用が掛かってることもある。最終的には税金から出ているのよ。いずれそれも出来なくなる」

明子がはっきりと言った。

早川議員がマスコミを通して国民に言い続けている自助、公助、共助の重要性を思い浮かべていた。

「色んな家族があるのよ。美咲さんだけが特別じゃない。裕福で優しい両親がいても、ろくでもない子供もいる。また、その逆だってある。色んなことが重なり合って、様々な運命を作り出す」

　明子はしみじみとした口調で話した。高校の時から、普通の高校生が考えないようなことも考えていて、時々指摘されて驚いたことがある。大学医学部、研修していた病院を経て、さらに精神科の医師という仕事で、普通は触れない人生にも関《かか》わってきたのだろう。

「私は美咲さんの人生もかなり特殊だと思うけどね。だから、彼女も自分の心情についてあまり話してないようだし、美咲さんがヤングケアラーだと分かってはいても、誰も明確に認識していなかった。もっとオープンに話せたり、相談できたりする環境を作るべきね」

「それは政治の責任。正しく報道して多くの人に知らせる」

「彼女の家には少なくとも暴力はなかった。私の知っているＤＶ家庭は最悪。今どきの日本に、こんな暴力的な人間がいるのだろうかって思う。殴る蹴《け》るは日常。食事を与えない、裸で立たせる、真冬に冷水をかける。新聞やテレビで周期的に見かけるでしょ。子供への虐待」

　明子は周期的という言葉を使った。

「子供への虐待なんて信じられなかった。私は両親に殴られたことはない」

　両親、特に現在の父について考えながら話した。父は現役のころ、家にいる時間は短かった。忙しいというより、家庭にあまり関心がなかったのだ。だが母が死に、自分が認知症と診断されてからは、自分の生活と自分自身を見直し始めたのかもしれない。

「それはあなたの運が良かっただけ。日本にもＤＶが増えてる。子供や奥さんを自分の所有物だと考える男がいるのね。本当は昔からあったけれど、表に出ることがなかっただけ」

明子は視線を落として重い口調で言う。

「幼児、未就学児に対する虐待が増えてるでしょ。親の暴力が当然になっている家庭だってあるのよ。ぞっとする。でも、親のせいばかりにしてはいられない。その親の親たちが、そうだったのかもしれない。殴られ慣れてる子供が増えてるってこと。そういう子が学校、社会に出ると、暴力やパワハラが普通になってしまう。暴力に麻痺《まひ》してる社会。これが普通になると怖い社会になる。政府は教育格差と貧困の連鎖なんて言ってるけど、暴力の連鎖だってある。その方がよほど深刻なの」

取材をしていて感じたことだ。暴力が生活の一部になり、他人に対しても普通に暴力行為に及ぶ人が増えている。

「そういう子供って、成長と共になにか精神的にも影響が出るものなの?」

「当り前でしょ。犬や猫だって、人間に虐待を受けてれば人間を信じなくなる。精神にすり込まれるのよ。子は親の鏡って言うでしょ。親の顔が見たいっていうのも、ある意味、当たってると思う。虐待の連鎖よ。もちろん、例外も多くあるでしょうけど」

最初に取材した、美咲が高校三年の時の教師遠藤の言葉を思い出していた。

〈学校の仕事はあくまで教育です。日常生活の隅々まで把握しておけというのは、酷だとは思いませんか〉

言い換えれば、子供のメンタルは、家庭の領域だと言っているのだ。

「子供は扱いが難しい。でも最終的には親の愛情を求めてるのだと思う」

明子がしみじみとした口調で言う。

「子ども食堂ってあるでしょ。私は反対。こういう仕事をやってると色んな事情が分かってくる。本当に貧困のためもあるでしょ。でも、親の手抜きってこともある。子供は敏感に感じ取る」

「シングルマザーの家庭が多いんでしょ」

「私の知ってる親子食堂では、来るなら親子同伴で、ってところもある。それが出来なければ、子供に二人分の食事を持たせて、帰ってお母さんと食べなさいって言ってる」

「親子食堂ね。たしかにその方がぴったりくる」

「民間じゃいろいろ工夫してる。政府が何もしてくれないから」

明子が時計を見た。私は明子が口を開く前に立ち上がった。そろそろ診察時間だ。

見送りを拒否し、ドアの前で振り返った。

「近いうちにまた来る。今度は父の相談でね」

私は右手を上げて、ドアを閉めた。


出版社に寄ってから家に帰ると、十時をすぎていた。

父はまだリビングでテレビの前に座っていた。早く寝るようにと口では言っているが、父にとって早いとは何時か分からない。私がいない時の時間のすごし方を聞いたことはあるが、読書と瞑想《めいそう》だと言われた。瞑想は昼寝と置き換えることができる。その分、夜の睡眠は少なくなる。

「遅いな」

「明るいうちに帰れって言うの。来年三十歳よ。自分でも信じられない」

「時間だけは平等にすぎていく。良いこと悪いこと、何をやっていようとな」

無視して冷蔵庫から缶ビールを出した。

「なんだか不満そうな顔をしてるな。娘に殺された家族のことか」

父が顔を覗き込んでくる。

「やめてよ、そんな言い方。まだ、その子がやったたって証拠は、まったくないんだからね」

私の大声に父が怯《ひる》んだ。自分でも驚くほどの声だった。

「そんなにムキになると、何も言えないじゃないか」

「ごめんなさい。ただ、無性に腹が立ってくるの」

「何にだ」

「全部よ。警察にも、近所の人にも、学校の先生にも。自分自身にもね。誰も、何もできなかった。美咲さんの状況を正しく理解できてる人は一人もいなかった」

「逮捕するには物的証拠がいるんだろ。今回の場合、すべてが状況証拠じゃないのか」

「それが全部、美咲さんが犯人であることを示している。だから警察は状況証拠だけで逮捕出来ると信じてる」

「おまえは、そうは思ってないのか」

父親の表情が変わった。三年前の事件を考えているのか。私が擁護したのは被害者だったけど、このときも状況証拠が議論された。

「分からない。だから調べてる」

私の頭は混乱していた。いや、心の奥では感じていたことかもしれない。もし、美咲が犯人だと決めつけられれば——彼女は二度死んだことになる。肉体的な死と精神的な死だ。今度は必ず、私が美咲を護《まも》る。

〈美咲の家庭は幸せだったのかな〉沙也加の言葉が心に刺さっていた。美咲は自ら大学進学を諦めた。強要されたわけでもない。だが、夢を捨てたわけでもなかった。それは確信へと変わっていく。美咲は家族を護りながら、自分の道を切り開こうとしていたのだ。だから美咲は絶望し、自暴自棄になってもいない。

母親の清美も、美咲に兄と祖母の世話を押し付けていたのではない。彼らはお互いに支え合って生きていた。美咲の心と真司の身体に、行政を含めてもっと助けがあったら。

「そんな探偵もどきのことは、おまえの仕事じゃないだろう。おまえの仕事は事実を伝えることだ」

「そうよ。でも、それがもっとも難しいこともあるの」

無意識のうちに口調が強くなった。父の言葉が心に刺さったのだ。真実が何か分からない。まず、それを見つけることだ。

「俺が力になれることがあれば言ってくれ。手伝うよ。どうせやることはないし、頭の体操にもなる」

普通に話しているときは、父が認知症だと感じることはなかった。しかし、飲み忘れた薬や、同じことを何度も話すときはやはりと思ってしまう。

「あまり心配はしないで。それより、自分の心配ね」

言ってからしまったと思ったが、言葉は取り消しがきかない。

「心配しても仕方がないだろ。自分より、他人のことを考えてたほうが気が楽だ」

何げないふうに言うが本心は分からない。

「俺だって、おまえのお荷物になると自覚したら、自分で何とかするよ」

「変なこと言わないでよ」

その時、父の言葉が妙に心に残った。荷物、自覚、自分で何とかする。父を荷物と思ったことなどない。自分で何とかするとはどういう意味だ。

「真司くんのヘルパーの理恵さんに会って、家族の様子を聞いてきた。理恵さんも信じられないって。いいえ、もっと強い言葉。美咲さんはそんなことできないって」

「信じられないことをするのが人間だ。切羽詰まればな」

禅問答をやっているんじゃない、と私は叫びたかった。私が求めているのは、もっと具体的なことだ。つまりあの家で何が起こっていたかだ。

「家族について、理恵さん以上の話を聞くには誰に聞けばいいんだろ」

私は呟《つぶや》いた。山本家はある時期から家族として普通よりも強い絆《きずな》で結びついている。

「美咲さんの友達には会って話を聞いたんだろ。長男と祖母の友達は難しいとして、母親の友達がいるだろ。職場の同僚だっている。警察はすでに行ったと思う。聞き込みという奴だ」

父は淡々とした口調で言った。

固定電話が鳴り始めた。私は受話器を取って名前を言う。私の身体は固まった。沈黙が続いている。受話器を置いたが私の耳には沈黙の声が染み込んでくる。

「また始まったのか」

父の表情が変わり聞いてくる。

「忘れてた。ここひと月、忙しかったから」

前の事件の関係で付きまといの被害にあった。最初は無言電話。無視していたら、いつも誰かにつけられている感じがしていた。ここ半年余りは無言電話がなかったが、また始まったのか。私よりも父が気にして、時折り注意してくれる。

「こんど何かあったら警察に届ける。お父さんも気を付けてね」

「藤田って刑事がいただろ。なかなかいい奴で、親切だぞ」

「最悪の奴よ。刑事なんてみんな同じ」

藤田を思い浮かべていた。しかしなんで藤田の名前が出てくる。

4

ファミレスに入り、辺りを見回した。

奥の席に女の子が二人いて、栗《くり》色の髪の子が私に向かって手を上げている。沙也加と深雪だ。私はなぜか、ホッとした気持ちになった。昨夜、沙也加からぜひ会いたいと電話があったのだ。私は何があったのか聞いた。初めて明るさを感じさせる声だったのだ。〈楽しみにしてて下さい〉と言って電話は切れた。まだひと月にも満たない期間だが、山本美咲が私たちを結びつけた。彼女はそれほどインパクトのある女性だった。

二人の前に座ると、沙也加がタブレットを出して立ち上げ、私の前に置いた。

画面いっぱいに咲き乱れる原色の花々。その中をピンク色の髪の少女が駆けている。風になびく髪と花々。青い空が広がっている。少女を見守るような白い雲。不思議な美しさと感動を伴うイラストだ。

タブレットから顔を上げると沙也加と深雪が私を見つめている。

「美咲の作品をいくつか見つけました。小、中、高校の友人に、ＳＮＳで呼びかけたんです。

〈ＭＩＲＡＩの描いたイラストを集めよう〉って」

「ＭＩＲＡＩって、美咲のペンネームです。美来とも未来とも書けるって。美が来て、美が咲き、未来が来る。素晴らしい言葉だと思いませんか。美咲、欲張りだったから」

沙也加と深雪が交互に言う。

「ＭＩＲＡＩ。聞いたことなかった」

「私も初めて言いました。こっちの名前まで事件に巻き込まれちゃ、可哀そうだと思って。そうしたら、いくつ集まったと思いますか」

深雪が私を試すように聞いてくる。

「十枚くらいかしら。二人も持ってるんでしょ」

沙也加がタブレットをタップすると、画面いっぱいに線画、彩色したものなど様々な形式のイラストが溢れた。

「二十八枚です。美咲、ＭＩＲＡＩってペンネームで、色んな所に応募したり、世界中に配信したりしてたんです。私たちにも内緒で。かなり傷つきました」

沙也加が笑いながら言う。

「小学校の時から高校を卒業してからも描いてた。お兄さんとお婆さんの世話をしながらね。頑張ったよね、美咲」

深雪の目に涙が浮かんでいる。私も思わず涙が流れそうになった。

「これ全部、美咲さんが描いたの」

「一週間でこれです。もっと集まりますよ。美咲、全国、いや全世界に友達を持ってたんです。家族の世話をしながら、世界の友達と自分たちが描いたものを見せ合って、批評し合っていたんです。すごいと思いませんか」

「思ってる」

私の目はタブレットを向いたままだ。

「高校生のころからのものが多いです。いちばん多いのはここ一年。小学生の時に描いたものを写真に撮ったものもあります。それをパソコンを使って描き直したのもありました。アフター、ビフォーです」

深雪が一枚を拡大した。二人の子供が砂浜を走っている。それを二人の男女が見ている。美咲の家族だ。そしてその光景を見ながら、上空の光の中を鳩《はと》が飛んでいる。

「ここをタップしてください」

深雪が鳩の瞳を指した。タップすると瞳が画面いっぱいに拡大される。

光の中の鳩が見ているのは――ベッドの真司と車椅子の祖母だ。ピンクの髪の少女もいる。美咲に違いない。同じような題材の物は他にもあった。野原の中に佇《たたず》む、五人の家族。両親と祖母を中心にして、両側に男女の子供がいる。美咲のテーマは美しい自然と家族なのだろう。

「すごいわね。鳩の瞳の中の絵か」

「もっとすごいのがあるんですよ」

沙也加がタブレットを操作すると動画が現れた。

鳩が飛んでいくとベッドの男性が立ち上がり、車椅子のお婆さんも立ち上がって手を振っている。鳩はピンクの髪の少女の肩に飛んでいく。

「これは、美咲の何枚か分のイラストを誰かが動画にしたんです。キャプションはフランス語です。多分フランス人が作ったんです。ほら、美咲の名もある」

沙也加がテロップを指で押さえた。WITH　MIRAI　IN　JAPAN。

「美咲さんは真司くんとお婆さんの面倒を見ながらこれらのイラストを描いて、世界の人とやり取りをしてたというの」

タブレットのイラストから目を離せないでいた。

「そうだと思います。時々、私たちに送ってくれたものと同じです。送信時間を見ると深夜が多いでしょ。アメリカやヨーロッパは昼間です。美咲には、昼も夜もなかったのかもしれないけど、世界とつながってたんです。日本が夜の時、アメリカは昼です」

「これらのイラストと動画、私のスマホにも送ってくれない」

沙也加がタブレットを数回操作すると、私のスマホに着信音がした。

「パソコンとスマホに送っておきました。きっともっと出てきます。私たち、世界に呼び掛けているんです。美咲、MIRAIの描いたイラストを集めてるって」

「美咲さんって、高校の一年の時、美術部に入ったと聞いたけど」

「すぐに辞めました。美術部は放課後、遅くまで部室で描いてるから。家でも描けるって言ってました」

二時間ほど話して私たちは別れた。

家に帰るまでの間、私の心と頭は美咲のイラストで溢れていた。花や小動物、さらに兄やピンクの髪の少女が飛び跳ね、歌い、話しかけてくる。それを父親と母親、お婆さんが見守っている。

美咲は夢を諦めたわけではなかった。だったらなぜ――。スマホの通話履歴をタップした。

「県立神奈川第一高校ですか。遠藤光司先生はいらっしゃいますか。私は――」

遠藤を呼ぶ声がする。


その足で、美咲の高校三年の時の担任、遠藤に会って、美術部の顧問に会わせてくれるように頼んだ。彼に連れられて美術部の部室に行った。美咲のことを覚えているかもしれないと思ったのだ。

部室には数人の学生と教師がいた。

「山本美咲という生徒が一年生の一学期間、在籍していたと聞いています」

教師は美咲が亡くなったことを知っていた。私は単に興味で取材しているのではなく、ヤングケアラーとしての美咲の一面を知りたいと説明した。だから知っていることを教えてほしいと。

「明るくて活発な子でした。退部届を持ってきた時は驚いて引き留めました」

「理由は聞きましたか」

「家で勉強を頑張ると。明るい子で、色々話してくれました。看護系の大学か専門学校に進みたいと言ってました。絵を描きながらでもいいじゃないかと引き留めはしたんですがね。決心は固かった」

「彼女が描いた絵は残ってないですか」

「ありません。一学期間、在籍したと言っても、出てきたのは数回でした。うちの部は、秋と春の文化祭を目指すものです。そこで展示会をします。半年で一枚というペースです」

「数か月は在籍したわけですから、スケッチくらいありませんか」

「入部の時に描いたスケッチがありますが、退部の時に持って帰りました。新入生は最初、先輩の制作を見ているだけで自分たちは描かないんです。秋の文化祭に向けてが第一作です」

教師はそう言って、何かを考え込んでいる。

「待ってください。四年前入学、山本美咲さんですね」

教師はパソコンを立ち上げて、メールを探している。

「文科省主催の全国学生イラスト展から山本美咲についての問い合わせです。お宅の美術部に山本美咲という生徒はいませんかって。時々、こうした問い合わせが来るんです。いいところまでいった生徒だけですが。二年生の時に応募してたようです。退部した旨を伝えました。彼女は美術部を辞めても、自分で描き続けていたのでしょう。この時は最終選考の前まで行っています」

「彼女はそれを知っていたのでしょうか」

「公募の場合、選考経過を知らせるところと知らせないところがありますからね。我々も黙っているようにと言われています」

「どんなイラストかも分かりませんよね」

教師は頷いた。

三十分ほど話したが、それ以上の情報は得られなかった。山本美咲、ＩＣＵで見た姿と流れる涙と共に、その存在が急激に膨れ上がっている。しかし、彼女の人生は小学校、中学校、高校と学年が上がるごとに大きく変化し、見る人によって違った印象を与えている。かなり印象に残っている。目立たない生徒。私たちと同じ。どれも美咲なのだろう。せめて私の中では、思う存分飛び跳ね、歌い、声を上げ、イラストを描き続ける美咲であってもらいたい。


部屋の中を見回した。院長室と言っても、デスクとその前にソファーが置いてあるだけのシンプルな部屋だ。

美咲の母、清美のことが知りたくて、勤務先の県立総合病院を訪ねたのだ。

大久保《おおくぼ》院長は五十代の温厚そうな医師だった。

「まじめで信頼できる看護師でした。うちの病院でも大事な人を亡くしたと思っています。事件のことを考えると心が痛みます」

「家庭の状況はご存じですか」

「十五年も勤めているんです。それも人様の命を預かる仕事です。プライバシーに関わることも知っておく必要があります」

「先生が知る限りで結構ですから、清美さんについて話していただけませんか」

「それは無理です。個人情報は医師にとっては、もっとも重要なことです」

院長は私を疑うような視線を向けている。個人情報保護法が出来てから、公立の機関では必要以上に神経を使っている。

「では、息子さんの交通事故の後遺症と、お婆さんの認知症についてはご存じですか」

「知っています。だからうちとしても、シフトを組むときには、色々便宜《べんぎ》を図って——」

「じゃあ、美咲さんという長女がいることも」

「知ってますよ。昔は——小学生の時は時々、病院にも来てましたから。彼女が病気になったわけじゃなくて母親を迎えにね。でも、息子さんが事故にあい、お婆さんが認知症になってからは——」

院長は眉根《まゆね》を寄せ、言葉を濁した。

「清美さんに最近変わったことはありませんでしたか。なんでもいいですから教えてもらえませんか」

「医師には患者さんに関することには、多くの守秘義務がありましてね。診察結果も重要な個人情報です。むやみに話すことはできません」

「ということは、清美さんは、患者とトラブルがあったのですか」

院長の顔色がわずかに変わった。

「これ以上は話せません。特にあなたはマスコミの方だ。あなたが何を調べているか私には関係ない」

「事件では清美さんを含め、三人の方が亡くなっています。私が知りたいのは真実です」

「そっとしておいてあげるのも、親切、思いやりだとは思いませんか」

院長の決意は固そうだった。

美咲の置かれている立場を話した。今のままでは、美咲は何も言えないまま殺人犯にされてしまう。

「美咲さんの状況はご存じだとおっしゃった。彼女は小学生の時から十年、お兄さんとお婆さんの世話をしてきました。その彼女が溜《た》まっていたストレスの爆発で家族を殺害した。それを信じろと言うんですか。たとえそうであっても、何か特別な理由があるかもしれない。私は出来る限りのことを知りたい」

いつの間にか私は懸命に訴えていた。

院長は私の訴えを無言で聞いている。長い時間そのまま考え込んでいたが、やがて決心したように顔を上げた。

「半年ほど前、山本さんはミスを犯した。患者を殺しかけたことがありましてね。いや、その表現は大げさすぎる。薬の投与を忘れていた。うちの病院はすべての医療行為にダブルチェック方式を取っています。だから、チェックの段階で他の看護師が気付いて事なきを得た。それがきっかけで、私が診察を受けることを勧めた。うちには心療内科もあります」

「清美さんは精神面でどこか悪かったのですか」

「何かを考え込んでいる時が多くありました。職員の健康管理も院長の大事な仕事です。これは彼女の家庭を考えたことでもあります。息子さんのこともあるし、お婆さんの認知症もひどくなってると聞いてました。彼女は、体力的にも精神的にも無理をしていたことは間違いありませんでした」

院長は慎重に言葉を選びながら話した。

「これは医療ミスや隠ぺいじゃありません。病院のチェック体制が正常に機能した事例です」

院長はそう言うと、しばらく考えていた。

「彼女にはポジションの移動を勧めていました。もっと責任の軽い部署もあります。直接、患者さんに関わらない仕事です。重大な事故が起こってからでは、彼女も病院も取り返しがつきませんから」

言葉を失っていた。清美は精神的に行き詰まっていたのか。初めて聞く話だ。今までは強い女性というイメージが強かった。

「警察は先生に話を聞きに来ましたか」

「形式的なことです。勤務態度とか交友関係とか。山本さんは被害者ですからね。院内でも様々な噂《うわさ》が飛び交っています」

院長はもうこれでいいですか、という顔で私を見ている。


病院を出て歩き始めたとき、声をかけられた。

振り向くと、病院職員の制服を着た女性が立っている。

「私は春山《はるやま》真純《ますみ》といいます。県立総合病院の職員です」

「さっき、院長室にお茶を持ってきてくれた方でしょ」

真純は大きく頷いた。どうしても話したいことがあるという。

私たちは病院近くの喫茶店に入った。真純はおとなしそうな女性だった。おそらく四十代後半、清美と同じくらいだろう。

「申し訳ありません。院長先生との話を聞いてしまいました。女性記者さんが美咲ちゃんのことを調べてることも知ってましたし。どうしても話さなきゃって思いました」

真純は緊張した表情で私を見ている。清美とは真司が生まれたときから付き合いがあり、美咲もよく知っているという。

「私は事件が起こった前日から、九州の実家に帰っていました。母の病状がひどくなって、看病のためです。事件は九州でテレビを見て知りました」

「お母さんは――」

「癌《がん》です。その時はなんとか持ち直したんですが、その後、またひどくなって三日前まで九州にいました」

「現在はどうなんですか」

「何とか落ち着いていますが、お医者さんは覚悟はしておいてほしいと」

真純は数回頷くように頭を動かして、私を見つめた。

「まず、美咲ちゃんが家族を殺すってことはあり得ません」

真純は言い切った。

「あの家族、はた目にはかなり大変そうでしょう。確かに大変でした。シングルマザーの上に、お兄さんは重度の障害者、お婆さんは認知症が始まってました。清美さんだって――」

真純は言葉を止めて、私を見た。知ってるかと、その目は問いかけている。

「清美さん、どうかしたんですか」

真純は目を伏せた。

「春山さんが知っていることを話してくれませんか。これはすごく大事なことだと思います」

「清美さん、かなり無理はしていました。進んで夜勤を引き受けていました。手当が付きますから。でも、体力的にはかなり大変でした」

「ご自分では体力は自慢していたと聞いています。体力満点なのは、お婆さん譲りだと」

「ただでさえ神経を使う仕事です。それに家庭の問題もありました。体力的、精神的に限界だったことは確かです」

真純は穏やかだがきっぱりした口調で言い切ると、私を見つめた。

「ここ数年はお婆ちゃんが暴れて暴力をふるうこともあったそうです。清美さん、私には構わないけど、美咲を叩くのは我慢できないって」

言葉が出てこない。初めて聞く話だった。美咲の痣は——。今までは美咲に気を取られていて、母親は影の薄い存在だったのだ。

「最近はかなり辛そうでした。だから——」

再度言葉を止めて私から視線を外した。

「病院で診てもらうように言ったことがあります。清美さん、私は病気なんかになれないって言ってました。私が病気になると、美咲に申し訳ないって。これ以上、美咲には頼れないって。美咲ちゃんに無理をさせていることは、分かっていたんでしょうね」

真純は何かを考えるように黙り込んだ。

「何でもいいから教えてください。あなたに迷惑をかけることは書きませんから」

「一緒に帰っていた時、気分が悪いってしゃがみ込んだことがあります。顔が真っ青になっていました。病院には話さないでほしいって。やはり、体力的にかなり無理をしてたんでしょうね。それに、精神的にも随分悩んでいました。最近、あまり眠れないって」

　真純は苦しそうな表情をした。まだ何かを隠している。私にはそう思えた。

「これ以上、美咲を拘束するわけにはいかない。美咲には自分の好きな道を歩ませたいって、いつも私に漏らしてました。進学を諦めた日、美咲ちゃん、かなり落ち込んでたって。明るく振舞っていたけど、私には分かったって。私にもう少し、余裕があればって言ってた。お金も時間もね。私は、美咲ちゃん、そんなに落ち込んでるとは思えないって慰めました。でも実際は――」

「お兄さんとお婆さんを施設に入れるとか、色んな方法はあったはずだと思うけど」

「そういうことも美咲ちゃんと話し合ったそうです。でも、美咲ちゃんが強く反対したと言っていました。私とお母さんがいるのに、どうしてって。泣きながらね。これ、美咲ちゃんが中学二年の時ですよ。お婆さんが暴れて暴力を振るわれても、必死でなだめてる優しいしっかりした子でした。それで、清美さんもやってみようと思ったんじゃないかな。でも、今度は彼女自身が体力的に問題が出てきて、もう美咲ちゃんを解放してやろうって。分からないですよ。私の想像だから」

「でも、だったら――」

　次の言葉が続かない。頭の中で様々なことが交錯している。取るべき道は分かっていても、いざとなると色んな事情が生まれてくる。私の脳裏には父の姿が浮かんでいる。

「都築宏明《つづきひろあき》先生に会ってください。うちの病院の内科のお医者さんです。清美さんについては都築先生に聞いてください。私よりも詳しいと思います。私にはそれしか言えません」

真純は時計を見て、涙を拭くと立ち上がった。

「急用ができたので、一時間だけ席を空けると言って出てきました」

歩きかけた真純が立ち止まり振り返った。

「これだけは知っててもらいたいです。外から見てただけの私が言うことだけど、障害者の兄がいても、美咲ちゃんの家族は幸せだったと思います。他人には分からないこともあったと思いますが」

真純の目には再び涙が浮かんでいる。

近所の人たちに聞いて歩いたことを思い出していた。気の毒だったけど優しい家庭だった。みんな優しい人たちだった。見てると心が温まった。悪く言う人はいなかった。でも――誰も何もできなかった。いや、しようとしなかった。

真純は丁寧に頭を下げて店を出て行った。

しばらく店の中にいた。真純の言葉、理恵から聞いた真司の言葉が重く暗い澱《おり》のように私の心に溜まっている。やらなければならないことは多くある。出版社に戻るために立ち上がった。

5

地下鉄の駅を出ると冷たい風が吹きつけてくる。思わず両腕で自分自身を抱きしめた。清美の心情を思うと心が痛んだ。あの家族には助けが必要だった。だが、誰もがそれに気付かなかった。いや気付いていたのだ。しかしあまりにも彼らは自然だった。すべてを受け入れて抗《あらが》わなかった。家族ゆえ、親族ゆえ、当り前のこととして受け入れていた。

私は後ろを振り返った。人の気配を感じたのだ。誰もいない。ここ一週間余り、ずっと感じ続けている感覚だ。

頭に衝撃を感じると同時に意識がぼやけ、その場に崩れ落ちた。地面に倒れたところを脇腹《わきばら》を蹴られた。痛みは感じなかったが、息が出来なくなって身体を丸めた。声を出そうとしたが、声帯が縮み上がって息をするのがやっとだった。頭、再び腹と背中、そして頭に痛みが走る。マスクをした男が私を蹴っている。

殺されると思った時、黒い影が飛び出してきて、私に覆いかぶさるようにして男を突き飛ばした。男が道路に倒れたところを馬乗りになって腕を捻《ね》じ上げている。恐怖と驚きで全身が動かなかった。飛び出してきた男が私を振り返った時、小野だと気づいた。

小野が男に手錠をかけて道路に押し付けたまま、警察に電話をするように怒鳴った。私は震える手でスマホを出した。

十分後にはパトカーが到着して、数人の制服警官に取り囲まれた。

小野は警官に男を引き渡すと、私のところに来た。

「大丈夫ですか」

「なんで、あなたがここにいるの」

「藤田さんに行けと言われました。悟られないように、あなたを尾行しろと」

だったらなんでもっと早く助けなかったのよ、という言葉を呑《の》み込んだ。小野が出てくるまでに、少なくとも十発以上殴られ、蹴られている。

「あなたたち、私をつけまわしてたの」

「藤田さんに通報があったそうです。娘が変な男に付きまとわれていると。だから藤田さんが僕に行けと。正解でした。でも本当に危なかった」

娘が変な男に――というと、通報したのは父か。なぜ藤田に通報したのか。

「誰ですか、あの人」

「黙秘してる。心当たりはないですか。よく考えてください」

私の脳裏に複数の顔と名前が浮かんだ。名前だけの者もいる。当人にとっては憎まれるような記事も書いたかもしれない。

「まさか、殺そうとしてたわけじゃないでしょ。そんなに恨まれる理由がない」

「理由は相手次第です。相手にとっては、殺さなければならないようなことがあったのかもしれません。あなたや僕の職業は憎まれることも多い」

小野は淡々と話すが、背筋に冷たいものが流れた。

「パトカーで家まで送らせます。明日、警察署に来てください。被害届を出してもらいます」

「だったら、今夜書いた方が正確じゃないの」

小野が懐中電灯の光を当てて私の顔を覗き込む。

「明日一番に病院に行ってください。青痣《あおあざ》は明日、写真を撮って。かなり腫《は》れますから。今は興奮してるし、身体の方が大事です。今夜はゆっくり休んでください。お父さんが心配していま
す」

私に口を挟ませないような強い言い方だ。

「念のためですが、今夜は家を出ないようにしてください」

私は黙り込んだ。恨みを買うような記事を書いたつもりはないが、気に食わない者はいたに違いない。私にとって正しい記事であっても。

家に帰ると父が飛び出してきた。

「怪我《けが》はないか。警察から無事だと電話はあったが」

「小野さんなの」

「いや、年配の方だ。藤田って言ったかな。何ごともないかって数か月に一度の割合で電話があった」

父は持っていたスマホを私に突き出す。

「なんで私に言わなかったの」

「娘さんには内緒にしてくれって。変に怖がらせたくないからって。たしかに当時、おまえはかなりまいってたからな」

意外な言葉だった。藤田刑事が私を気にかけていた。

父が私の目の周りに指を当てると、鈍い痛みが身体を貫く。

「青痣が出来てる。軽く殴られた程度だと言っていたが。これが軽くか」

「お父さんね。無言電話がまた始まったのを藤田さんに知らせたのは」

「警察関係者は彼しか知らない。もう後悔はしたくないからな。後悔は母さんだけで十分だ」

母が乳癌の検診に行ったときは、ステージ4で全身に転移していた。体調が悪いと言っていたのに、なぜ自分が強引にでも病院に連れて行かなかったのかと、一年近く言い続けていた。

「小野刑事も電話で色々話してくれた。あの男は信頼できる。頼りない刑事だと思っていたが」

父は一歩下がって、私の全身を眺めている。

「有り難う。正直、助かった。小野さんが来なかったら、どうなっていたか分からない」

殺されていたかもしれない、と言いかけてやめた。殴られ蹴られたが、私は生きている。

「数日前から電話があっただろ。俺が出ると、数秒、窺《うかが》う気配がして、切れてしまう。おまえも、誰《だれ》かがストーカーしてるみたいだと言って」

「感じがしただけ。確かではなかった」

「ことが起こってからだと、冗談じゃすまされないからな。物騒な世の中だ。意味もないのに殺す奴が増えている。殺してみたかったなんて理由は理由にはならん」

今になって、本格的な恐怖がこみ上げ、身体に震えが走った。思わずその場に座り込みそうになった。そんな私の身体を父が支えた。思いがけず強い力だった。

「寒いのか、風呂《ふろ》に入って早く寝ることだ」

身体の震えから、私の恐怖を感じているのだ。

第六章　真実

1

朝の十時に警察署に着いた。その前に小野に紹介された病院に寄って、打撲と打ち身の診断書をもらった。

私を襲った犯人は、木島英明《きじまひであき》、二十一歳。三年前の「不良高校生、集団レイプ」事件の私の記事に不満を持っていたという。主犯格の少年が属していたグループのナンバー2で、現在は主犯格の父親が経営する運送会社で働いていた。

「まったくの逆恨みです。彼らは女性の敵です。私もあなたの記事に勇気づけられ、仕事に誇りを持てました」

被害届を書いた女性警察官が私を元気づけるように言う。

一時間ほどで被害届を書いて、捜査一課に行った。

小野と藤田の前に立ち、頭を下げた。

「有り難うございました。助かりました」

「当然のことをしただけです。市民を犯罪から護《まも》るのが僕らの仕事ですから」

小野が慌てて立ち上がり言う。横で藤田が悠然とした顔で私と小野を見ている。

「お二人に会えたので言っておきます。私は美咲さんの無実を絶対に証明します。殺害して火を付けたのは、美咲さんじゃないと信じてます」

藤田はわざととしか思えない、うんざりした表情をした。

スマホを出し、美咲のイラストを藤田に突き付けた。花畑の中を真司と夏子が歩いている。それを並んで見ているのが美咲と清美だろう。美咲たちの笑い声が聞こえてくるようなカラフルで明るい光に満ちたイラストだ。

「彼女は周りの者が思っているほど、自分を不幸だとは思っていません。私たちから見れば、確かに彼女は可哀《かわい》そうだった。家族のために自分の時間を犠牲にし、兄と祖母の面倒を見ていた。でも、家族の者も美咲さんの苦労を理解し、有り難いと思っていた。お互いに憎しみあっている家庭より、はるかに幸せだったんじゃないでしょうか」

深夜、真司と夏子が見守る中で黙々とパソコンに向かい、イラストを描《か》き続ける美咲の姿が浮かんだ。突然、熱い感情がこみ上げ、涙を抑えることができなかった。

小野がティッシュを差し出したが、私はそれを撥《は》ね除《の》けた。

「美咲さんはイラストを描き続け、家族と世界につながっていた。決して孤独ではなかった。夢を実現させようと努力していた」

「あんたが思っているだけだ。現実はこんなもんじゃ――」

「この絵を見て、あなたは何も感じないの。あなたは心底、美咲さんは自分の苦しみから逃れるために、三人を殺して火を付けたと思っているの」

「何をしてほしいんです」

代わりに小野が聞いてくる。

「真実を調べてほしい」

「すでに調べている。真実がいくつもあるわけないだろ」

藤田が怒鳴るように言う。

一歩下がって、二人に頭を下げると警察署を出た。


その日は早く家に帰った。父のことが気にかかったし、落ち着いて美咲たちのことを考えたかった。

キッチンのテーブルには父が座っていた。視線の先に中身が入ったままのカップ麺《めん》がある。

カップ麺にお湯ではなく水道水を入れたのだ。これで何度目か。最初は半年前だ。こんなまずいラーメンは初めてだと、顔をしかめて食べていた。水を入れたと私が気づいたのは、父が食べ終わった後だ。私は父の正面に座った。

「どちらさまでしたっけ」

父が身体《からだ》を乗り出して眉根《まゆね》を寄せて私を見つめている。

私の全身から血の気が引いていった。同時に涙が溢《あふ》れた。

「悪かった。冗談だ。おまえの顔を忘れるなんて絶対にないから」

父が改まった表情で言う。私の反応に驚いたのだ。

「泣くな。俺《おれ》が悪かった。もう二度としない」

手を合わせてしきりに頭を下げる。私は分からなくなった。どこまでが冗談なのか、真実なのか。おそらく途中で記憶が蘇《よみがえ》ったのだ。一瞬私の顔が分からなくなるが、すぐに記憶が戻ってくる。父のことだから笑って済ませようとする。胡麻化《ごまか》しているのだ。認知症患者は二つの世界を行き来している。明子の言葉だ。

「やっていい冗談と悪い冗談があるよな。これはやってはいけないことだ。肝に銘じるよ。だから、頼むから泣かないでくれ」

「お父さんが私を分からなくなった時点で、施設に入ってもらうからね」

反射的に出た言葉だが、一瞬曇った父の顔が私の心を鋭く刺した。

「俺はその前に自分で入るよ。おまえの決断の前にな」

私の謝罪の言葉の前に父が言う。

施設のパンフレットが父の書斎のデスクにいくつかあるのを知っている。黄色のマーカーで線を引いているものもあった。

私には父を施設に入れる決断は下せないだろう。父はそれを知っている。まだ自分に考える力があるうちに、二人して倒れる前にと考えているのだ。

「飯食うか。どうせ、食ってくるだろうからと思って、一人分しかないけどな」

目の前のカップラーメンに気づき、何げないふうにシンクに持って行った。

「チャーハン、作るか。俺が作ったら、おまえは食べるか」

「昔はよく作ってくれたね」

母が亡くなってしばらくは、私と父、時間のある方が夕食を作っていた。そのうちに、仕事を任されるようになり、私の帰宅が不規則になった。

父が台所に立って、チャーハンを作っている。私はぼんやりとその後ろ姿を見ていた。ふっと、父の言葉が浮かんでくる。

〈おまえを困らせる前に自分の始末は自分でするよ〉

なんで気付かなかったんだろう。父が何度か言った言葉だ。

言い合いになった時、どうせ売り言葉に買い言葉、深い意味はないだろうと受け流していた。しかし今は、ずっしりと重い感情となって全身の細胞になだれ込んでくる。現在の父には差し迫った現実であり、真実の言葉だ。今後、その重みはますます増していく。

父の作ったチャーハンは少し辛すぎた。ビールを取ってきて自分と父の前に置いた。私たちは辛いチャーハンを残さず食べた。

「早く寝ろよ。おまえの自由だがな」

父は私の肩に何げないふうに触れると部屋に入って行った。

しばらくキッチンに座っていたが落ち着かなかった。考えれば考えるほど底のない暗闇《くらやみ》に落ちていく気がする。〈人の心は様々、これだと決めることなんてできない。人それぞれの事情を理解すれば、より真実に近づけるかもしれない〉岩崎の言葉だ。私は山本家の事情は理解しているつもりだ。しかし、まだまだ理解が足らないというのか。

美咲の母親、清美の顔が浮かんだ。暗さを含んだ端整な顔だ。美咲の顔つきは母親似だ。

2

翌日の午後、私は県立総合病院を訪ねた。春山真純に言われた、清美の上司の医師に会うためだ。電話すると、午前の診察時間が終わってから少しなら時間が取れると言われたのだ。

都築宏明は背の高い、物静かな医師だった。

「山本清美さんについて調べています。何でもいいですから教えてください」

単刀直入に切り出した。

「うちの病院の看護師でした。でも、ひと月ほど前に家が火事に――」

「あなたと清美さんの関係についてです」

直球を投げると、都築の動揺は隠せなかった。デスクに置いた手を引っ込めた。

「あなたも現在、SNS上で流れている美咲さんへの中傷は知っていると思います。警察は清美さんの娘の美咲さんが、家族を殺害して家に火を付けたと考えています」

都築の反応を見ながら話した。目を閉じて拳《こぶし》を握り締めている。必死で感情を隠そうとしているのか。

「あなたが一家を殺害したとは思えない。でも、あの家族について何かを知っている。私はそれを知るために、あなたに会いに来ました」

半分以上は思い付きの言葉だが、都築は予想以上に動揺している。

「私が山本さんの上司であったことは確かです。しかし、それ以上は――」

「今のままでは、美咲さんが犯人になってしまいます。彼女は真司さんとお婆《ばあ》さんの面倒を見ていました。十年間、清美さんが仕事をしてる間です。あの家族は全員が必死で生きてきました。美咲さんにはイラストレイターになりたいという夢がありました。その夢を諦《あきら》めたわけではありません。彼女は、二人の面倒を見ながらもイラストを描き続けてきました。私はその彼女を殺人犯、放火犯にはしたくないのです」

必死で訴えたが、都築は無言のままだ。

「あなたに迷惑がかかるようなことは極力避けます。だから真実を――」

不倫という言葉が喉元《のどもと》まで出たが、押し込めた。やがて都築の身体から力が抜けた。

「二年ほど前からです。私たちは付き合い始めました。夜勤が同じ日がありました。その時偶然、そういう関係になりました。彼女は夫が死んで長く、私の妻は子供の教育しか頭にありません。お互いに心の隙間《すきま》があったのだと思います」

「私が知りたいのは、そういう事ではありません。清美さん自身のことです。ああいう結果になるようなことは気が付きませんでしたか」

都築は下を向いたまま長い時間、無言だった。やがて顔を上げて私を見た。

「オピオイドを飲んでいました。医師の処方が必要な強い痛み止めです。私が問いただすと、体調不良を話してくれました」

動悸《どうき》が激しくなった。今度は私が動揺を隠そうとしている。

「私は専門医に診てもらうように勧めました。しかし、清美さんはそれを拒みました」

「なぜなんです。清美さんには家族があるのに」

「だからでしょう。症状を聞くとすい臓癌《がん》だと思いました。それもかなり重い。彼女も察していたようです。病名がはっきりすれば、仕事を辞めなければならない。それを心配していました。いま仕事を辞めることは、一家の収入がかなり減ることです。彼女は相当悩んでいました。特に、美咲さんについては申し訳ないと繰り返していました」

「何とかできなかったのですか」

都築は無言のままだ。

「専門医には診せたのですか。この病院にもいるでしょう」

「ここの病院での診察は清美さんが断わりました。知られるとここにいられないと言って」

「医者にもかからなかったのですか」

「私が知り合いの専門医を紹介しました」

都築は息を吐いて私から視線を外した。

「結果は聞いたんでしょ」

「疲れから来る貧血だと言われたそうです。当分は勤務時間を減らして、栄養のあるものを食べるように指示されたと」

「信じたのですか」

「医者に直接電話して聞きました。清美さんはすい臓癌のステージ4、余命半年でした。三か月前の話です。かなり痛みがあるはずだと言ってました。痛み止めを渡したが、これからさらにひどくなるはずだと。ホスピスに入って緩和治療を受けるべきだと彼女に言ったそうです」

「治療はしなかったんですか。清美さんは亡くなる直前まで、普通の生活をしていたと聞いています。癌だなんて誰も気付かなかった」

「手術は無理だと言ってました。かなり転移していると。抗癌剤治療も彼女は拒否したそうです。

治療に入ると、身体がしんどくて何もできない状況になることをよく知ってたからです。彼女の場合、延命効果も低いそうです。だから、日常通りに生きようと決めたのだと思います」

「その病院はどこです」

都築は答えない。

「私は何としても、美咲さんを殺人犯にしたくない。そのためには、清美さんについて知らなければならないのです。あなたのことは誰にも話しません」

やはり都築は無言のままだ。

「このままだと美咲さんは殺人犯になってしまう。あの場で何が起こったか私は知りたい。美咲さんを殺人犯にすることを、清美さんが望んでいるとは思えません」

都築の全身から力が抜けるのを感じた。デスクのメモ用紙に名前と電話番号を書いて私に渡した。


その日の夕方、国立がんセンターを訪れた。

清美を診察した横山《よこやま》医師に会うためだ。

「先生から直接、山本清美さんの病状について聞きたいと思いまして」

「話の概要は都築先生より聞いています。しかし、医師として話せることと話せないことがあるのは了承しておいてください」

横山はパソコンを操作して、画面に清美のカルテを出した。

私がのぞき込もうと身体を乗り出すと、パソコンを動かして私の死角にした。

「すい臓癌のステージ4です。ただし、かなりたっています。すでに全身に広がっていると考えられます。今後、全身に痛みが増してきます。ベッドに寝ているだけで吐き気と痛みに襲われます。痛み止めはありますが、連続して使うのは難しいと思います。ホスピスに入ることを勧めました」

「それを清美さんは断わったんですね。今まで通りに暮らしたいと」

「あなたは――山本清美さんの親戚《しんせき》でもないんですよね」

医師が私を不信の目で見つめている。頷《うなず》かざるを得なかった。

「電話でも言いましたが、医者には患者に対して守秘義務があります。患者が亡くなっていても同じです。当然ですが、話せることは限られています」

「事件については知っていると思います。悲惨な事件です。生き残ったのは、娘さんの美咲さんだけ。その美咲さんも亡くなりました。清美さんの家族状況はご存じだと思います。娘さんの美咲さんはヤングケアラーでした。兄の介護を十年間、祖母の介護を五年間続けていました。警察は介護疲れの末の事件だと判断しています。おそらく、被疑者死亡のまま書類送検されます。美咲さんは、断じて家族を殺すような人ではないと思いました。だったら、真実は何なのでしょうか」

迷ったが思い切って聞いた。

「私も考えました。私の患者は清美さんです。清美さんも自分の病状を知ったうえで、悩んだと思います。聡明《そうめい》で強く、優しい人だと都築先生からも聞いていています。特に娘の美咲さんについては、かなり悩み、心配していると」

清美の思いが私の心にも切実に染み込んでくる。生活に追われ、家庭を美咲に任せざるを得なかったのだ。それに対して強い葛藤《かっとう》も罪悪感もあったに違いない。

「美咲さんには夢を叶《かな》えさせてあげたいと望んでいました。夢はイラストレイターになることです」

NPOの「セカンド・ファミリーの会」会長、月島雅江に紹介されて会った男性ヤングケアラー、服部の〈いちばん辛かったのは、夢を持てなかったことです〉という言葉が浮かんだ。いつも時間を気にして時計ばかり見ていた。

突然、横山医師がパソコンを私の方に向けた。画面には清美のカルテとすい臓のCTスキャンの画像が映っている。横山は画像を示しながら病状を説明した。専門用語を多用しているので私には半分も分からない。

「ちょっと失礼します。すぐ戻りますから、待っていてください」

驚いたことにパソコン画面を私に向けたまま部屋を出て行く。私はドアに向かって頭を下げた。

その足で警察署に行った。

捜査一課の部屋に入ると、藤田と小野の前に国立がんセンターのカルテのコピーを置いた。横山医師が席を外したすきに、スマホでパソコン画面を撮って印刷したのだ。

「母親の清美さんはすい臓癌を患っていました。三か月前に、余命半年と宣告されています」

小野が身を乗り出してコピーに目を近づける。藤田が小野を押しのけた。

「かなり症状も現れてきていました。彼女はオピオイドを飲んでいました。強い痛み止めです。やがてそれも効かなくなり、全身を痛みが襲う。いずれホスピスに入るか寝たきりになります。誰が世話をするんですか。美咲さんですか。さらに、自分が死ぬと真司くんも夏子さんも施設に入れられる。美咲さんは反対する。でも一人ではどうすることもできない。苦しむことになるのは分かっている」

二人の表情は次第に驚愕《きょうがく》の色に変わっていく。藤田は平静を装おうとしているが動揺しているのは明らかだった。

「あんたは、清美が将来を悲観して、長男と母親を殺して家に火を付けたというのか。そして自分は自殺を図った。美咲を自由にするために」

「やめて。そんなんじゃない」

藤田の言葉に、私は叫ぶように言った。私の声に藤田の身体がびくりと動き、部屋中の刑事たちの視線が私に集まる。

「そんなに簡単な言葉で片付けないで。美咲さんに未来を与えようとしたのは事実。でも、美咲さんは自分のことを悲観はしてなかった。自分で未来をつかもうとしていた。自分に与えられた環境の中で」

私が視線を藤田に向けると、藤田は避けるように横を向いたがすぐに目をカルテに戻した。

「すべてあんたの想像だろう。状況証拠だけでは話にならない」

言いながらも目はカルテのコピーに釘《くぎ》付《づ》けになっている。

「どうやって手に入れた」

藤田が顔を上げ、私の顔を睨《にら》むように見る。

「病院で医師の目を盗んで写真を撮りました。だから、裁判では使えません。でも警察なら、合法的に調べることができます」

私が小野を見ると、小野は慌てて視線を外した。

「あなたたちは、小中学校、高校の先生には会っている。でも、美咲さんが家族の世話に追われるヤングケアラーだったという結論を出しただけ。だから家族を煩わしいと思い、解放されたいと願い、殺して火を付けたと思い込んだ。でも、美咲さんは家族を愛していた。家族の世話は大変だったけど、イヤではなかった。そんな美咲さんが、衝動的であっても家族を殺すとは考えられない」

「近所の者は清美と美咲が言い争ってるのを度々聞いてる」

「家族だからよ。私だって、父とはしょっちゅうケンカしてる。あなたたちだって、たまには家族とケンカもするでしょ。ケンカをしても仲直りする。家族のことはいつだって愛し、心配している」

話しながら涙が溢れてきたが、構わず話し続けた。見かねた小野がティッシュを渡してくれた。私は受け取って涙を拭《ふ》いた。

「藤田さん、あなただって同じでしょ。いくら言うことを聞かない、手のかかる娘でも愛してるんでしょ。家族だから、娘だから。美咲さんだって同じ」

藤田は何で知ってるという顔で、私と小野を見たが何も言わなかった。

「私は真実を見つけてほしいと言ってるだけ。ろくな捜査もしないで、美咲さんを犯人だと決めつけるのだけは許さない」

藤田は無言でデスクのカルテのコピーを見つめている。

「あなたたち、警察は弱者の味方でしょ。美咲さんは徹底的な弱者。ひと言の反論も出来ない。だってもう亡くなって、いないいんだもの」

席を立ちドアのほうに歩いた。思い切り大きな音を立ててドアを閉めた。

通りに出たとき、小野が私を追いかけてきた。

「これ、藤田さんが。すぐに廃棄して、なかったことにしてくれって」

私にカルテのコピーを差し出した。額には汗が滲んでいる。

「あなたたち、まだ分かってないの。無実の人を犯罪者にするの。どうせ、死んでるのだからどうでもいいってことなの」

思わず声が大きくなった。通りを行く人が立ち止まって見ている。

「落ち着いてください。これがあるってことは違法なんです。これが明るみに出れば、あなただけじゃなくて、医者にも迷惑がかかります。スマホの写真もすぐに消してください。医者には正式な手続きを踏んで事情聴取をやります。清美さんの健康状態を聞くことは、まったくの合法です。母親の清美さんがレベル4のすい臓癌であったら、状況が大きく変わります。看護師の清美さんなら薬を手に入れることも可能です」

小野が額の汗を拭きながら懇願するように言う。

「今までの経緯では、そんな言葉だけでは信用できない」

「藤田さんもかなりショックを受けているようでした。このコピー、しばらく見てました」

藤田の様子を思い出そうとした。終始、カルテに目を向け口数はいつもより少なかった。

「そんなの信用できない」

警察署の取調室で二人の刑事に囲まれ、手を引けとばかりにさんざん脅されたことが脳裏に蘇った。

「僕が毎日、捜査の進展を報告します。今日中に清美さんのカルテは手に入れます。合法的に。

これでいいですか」

「真実を究明することを約束してくれるのね。たとえどんな結果が出ても、納得できれば文句は言わない。だからあなたも約束して」

「約束します。何の先入観も持たないで調べ直します。今ごろは、藤田さんが上を説得しています。母親のすい臓癌が発見されたって」

「私は美咲さんの名誉を守りたい。いえ、彼女はそんなこと望んでいない。彼女はただ純粋に家族を愛していた。私はそのことを世間に証明したいだけ。ヤングケアラーがどんなに頑張ったか。清美さんだって、娘の美咲さんを第一に考えていた。たとえ方法は間違っていたとしても」

私は必死で小野に訴えていた。立ち止まって私たちを見ている人が増えている。

小野が姿勢を正して、私に頭を下げた。

3

二日後、いつもの土手に行くと、小野が立っていた。一時間前に電話があり呼び出されたのだ。

最初に会った日と同様、底冷えのする朝だったが、小野は足踏みをしていなかった。

「わざわざ呼び出して申し訳ありません」

小野が神妙な顔で頭を下げた。

「電話でもよかったのですが、会ってしっかり説明した方がいいと思い、来てもらいました」

「いいから、用件を話してよ。上のお店に入ってから。ここは寒すぎる」

なるべく感情を排した声で言って、歩き始めた。


私たちは窓際の席に向き合って座った。

「清美、真司、夏子の内臓の組織サンプルが残っていました。科捜研に頼んでもしもの時の身元調査のために取っておいてもらったものです。藤田さんが頼んで薬物検査をしてもらいました。オキシコドンが検出されました。真司くんと夏子さんからは微量。清美の血液からはかなりの量が出ています」

小野はオキシコドンはオピオイド系鎮痛剤で、過剰摂取により呼吸抑制が起こり、死に至ることを説明した。普通は医師の処方箋《しょほうせん》がいるが、医療関係者だと入手できることを告げた。

「調べたら、清美の勤務する病院から同薬が消えていました。清美が持ち出したと考えています」

「なぜ、清美さんの身体には刃物の傷があったの」

「彼女も死ぬつもりだったのでしょう。まず二人を眠らせ、その上で絞殺した。恐怖を与えたり苦しまないようにとの配慮でしょう。でも、清美さんは薬では死にきれなかった。常用していたので効きが悪かったと思われます。それで、包丁で手首や首を切って自殺しようとした。あくまで推測ですが」

「その時、美咲さんはいなかったの」

「その日、美咲さんはアルバイトでした。清美もそれを知っていて、その時間帯ですべてに決着を付けるつもりだったのでしょう」

「しかし、美咲さんは店主の言葉で予定より二時間早く帰ってきた」

頭に美咲のタイムテーブルを描きつつ言った。

「帰宅して、清美が自殺しようとしているのを見て、美咲さんが止めようとした。だから美咲さんの衣服に清美の血が付き、包丁に美咲さんの指紋が付いた。もみ合っているうちに何かの拍子に火事が起こった。部屋には倒れた灯油ストーブとふたの開いた灯油タンクもありました。あるいは清美が火を付けて、美咲さんを追い出そうとした。近所の人が聞いた、〈逃げて〉という声は、清美が美咲さんに言った言葉とすれば、納得がいきます。それで、美咲さんは裸足《はだし》で家を飛び出した。これが藤田さんの推理です」

私の頭の中を小野の声が流れていく。

「僕は当たっていると思います。普通、組織サンプルは身元が分かれば廃棄するんですが、藤田さんが頼んで保存してもらってました」

「彼は事件の結論に疑問を持っていたの」

「たぶん違うと思います。ただ慎重なだけです」

小野は何でもないというふうに言った。


その日の夜、帰宅して食事を作ろうか考えているとき、小野から電話があった。

スマホを持って、自分の部屋に入った。

〈清美が無理心中と失火の罪状で、被疑者死亡のまま書類送検されました。実質、警察は何もできません。重度障害者の長男、認知症の母親、自身はステージ4のすい臓癌。将来を悲観して、唯一健常者の美咲をのぞいて、一家心中を図った。その時、ストーブの火が布団に燃え移り火事が起こった。警察の公式見解です。明日の午前十時に正式発表します。藤田さんもホッとした顔していました〉

「美咲さんはどうなったの」

〈家の中の惨状を見て、母を助けようとしたが出火に驚いて通りに飛び出し、車に撥ねられた。事故死です〉

「そうですか。分かりました。お電話、有り難うございました」

小野が何か言いかけたが、私は電話を切った。

しばらくスマホを見つめていた。清美が惨状を隠すために、火を付けて自分を刺したのか。美咲が惨状を見て、清美の犯行を隠すために火を付けたのか。慌てて飛び出した時、ストーブが倒れて火事になったのか。小野は何も言わなかったが、どうでもいいことだ。私は電話帳から岩崎の電話番号を出した。指を置きかけたが、そのままスマホを閉じた。

「おい、夕飯の用意ができたぞ」

父の呼ぶ声が聞こえる。

キッチンに行くと、テーブルに湯気を立てているカップラーメンの容器が置いてある。


翌朝、出版社に着くと、その足で岩崎の所に行った。

昨夜遅く小野刑事から電話があったことを告げ、内容を話した。

「警察の公式発表があってから、記事にした方がいいと判断しました」

「記事の用意はしておくように。しかし、この事件は日本にとっても重要な意味を含んでいる」

「私もそう思います。このまま当分取材を続けさせてください」

岩崎は頷《うなず》いた。その後、何ごとか考えていたが口を開いた。

「おまえは、十年後の日本を想像することができるか」

「少子高齢化社会がさらに進みます」

いささか単純すぎるとは思ったが言った。

「美咲さんは優しく家族思いの十九歳でした。なぜ、彼女が死ななければならなかったのか。彼女の死は、ヤングケアラーに無関心だった社会、私たちに責任があると思います。今後社会は、私たち自身も積極的に、こうした問題に向き合わなければなりません」

「すべて常識的で甘すぎるが、おまえらしくていいのかもしれない。しかし、少子高齢化の問題は日本ばかりじゃない。世界的な問題になっている」

岩崎はもっと広く、大きく考えろと言っているのか。

「我が国の総人口は、二〇二三年時点で約一億二五〇〇万人。六十五歳以上は、約三六〇〇万人。総人口に占める六十五歳以上人口の割合、高齢化率は約二十九パーセントだ」

さらに岩崎は、六十五歳から七十四歳人口は約一六〇〇万人、総人口に占める割合は約十三パーセント、七十五歳以上人口は約二〇〇〇万人、総人口に占める割合は約十六パーセントで、六十五歳から七十四歳人口を上回っていることを言った。

「二〇七〇年には、二・六人に一人が六十五歳以上、四人に一人が七十五歳以上になる。日本は先進国の中でも、高齢化社会を突っ走っているんだ」

岩崎は私を睨むように見ている。

「それをいい方向に向けるのが政治です」

「いや、国民も真剣に考えるべきだ。すべてを政治のせいにするのは、日本人の悪い癖だ。政治家だって、困っている弱者は救いたいと思っている。しかし、全員が困っている社会は誰《だれ》が救う。誰も救えやしない。だったら、どうすればいいか。今からその準備をして、そんな社会が来るのが出来るだけ遅くなるように望むだけだ」

岩崎が私を見つめて言う。無意識のうちに頷いていた。

昼食から出版社に帰った時、父が通っている病院の看護師から私一人で病院に来るように電話があった。

一人で来るように。こんなことは初めてだった。とっさに、これから行ってもいいですか、と答えていた。「待ってください、先生に聞いてみます」という声があり、音楽が鳴り始める。私の脳裏に一つの言葉が突き刺さるように現れる。

昨日は父の定期健診の日で、一人で行ってきた。父は家に帰ってくると、土産《みやげ》だと言って買ってきたショートケーキ三つのうち一つを私に、もう一つを母の仏壇に供え、自分の分は冷蔵庫にしまった。その後、「どうだった」「いつもと同じ」の会話が続き、私の肩を軽く叩《たた》くと自分の部屋に入って行った。

一時間後、私は病院に着いた。エレベーターで三階に上がる。

診察室に入ると、医師が深刻そうな顔でパソコンのモニターを見ている。

私が座ると、画面を私にも見えるように動かした。

「お父さんの脳のCTスキャンの画像です。この部分の萎縮《いしゅく》が進んでいます。そろそろ、次の段階を考えた方がいいと思います」

医師は画像を指しながら説明したが、言葉が私の脳裏を通りすぎていく。ただ、〈次の段階〉という言葉だけが私の中に残った。次の段階とは施設を探すことだ。

「日常生活が一人では困難になります。お父さんは体力的にはまだ元気です。トイレなどは一人で行くことは可能ですが、問題は徘徊《はいかい》が始まることです」

医師の言葉が私の脳裏を流れていく。

「でもまだ、生活はなんとか――」

次の言葉が続かない。用意した食事がそのままのことがある。下着を汚す回数が多くなっている。同じ話を繰り返す頻度が増えた。風呂《ふろ》は――。私の頭は混乱した。

「これからの進行は早いです。今から考えていても早すぎることはありません」

医師の声で私は我に返った。

「体力がありますから一人で外に出かけようとします。そういうことはありませんか」

少し前に父が溝に落ちたときの話をした。

「お父さんは賢明な方だ。自分の病状の進み方を知っておられて、住所やあなたの電話番号を書いたものを持っておられた」

「これから、ますますひどくなるということですか」

言ってから、当然のことを聞いているのに気づいた。

「進行具合は人によって様々ですが進むことは確実です。今のうちに将来について相談したらどうですか」

「施設を決めるということですか」

「それを含めてということです」

昨日、病院から帰った時の父の顔を思い出そうとした。妙に機嫌が良く、はしゃぎ気味だったのは、自分の落ち込みを隠すためだったのだろうか。

〈私は立花恒夫《たちばなつねお》といいます。前の学校の同僚から山本美咲さんのことを調べている記者がいると聞きました〉

翌日の朝、突然、電話があった。

「私です。学校の方に機会があれば知らせてほしいとお願いしていました」

〈私は中学三年の時の担任です〉

私たちは有楽町の駅近くの喫茶店で会う約束をした。

立花は中肉中背、よく言えば生真面目《きまじめ》そう、悪く言えば神経質そうな中年の男だった。

「申し訳ありません。去年中学を辞めて、現在は立川《たちかわ》に住んでいます」

「何かあったんですか、教師を辞めるとは」

「一つは母親の面倒を見なきゃならないということです。転んで腰を痛めて、歩行が不自由になりましてね。それに、潮時かなと感じていたところです」

「先生は四十八歳と聞きました。潮時というにはまだお若い」

「どうなんでしょうかね。体力的にそろそろ限界だと思っていたところです」

教師の問題について調べたことがある。授業の他にクラブ活動や生徒の生活指導、保護者への対応など、超過勤務が重なり、かなり生活を圧迫している。健康被害、精神疾患を起こし、長期療養に入っている教師も少なくない。

「お母さんはおいくつですか」

「八十二歳です。五年前、父親を亡くして立川で独り暮らしでした」

「現在、先生は――」

「母親の面倒を見ながら家で小さな学習塾をやっています」

「山本美咲さんはどんな生徒でしたか」

「ひと言で言えば、手のかからない子供でした。すべてにおいて聞き分けがいい。でも――」

立花は言葉を濁した。

「何度か驚かされたことがありました。一つは、男子生徒と喧嘩《けんか》をしましてね。いじめが原因でした」

「美咲さん、いじめられてたんですか」

「いえ、一人の男子生徒がズボンを脱がされそうになったんです。ふざけていたんでしょうが、たしかに度がすぎてました。やったのはクラスでいちばん体格が良くて、威勢のいい男子生徒です」

三年前の事件のことを思い浮かべた。子供であっても、人の痛みなど感じず、それを面白がる者もいるのだ。それが人間の本能の一部だと割り切ることはできない。

「中学生では、女性は男性に腕力では負けるでしょ」

「いきなり椅子《いす》を持って殴りかかったそうです。相手は頭を切りました」

「反撃しなかったんですか」

「山本の勢いが凄《すご》かったので、怖かったと言ってました。周りの者も殺してしまうんじゃないかと思ったそうです」

すぐには信じられなかったが、沙也加の言葉を思い出した。高校の時、母親から逃げ出してきた時の言葉だ。殺してやる。美咲の別の面を見たと言っていた。

「他に何かありましたか」

「その時だけですね。でも、かなり印象は強かったです」

「仕返しはなかったのですか」

「その時、山本は言ったそうです。今度、何かがあったら絶対に殺してやると。すごい迫力だったそうです。見ていた者の言葉では」

「それから――」

「それだけです。ほんの一瞬の出来事だったようです。男子生徒の親も何も言ってきませんでした」

「学校では問題にならなかったんですか」

「様子見でしたね。何か少しでも尾を引く兆候があれば、教育委員会に届け出る。校長は報告書を書いていたという話もあります」

「でも、何ごとも起こらなかったので、終わりにした」

「そういうことです。いじめでも、昔はよくある対応でした。要するに、平穏で何ごともないのが最高の教育、学校、教師、そして生徒なんです。表面上だけでもね」

皮肉を込めた言い方だった。立花が学校を辞めたのもその辺りに原因があるのかもしれない。

「山本美咲。優しい子だったと思います。だから、いじめられている生徒を放《ほう》っておけなかったんでしょう。私たち教育者がもっとしっかりしていれば、多くのことが解決できたのかもしれません」

立花は低い声で言って、指先で目じりをぬぐった。

「先生だけでは難しいと思います。教育、政治、社会で子供たちを見守り、育てていく体制を作る必要があるんでしょうね」

私の脳裏にここひと月あまりの様々なことが流れていく。

4

〈山本美咲は明るく活発で、好奇心溢《あふ》れる少女だった。しかしどんなことよりも、家族を愛していた。自分のすべてを捨てて家族と共に生きてきた。

いや違う、という思いもある。美咲は他の世界を知らなかっただけだ。小学生のころから家族の中心には兄がいて、祖母がいて、母がいた。彼らの世界があった。もっと、自分自身を中心にした世界もあったはずだ。そこでは、本来の美咲を表現できたはずだ。いや、それも違う。彼女はインターネットで世界とつながっていた。そこでは美咲のイラストは自由に羽ばたいていた。彼女は家族とともに、彼女の世界を育んでいた。美咲のイラストの中では兄は自由に歩き、走り、飛び、歌っていた。祖母も自由に動き、考え、歌い、孫たちと踊っていたのだ。母親は家族の中心で彼らを見守り、生活を支えていた。

美咲は後悔しているか。いや、私たちより遥《はる》かに自由で愛に満ちていた。そう信じたい〉

私はもう一度読み返し、消去のキーを押した。文字は一瞬のうちに消えていく。

美咲は意識が十分に戻らないまま亡くなった。その方がよかったのか。彼女の母親が祖母と真司を殺して、自分も自殺した。それはすべて美咲のため。それを知って、果たしてこの先、生きていけるのか。いや、そうではない。彼女の中には――。様々な思いが私の精神を交錯した。

〈ヤングケアラーと言われている人たちは、小学校六年生で十五人に一人の割合でいます。彼らは幼いころから、そういう家庭で暮らしている。兄弟の中で、年長者が幼い者の世話をする。身体の弱った祖父母の生活を助ける。精神障害を持つ親の世話をする。買い物、料理、掃除、洗濯などの家事をこなしています。もちろん、学校に行きながらです。彼らは心優しい子供たちです。

その子供たちを救うのは〉

　キーボードから手を離し、コーヒーカップを取った。父が淹《い》れてくれたコーヒーだ。すっかり冷たくなっているが、酸味を含んだ液体が口中に広がり、わずかながら意識をはっきりさせる。

〈十九歳の美咲は十年間、兄と祖母の世話をしながら生きてきた。彼女は幸せだったのか。初めて集中治療室で見たあの涙は、死んだ家族を思っての涙なのか。そうせざるを得なかった母を思っての涙なのか。美咲の人生は何だったのか。あの涙は、自分自身に対する涙だったのかもしれない。だとしたら、美咲の人生はあまりにも寂しすぎる〉

　私の指は動かなくなった。

〈いや、違う。美咲はずっと夢を持って生きてきた。家族と一緒に暮らし、幸福だったのだ。人の役割りは、話し、聞き、動くことだけではない。ただそこにいる。それだけで、非常に大きな意味を持っていることもある。日常、安心感、安らぎ、様々なメリットをもたらす。私にとって父がそうだ。美咲にとっては、兄であり、祖母がそうだった。母の清美もそうだったに違いない。もっと周りが気づいてあげれば、行政が彼らに寄り添うことができれば、違う結果になったかもしれない。彼らが自分たちの望む未来を描き、進めるように、周りの者が彼らの存在を知り、彼らを気遣う社会を作るべきだ。彼らも、もっと声を上げられる社会にすべきだ。私はこの取材で多くのことを学んだ。人を頼ることも、もっと必要だと感じた。同時に頼られることも必要だ。人は一人では生きられない〉

軽く息を吐いてパソコンを閉じた。

キッチンに行くと、父がテーブルに座って、新聞を読んでいる。いつもの光景だ。私はホッとした。

「仕事、終わったのか」

「なんで分かるの」

「親子だからな。お前の顔を見れば分かる。昨日とは違う」

「お父さんの顔もいつもより明るい」

もうしばらくはこの生活を続けよう。そして、もう限界だ、自分の生活を壊すことになる、と感じたら施設に入ってもらおう。父も納得していることだ。

父を見つめて微笑《ほほえ》んだ。父が微笑み返してくる。

「よし、明日は母さんの墓参りに行こう。天気予報では晴れらしい」

父が突然声を上げた。

「この寒いのに」

「だから行くんだ。一人で寂しいだろう。カイロを墓石に貼《は》ってやりたいんだ」

父は当然だという顔をしている。

「疲れた顔をしてるぞ。早く寝ろ」

いつもの命令口調で言う。しかし今は昼だ。

翌朝、私が台所に行くとテーブルにコンビニ弁当が二つ並べてある。

「昼まで寝てるのかと思ったぞ」

「だったら、起こしてくれればよかったのに」

「今朝、俺が買ってきた。これを食ったら墓参りに行く」

「覚えてたんだ。薬を飲むのは忘れるのに」

「重要なことはしっかり覚えてる」

薬も重要じゃないの、その言葉を我慢してお湯を沸かした。

父がトイレに行った隙《すき》に、一瞬ためらったが、テーブルの隅にあるノートをめくった。「春子《はるこ》の墓参り」ページいっぱいに書いてある。さらにその上を赤のマーカーでなぞっている。同じページが五枚あった。私は急いでノートを閉じた。

山道を歩き始めたとき、スマホのショートメールの着信音がした。美咲の小学校の担任の森春江からだ。送られたリンク先には詩の画像がアップされている。

「私のお兄ちゃん」　山本美咲

私のお兄ちゃんは動けない、話せない。
呼吸も機械でしている。
交通事故で、背中の骨を損傷したんだって。
でも、私には分かっている。
いつも私を見ている。そばにいて、見守ってくれている。
私に話しかけている。僕はここにいるぞって。
だから私はお兄ちゃんの手になる。足になる。
私が見て、聞いて、話したことを教えてあげる。
歩いて、触ったものを話してあげる。
お兄ちゃんは、一人では食べられない。
だから私が口になる。代わりに食べて、その味や匂《にお》いを教えてあげる。
甘い、酸っぱい、苦い、辛い。色んな味を教えてあげる。
お兄ちゃんはチョッピリうらやましそうな顔をする。
でもすぐに満足そうな顔に変わる。
いつも私のこと、お母さんのこと、お婆ちゃんのことを考えて、見ている。
私はお兄ちゃんが大好き。
お母さんも、お婆ちゃんも、私もお兄ちゃんが大好き。

〈美咲ちゃんの詩を見つけました。彼女は他の子供たちの何十倍も頑張っていました。辛いこともたくさんあった。でも、幸せだったと信じたい。家族に囲まれて不幸ではなかった〉

メッセージが付いている。

ちょっぴり美咲の家族が羨ましい気がした。外部から見れば不幸の塊のような家族。でも、心はどの家族にもまして、温かく、優しく、強くつながっている。

ではなぜ、こんな結果になったのか。もっと、私たちは美咲の家族にしてあげられることはなかったのか。気付くことはなかったか。

ふっと、弁当屋で見た、美咲が描いた弁当のイラストを思い出した。エビフライ、ハンバーグ、卵焼き、塩鮭《しおじゃけ》が飛び跳ねている。それを見て、白とピンクのご飯たちが笑っている。あれが美咲の世界だったのだ。

美咲は決して夢を捨てたわけではない。兄と祖母の面倒を見ながら、自分の夢は追いかけていた。あの涙は自分に対してなんかではない。家族と飛び跳ねている嬉《うれ》しさだ。

「早く来い。母さんが待ってるぞ」

父の怒鳴り声が聞こえる。

スマホをポケットに入れて、山道を駆け上がった。

＊

　事件から半年がすぎていた。半年間におよぶ取材の成果をいくつかの記事にまとめて掲載した。初めは美咲と彼女の家族の話は記事にするのがためらわれた。しかし、いくつかの記事を載せると反響は次第に大きくなり、現在は連載記事の企画を進めている。まとまればいずれ本にするつもりだ、と岩崎は言っている。

　思わず目を細めた。瞳《ひとみ》の中に白い光が拡散する。初夏の日差しが直撃したのだ。

　美咲の家の跡地に来ていた。月に一度はこの地に立って色んな事を考えることにしている。一度も会ったこともない、話したこともない山本家の人たち、美咲が話しかけてくるのだ。

　空き地の前に男が立って眺めている。スーツにネクタイを締めた五十前後の男で、デイパックを背負っている。この辺りでは見かけない、都会風の男だ。

「どうかしましたか」

「山本美咲さんの家って、ここですよね」

「昔はね」

「どういうことですか」

「あなたはどちら様ですか」

男は名刺を出した。美術文芸出版社、編集部、鈴木《すずき》恒彦《つねひこ》とある。

「火事で焼けたんですよ。美咲さんも亡くなりました」

「やはり彼女だったんですね。雑誌で読んだんです。ヤングケアラーの記事」

男は低い声で言い、もう一度空き地に目をやった。

「美咲さんに何の用ですか」

「プライベートなことです。あなたは彼女をご存じなんですか」

名刺を出して渡すと、鈴木はしばらくの間、名刺を見ていた。

「あなただったんですね、あの記事を書いたのは」

無言で頷くと鈴木はデイパックから透明ファイルを取り出した。中に私の記事の切り抜きが入っている。

「彼女はワールド・イラスト新人賞に応募していました。その窓口が、私どもの出版社です。ここ四年連続して、すべて最終選考には残っています。しかし、残念ながら受賞にはいたっておりません。賞は逃しましたが、私は彼女の作品に興味があります」

「個人的にですか」

沙也加たちに見せられたイラストを思い描きながら鈴木の話を聞いていた。

「出版社としてもです。技術的にはまだ未熟ですが、それを超えるものを感じます。心というものでしょうか。彼女の絵はイラストというより、一枚の絵画としても魅力があります。物語性があるというか、何か彼女の心を感じるんです。それで連絡を取り続けていたんですが、携帯電話が通じなくて。彼女の住所にやって来たわけです」

「もしよかったら話を聞かせてくれませんか。通りに喫茶店があります」

鈴木は時計を見て、いいですよ、と答えた。

鈴木の話は、彼女の絵には何か共通しているものがあるというのだ。絵に登場する人物や物の中にも、それを見る者たちの中にも。

山本美咲に直接会って、他の絵があれば、組み合わせて何か新しいものができないかと考えて東京から来たと話した。私は沙也加と深雪が世界中から集め、スマホに保存している絵を見せた。


時計を見ると、まだ三十分以上早い。

持って行くものをテーブルに置いてテレビを付けた。

見た顔が映っている。早川信雄衆議院議員だ。今度の内閣改造で、厚生労働大臣に就任した。その就任挨拶《あいさつ》だ。

〈私も三十代前半で議員を志したときは、困っている人たちを救いたいと心底思っていました。だが困っている人は山ほどいることに気付きました。よく皆さんからは、どこで線引きをやるかと聞かれます。線引きなどやり始めたらきりがない。不満は増すばかりです。声が大きな者の勝ちだと思いました。しかし我々は、声を上げられない者も助けなければなりません。いや、声を

上げられない者ほど、助けが必要なのです。我々の力で救済していかなければなりません〉

早川は深い息を吐いて、マスコミを見回している。反応を見ているのだ。反応によって次の言葉をどう続けるか判断する能力を持った政治家だ。マスコミの大部分が熱心に聞き入っている。

〈しかし、財源は限られています。政治とは限られた金をどう配るかです。どこの省庁も予算を欲しがっています。一円でも多く。だから、政治家の価値観が大切になります。何を重要視し、何に力を抜くか。と言っても、切り捨てるわけじゃありません。多くの場合、それぞれの問題は繋《つな》がっています。一か所、弱点があれば、思わぬところにその影響は広がります。政治家はそういう、一見目に見えないところにまで気を配らなければなりません〉

すぐにどこかで聞いたことのある言葉だと気づいた。オフレコを約束して、衆議院第一議員会館の彼の部屋で私と話した言葉だ。

〈現在の日本の福祉は求めなければ与えられません。生活保護もしかりです。求めるすべすら知らない者も多い。もっとも必要な者にさえ、行き渡っていない福祉すらあります。もっと積極的な福祉があってもいい。私は正当に使われている福祉予算はもっと増やすべきだと思います〉

早川は言葉を止めて、テレビカメラを見た。

〈大臣は今後、福祉政策を第一に考えるべきだと言っているのですか〉

〈核家族化、ヤングケアラー、貧困、少子化、高齢化、学力低下、これらはすべて関連しています。繋がっているのです。多くの人はこれに気付いていない。一つに揺らぎが出ると、他のもの

にまで影響を与える。これは、なんて言うんだっけ〉
早川は質問をした記者に目を向けた。
〈バタフライ効果でしょう。蝶々《ちょうちょう》の羽ばたきがとんでもないことを引き起こす〉
〈そう、それだ。バタフライ効果〉
思わず笑い出した。冗談まで同じことを言っている。
時計を見てテレビを消した。テーブルの紙袋を持って立ち上がった。

大きく息を吸った。このドアの中に入るには、心の準備が必要だ。もう、何度も来た建物だが、馴染《なじ》むことができなかった。

介護士に案内されてホールに入った。広い窓から温かい日差しが降り注いでいる。その陽を浴びて男が椅子に座っている。

「おはよう、お父さん。元気にしてる」

普段の三倍くらい元気な声を出し、笑顔を作る。

父はわずかだが頭を下げ、私を見つめる。

「どなただったかな。奇麗な娘さんは忘れないんだが」

「じゃ、私は奇麗じゃないんだ」

いつもならここで、「バカ、俺が娘を忘れるわけがないだろ」と、軽口が返ってくるはずだが、ここ最近はそれもない。

父の膝《ひざ》の上に本を置いた。カラフルな装丁の楽しそうな本だ。

「山本美咲さん、覚えてる。イラストレイター志望の娘さん。彼女の本が出たのよ。すごくキレイでしょ」

「『ファミリー』副題は、マイ・ラブか。かなり甘いが、いいタイトルだな。絵もきれいだ」

「私も最高だと思う。このタイトル、お父さんが考えたのよ。かなり甘いマイ・ラブは私。どうしても付けたかったの」

父の膝の上の本を眺めながら言う。

腕を伸ばし本のページを繰っていった。本の編集者の鈴木と会ってから、本格的に美咲のイラストを載せているサイトを探した。もちろん、沙也加と深雪の協力を得てだ。その結果、スケッチ風のものを含めて五十枚余りのイラスト、鈴木の言葉によると絵画を見つけることができた。年代順に並べると一つのストーリーになっている。これらは美咲と家族の記録でもあった。もちろん、小学五年生の時に書いた詩も載っている。

一週間前にアメリカとヨーロッパでの出版も決まった。〝MIRAI'S FAMILY〟。

美咲の父、山本肇《はじめ》についても調べた。山本家の遺骨が納められている墓のある親戚の家を訪ねたとき、美咲が小学校に上がる前の写真を見つけた。母親に抱かれた美咲、真ん中に真司が立っている。その横の優しそうな顔の男が父親だ。

窓の外に目をやった。フッとＩＣＵで見た美咲の涙が浮かんだ。あの涙は……。そして、あの不思議な表情は……。きっと笑っていたのだ。美咲は、母、父、祖母、兄に会っていたのだ。光の中に美咲の顔が浮かんだ。その周りには、家族が寄り添っている。

「私のお兄ちゃん。山本美咲。私のお兄ちゃんは……」

父が呟《つぶや》くような声で読み始めた。

本書は書き下ろしです。
また本書はフィクションであり、
実在の個人・団体等は一切関係ありません。

著者略歴

高嶋哲夫〈たかしま・てつお〉
1949年岡山県生まれ。神戸市在住。慶應義塾大学工学部卒、大学院修士課程修了。日本原子力研究所研究員を経て、カリフォルニア大学に留学。帰国後、学習塾を経営しながら文筆活動を開始。1999年『イントゥルーダー』で「サントリー ミステリー大賞」を大賞・読者賞受賞。著書に『TSUNAMI 津波』『M8』『首都 感染』『赤い砂』『官邸襲撃』『EV 日本自動車産業の凋落』『パルウイルス』など多数。

Kadokawa Haruki Corporation

高嶋哲夫《たかしまてつお》

家族《かぞく》

*

2024年10月18日第一刷発行

発行者 角川春樹
発行所 株式会社 角川春樹事務所
〒102-0074 東京都千代田区九段南2-1-30 イタリア文化会館ビル
電話03-3263-5881(営業) 03-3263-5247(編集)
印刷・製本 中央精版印刷株式会社

ISBN978-4-7584-1473-9 C0093
http://www.kadokawaharuki.co.jp/